ANNELIESE MACKINTOSH

SO BIN ICH NICHT

aufbau

ANNELIESE MACKINTOSH

SO BIN ICH NICHT

(GRETAS STORYS)

Aus dem Englischen
von Gesine Schröder

aufbau

Die Originalausgabe unter dem Titel
Any Other Mouth
erschien 2014 bei Freight Books, Glasgow.

MIX
Papier aus verantwortungsvollen Quellen
FSC
www.fsc.org
FSC® C083411

ISBN 978-3-351-03628-7

Aufbau ist eine Marke der Aufbau Verlag GmbH & Co. KG

1. Auflage 2016

This edition of the UK original titel *Any Other Mouth* by Anneliese Mackintosh is published by arrangemente with Freight Books, 49 Virginia Street, Glasgow G1 1TS
www.freightbooks.co.uk
Einbandgestaltung ZERO Werbeagentur, München
Satz LVD GmbH, Berlin
Druck und Binden CPI books GmbH, Leck, Germany
Printed in Germany

www.aufbau-verlag.de

1. 68 % sind wirklich passiert.
2. 32 % sind es nicht.
3. Ich werde es nie verraten.

Schwester, Mum, Dad, Familie: Ich liebe euch.

Nachrichten an mein zukünftiges Ich

Mit acht schrieb ich Nachrichten an mein zukünftiges Ich. Ich stopfte sie unter die Kaminvertäfelung, schob sie hinter Fußleisten, zwängte sie zwischen die Ziegel in der Kellerwand. Ich wurde gut darin, Orte zu finden, die niemand sah.

Der Plan war, dass ich Jahre später die Nachrichten finden und mich daran erinnern sollte, was im Leben wirklich wichtig ist. Zum Beispiel:

Wenn du Müll siehst, heb ihn auf und wirf ihn weg.

Schrei Kinder nicht an, weil sie laut sind.

Steh für dich selbst gerade.

Hab immer ein Notizbuch dabei, für Ideen, Erfindungen usw.

Hab nie mehr als einen Freund.

Besorg dir ein Kätzchen.

»Arbeite nicht so viel, Gretchen«, sagte Mum. »Das macht dich noch krank.«

In Wirklichkeit trank ich einfach zu viel und kriegte deshalb Ekzeme im Gesicht.

Mum schlug vor, ich solle von meinem Bürojob freinehmen und eine Weile bei ihr wohnen. Ich packte Klamotten, Zahnbürste, eine Flasche Whisky und ein Buch über den Existenzialismus ein und fuhr zu ihr raus aufs Land.

Am ersten Tag, ich war mit dem Existenzialismus-Buch zu einem Drittel durch, bat mich Mum, ihr beim Brotbacken zu helfen.

Wir kippten 500 Gramm helles Mehl in eine Schüssel, und Mum fragte, ob ich Depressionen hätte. »Wie kommst du klar seit der Trennung von Simon?«, fragte sie.

Ich beschloss, ihr nicht zu erzählen, dass ich bei sieben verschiedenen Dating-Websites angemeldet war, dass ich nachts im Wald Lachgas ausprobiert und eine 60 Pfund teure Ladung Koks weggeputzt hatte, dass ich mit zwei Lesben und mit einem Schwulen im Bett gewesen war und mich jede Nacht in den Schlaf weinte. »Gut«, sagte ich schulterzuckend und gab 40 Gramm Butter in die Schüssel.

»Na, ein Glück«, sagte sie und tat Salz dazu.

Ich riss die Hefetüte auf.

»Tu sie da an den Rand«, sagte Mum. »Vom Salz stirbt sie.«

Am nächsten Morgen las ich auf dem Dachboden alte Schulhefte durch. Ich staunte über die Geschichten, die ich als Kind geschrieben hatte. Zwerge, die Teddys aus brennenden Fabriken retteten. Leuchtende Freundschaftsarmbänder, die an Bäumen wuchsen. Flöte spielende Marienkäfer. Geflügelte Hexen.

Wo war der ganze Zauber hin?

Beim Aufstehen stieß ich mit dem Kopf gegen die Decke und hielt mich an einem Dachbalken fest. Ein Zettel flatterte zu Boden.

Deo schadet der Ozonschicht. Nimm Seife.

Selbst wenn ich nicht soeben die Geschichten von früher gelesen hätte – meine Handschrift hätte ich sofort erkannt. Sie war ein bisschen anders als die meiner Schwester. Rundlicher vielleicht. Oder die Buchstaben waren nicht so klar konturiert. Das entsprach ziemlich genau den Unterschieden zwischen Lotties und meinem Aussehen. Sie hatte höhere Wangenknochen, ein spitzeres Kinn, ein richtiges Elfengesicht. Wie ich, nur fotogener. Mit unserer Handschrift war es dasselbe.

Ich warf mein Deo in den Müll.

Ich joggte im Wollkleid einmal um die Weiden. Machte zwanzig Hampelmänner. Versuchte zehn Liegestütze. Bis ich richtig durchgeschwitzt war. Dann setzte ich mich unter den Apfelbaum und redete mit der Asche meines Vaters. Ich erzählte ihr, was ich, wenn ich ganz ehrlich war, vom Sterben hielt.

Der Geruch meiner Achseln stieg mir in die Nase.

Am nächsten Tag besuchte Mum ihren Kurs *Entdecke deine Farben*, und ich durchkämmte das Haus. Irgendwann fand ich hinter dem AGA-Ofen diesen Zettel:

Lass dich nicht mit jemandem ein, den du nicht liebst.

Als Mum nach Hause kam, erzählte sie: »Heute war der Spätsommer dran.«

Ich sah sie fragend an.

»Das ist ein Farbtyp. Leute, deren Hautton zu den Spätsommerfarben passt.«

»Verstehe«, sagte ich und steckte den Zettel in die Hosentasche.

Oben in meinem Zimmer schrieb ich eine SMS an den Mann, mit dem ich dreimal ausgegangen war, um zu sagen, dass ich ihn nicht liebte. Das Zimmer roch so nach Schweiß, dass ich das Fenster öffnen musste.

Der Mann, mit dem ich dreimal ausgegangen war, schrieb zurück, er liebte mich auch nicht, und ob ich am Wochenende mit ihm bowlen wollte.

Ich ging raus und las dem Apfelbaum aus dem Existenzialismus-Buch vor. Ich fragte Dad, was er davon hielt, und der Apfelbaum antwortete nicht.

Mum rief mich zum Essen und fragte, ob sie etwas an mir ausprobieren dürfe.

»Ich muss üben, bevor ich echte Kundinnen berate«, sagte sie. »Darf ich deinen Farbtyp ermitteln?«

Eine halbe Stunde lang saß ich auf einem Stuhl, und Mum hielt bunte Pappscheiben neben mein Gesicht. »Du bist zwischen Winter und Frühling«, sagte sie schließlich. »Ein Vorfrühling, würde ich sagen.«

Ich ging auf mein Zimmer und heulte erst mal, dann stocherte ich mit einer Sicherheitsnadel hinter der Fußleiste entlang.

Trink nie mehr als zwei Gläser Wein am Tag.

Ich holte den Whisky unter dem Kopfkissen hervor und stellte mir vor, ihn nicht zu trinken. Dann stellte ich mir vor, ihn zu trinken. Dann trank ich ihn.

Ich las das Existenzialismus-Buch zu Ende und hörte zu, wie meine Mutter beim Abwasch traurige Lieder summte, wie sie dem Haus, den Wänden Dire Straits vorsang.

Ich schreibe auch heute noch Nachrichten. Nur schreibe ich sie jetzt an mein früheres Ich, an das Selbst, das ich nicht mehr bin und nie mehr sein werde. Aber ich verstecke sie nicht hinter der Fußleiste.

Ich verstecke sie in der Art, wie ich zum Kiosk laufe. Wie ich den Kopf schieflege, wenn mich jemand fotografiert. Wie ich in dem Moment vor einem Kuss die Augen aufreiße. Ich verstecke sie in meinem Lachen. In dem, was ich esse. In den Worten, die ich wähle. In meinem Körper.

Glück ist Schönheit.

Du wirst von zwei verschiedenen Männern hören, dass sie ein Schwein vögeln würden, wenn es einverstanden wäre. Vergiss das nicht.

Bloß weil deine Eltern das Mantra KEINE GEHEIMNISSE runterbeten, heißt das nicht, dass es keine Geheimnisse gibt. Und nicht, dass sie dich nicht lieben.

Du wirst immer ein Vorfrühling sein, das ist nichts, wofür man sich schämen muss.

Der Zauber ist immer noch da. Merke dir, wo du ihn versteckst.

Was passiert, wenn jemand zweimal stirbt

Meine Trauer ist größer als deine Trauer.

Meine Trauer ist so groß, die spannt meine Haut. Meine Trauer ist so stark, die bricht mir die Knochen. So hart, dass sie mir Veilchen schlägt. So kalt, dass ich Eiszapfen weine. Und meine Trauer ist so lang, die baumelt überm Teller, wenn ich essen will, dass ich auf den Teller und auf die Trauer kotzen muss.

Als sie zum ersten Mal auftauchte, hängte ich gerade die Wäsche raus. Erstaunlich, was dir durch den Kopf schießen kann, wenn du nasse Kleider auf die Leine pinnst. Bei mir war es: *Fuck, mein Dad ist tot. Für immer.* Ich ließ die Klammern fallen, hockte mich ins Gras und heulte.

Es gab kein Begräbnis, denn Das-Hätte-Er-Nicht-Gewollt. Er wollte ohne Publikum ins Krematorium gefahren werden. Er wollte den billigsten Sarg und kein Kreuz an der Wand, und er wollte den Mittelgang runtergleiten, ohne dass es einer sah, und allein in die Flammen kippen.

Das Problem damit war nur, dass die Trauer nirgends hinkonnte. Sie schwoll und schwoll, und während sein Sarg hinter den Vorhang sank, tanzten wir in der Küche zu den Rolling Stones. Wir lachten, und wie wir lachten, und die Trauer, die tauchte ab. Sie brodelte und brodelte, und sie brodelte weiter, bis Tage vergangen waren, und dann Wochen.

Irgendwann, als ich es am wenigsten erwartete, da sickerte die Trauer durch. Sie sickerte zuerst in meine Unterhose, und ich musste Ersatzhosen mit zur Arbeit nehmen. Dann wurde das Sickern schlimmer. Ich hätte nie gedacht, dass Trauer einen zu so was bringen könnte, aber eines Tages saß ich auf dem Sofa und versuchte eine Mail zu schreiben, und da wusste ich, die Trauer machte ernst.

Ich ging zu Beratern und in Kurse. Ich machte therapeutisches Schreiben und Scrapbooking. Ich hörte sogar auf, mich vollzupissen und einzuscheißen, aber die Trauer war immer noch da, sicker, sicker, sicker, und manchmal wachten wir morgens auf – du und ich –, und du sahst die Trauer über meinem Kopf hängen, und es war schwer, sich zu lieben, wenn etwas so Schreckliches so nah war. Nach einer Weile verlegten wir uns lieber aufs Kuscheln. Das ist es nämlich, was passiert, wenn jemand zweimal stirbt.

Tja, inzwischen kuscheln wir seit sieben Wochen, und ich glaube, du hast langsam ein Problem damit, das Bett mit meiner Trauer zu teilen. Ich glaube, *du glaubst*, dass sie mich anfasst, nachts, dass sie die Finger hinsteckt, wo deine nicht mehr sind, dass ich zittere, stöhne und die Lust erlebe, die ich mit dir nicht mehr haben kann.

Aber ich sag dir, Liebster, so ist es nicht. Ich meine, na klar, meine Trauer und ich, wir haben rumprobiert. Ich hab sie mit ihren eiskalten Fingern meine Brust berühren lassen, hab sie ihre frostigen Hände tief in meine Pyjamahose schieben lassen und ja, okay, sie hat mich gefickt und gefickt, bis ich gründlich durchgefickt war und nicht mehr weiter konnte. Aber das war höchstens ein-, zweimal, und jetzt bin ich drüber weg.

Der wahre Grund, dass ich mich wegdrehe, nachts, und meinen Rücken an deinen schmiege – dass ich wachliege und mir das Gefühl vorstelle, wenn ich meiner Trauer Rasierklingen geben würde –, der wahre Grund für das alles, das begreife ich jetzt, ist der: Meine Trauer ist größer als deine Trauer.

Ich weiß, dass du auf deiner Betthälfte auch welche versteckst. Das weiß ich genau. Ich habe gesehen, wie sie dich gelutscht hat, spät abends, als du dachtest, ich schliefe schon, und ich sehe, wie sie dir jeden Morgen in die Dusche folgt – so klein und gebrechlich und grau –, und dass sie ein bisschen deiner toten Oma ähnelt.

Aber verglichen mit meiner Trauer, mein Herz, ist deine Trauer ein Scheiß. Sie humpelt wie eine tattrige alte Dame, eine tattrige alte Dame, die acht Jahrzehnte auf dem Buckel hat und friedlich im Schlaf verschieden ist. Sie bringt dich nicht zum Heulen, zum Keuchen und Kreischen wie meine.

Und ich werde den Gedanken nicht los, wenn ich deine Trauer ein bisschen *mästen* könnte, wenn ich sie füttern und aufpäppeln könnte, bis sie mindestens fünfmal größer ist, dass du und ich uns dann endlich wieder lieben könnten.

Das hat mich auf die Idee gebracht, ich könnte deine Eltern vergiften.

Wir könnten sie gleich nächste Woche zum Essen einladen, und ich serviere ihnen Die-Ganz-Speziellen-Zwei-Stück-Kuchen. Irgendwann beim Trivial Pursuit würden sie sich aneinanderklammern. Sie würden krampfen und bluten, ihre Wissenschaft-und-Technik-Fragen komplett unbeantwortet lassen, und das Spiel wäre unwiderruflich aus.

An deine Schwester habe ich auch gedacht. Sie ist gerade

schwanger; der Fötus ist zarte sechs Monate alt. Ihr Tod wäre doppelt tragisch. Und an deine Tante habe ich gedacht, deinen Onkel, deinen Paten, deinen Klavierlehrer, deinen besten Freund.

Wow.

Wenn ich es geschickt anstelle, kann deine Trauer gewaltig werden. Irgendwann kann sie vielleicht mal *meiner* Trauer zeigen, wo der Hammer hängt.

Wir könnten in den Urlaub fahren, ich und du und unsere jeweilige Trauer, und wir könnten Sangria trinkend am Strand rumhängen, vielleicht sogar ein neues Ding probieren wie Surfen oder Schach oder Kamasutra.

Und abends, nach einem langen Tag voller Sex, könnten wir im Mondlicht auf dem Balkon sitzen und weinen. Und im Weinen könnten wir durch das Salz der Tränen über das Meer in die Dunkelheit blicken, und wir bräuchten keine Worte mehr, denn die Schatten an unserer Seite wären uns genug, und wir wären uns genug, und die ganze Welt wäre uns genug, wie sie ist.

Gier

Du bist tot für mich.

So fängt es an. Sarah Kanes Worte, nicht meine.

Und diese Geschichte hat auch nicht wirklich damit angefangen. Sie endet damit. Der Anfang ging eher so:

Nottingham University. Die beliebteste Englisch-Fakultät des Landes. Im *Times*-Ranking unter den Top Ten. Auf jeden männlichen Studenten zwei Frauen.

Frances war eine Tänzerin. Sie war groß und schlank, hatte einen blassen Teint und kastanienbraunes Haar. Sie trug enge Klamotten, die ich mir nie erlauben konnte, und bewegte sich mit einer Anmut, die mir fehlte.

Ich spielte in einem Theaterstück, bei dem Frances die Produzentin war. Warum sie die Produktion übernommen hatte, statt selbst auf der Bühne zu stehen, war ein Rätsel. Ich sah sie oft tanzen, und es war wundervoll. Wenn sie auf den Bus wartete, tanzte sie. Wenn sie in der Schlange vor der Kasse stand, tanzte sie. Wenn sie im Bett lag, tanzte sie auch. Trotzdem belegte sie aus unerfindlichen Gründen nie einen Kurs oder bewarb sich bei der Musical-Gruppe. Frances war eine heimliche Tänzerin, und nur ich und die Leute, die mit uns an der Bushaltestelle oder in der Mensa warteten, wussten davon.

Wir waren in der Uni-Theatergruppe. Tagsüber waren wir Ingenieure, Philosophen und Biochemiker, aber nachts eroberten wir die leeren Hörsäle und erwachten zu neuem Leben. Wir verwandelten uns in Macbeths und Goldbergs, Nells und Miss Prisms. Wir kletterten aus Mülltonnen und in Puppenhäuser. Wir humpelten und lispelten und tranken dekanterweise Apfelsaft. Wir verwandelten uns in unsere Hoffnungen, unsere Wünsche und Alpträume. In alles andere außer uns selbst.

Vor der Uni hatte ich noch nie Theater gespielt. Ich war übervoll mit Kafka, Eugenides und Hesse dort angekommen, aber die Welt, in der ich mich wiederfand, drehte sich um Austen, Caedmon und Pope. Deshalb sagte ich Ja, als eine Wohnheimfreundin fragte, ob ich die *Beowulf*-Vorlesung schwänzen würde, um sie zum Vorsprechen zu begleiten. Vor lauter Freude, dass ich eine Stunde angelsächsische Heldenepen verpasste, sprach ich sogar selbst vor.

Und so wurde ich die Ophelia im *Hamlet*. Glückstreffer. Keine Ahnung, wie das kam. Anscheinend sahen sie irgendwas in mir. Diese Kaputtheit, die ihnen sagte, dass ich Ophelia nicht nur spielen, sondern Ophelia *sein* konnte.

Ja, mir war es nicht fremd, in Zungen zu reden, mich auf Partys komplett zu entwürdigen, von einem Geliebten verschmäht zu werden und vor Kummer den Verstand zu verlieren. Und weil es ein moderner *Hamlet* war, durfte ich sogar meine eigenen Sachen tragen, meine Piercings zeigen und mein Tattoo. Es war das Beste, das Furchteinflößendste und Aufregendste, das ich je getan hatte.

Nach der Pause musste Lottie im Auto bleiben, wegen der Selbstverletzungen. Ich hatte vergessen, meinen Eltern davon zu erzählen, bis wir am selben Tag beim Mittagessen saßen. »Das sollte sie besser nicht angucken«, sagten sie, und meine Schwester weinte.

Aber hey, Hauptsache, ich war jetzt Schauspielerin. Ein

Typ ging nach dem letzten Auftritt vor mir in die Knie. Ich zog nachts durch die Clubs und melkte Jungs auf den Klos ab, weil sie mich erkannten. Und kaum war ich fertig, kam der nächste Mann mit diesem gewissen Blick auf mich zu: »Du bist es. Du bist Ophelia.« Und ich lächelte und knickste und melkte ihn ebenfalls ab, wenn er mochte. Ich war eine Berühmtheit, Leute. Ich konnte alles tun. Alles, was du willst.

Bis zum zweiten Unijahr hatte ich mir richtig einen Namen gemacht: die Gestörte. Deshalb wurde ich auch C in *Gier.* C war noch kaputter als Ophelia. Beim Vorsprechen hatte ich meine Seele rausgelassen. Ich hatte mit den Zähnen geknirscht, mir an den Haaren gerissen, und wäre es nicht dermaßen schrecklich gewesen, hätte man meinen Auftritt als Orgasmus missverstehen können. Aber wie der sich anfühlte, sollte ich erst Jahre später erfahren, und bis dahin zeigte ich diesen Theaterfuzzis mal, wie abgefuckt ich sein konnte. Was es hieß, am Arsch der Welt aufzuwachsen, mit unglücklichen Eltern, einer psychotischen Schwester und mit dieser Sache, die mir widerfahren war, diesem Etwas, an das ich mich nicht richtig erinnerte, aber es hatte ein schwarzes Loch in mir aufgetan, mich leer zurückgelassen: eine Häutung, eine Hülse, ein Nichts.

Tja, und so kriegte ich die Rolle.

Das Stück war von Sarah Kane. Ich hatte noch nie von ihr gehört, aber beim Vorsprechen wusste ich gleich, dass sie wie ich war. Ich bekam nur wenige Zeilen von dem Stück zu sehen (von denen viele aus anderen Texten recycelt waren, zum Beispiel aus *Wasteland* von T.S. Eliot, den ich hätte kennen sollen, aber die Vorlesung hatte ich verschlafen), aber das bisschen reichte mir. Ich wusste es einfach. Kane hasste. Sie liebte. Sie fühlte. Aber vor allem hasste sie.

Als ich hörte, dass ich engagiert war, ging ich feiern. Trank fünf Pints Snakebite. Knutschte mit meiner Gothfreundin Fi, fingerte meinen Gothfreund Phil, und alle freuten sich so sehr für mich. Ich wünschte mir mein Lieblingslied von Sepultura, und der DJ spielte es nicht, und ich trank Reef statt Snakebite, 3 für 2, im Studentencafé. Mit Strohhalm. Mir wurde schlecht.

Die erste Probe machte uns Angst. Vier Schauspieler, und wir sollten alle die gesamte Dreiviertelstunde auf der Bühne sein. Der Text musste wie aus der Maschinenpistole geschossen kommen. Es gab kein Bühnenbild und keinen Plot.

Wir saßen im Schneidersitz in einem Philosophie-Seminarraum im Portland Building und stellten uns einander vor: A, B, M und C. Unsere Stimmen zitterten beim Lesen.

Der Regisseur, ein junger Soziologie-Student namens Michael, trug Hosen, die ein bisschen zu kurz für ihn waren, und sein Bart war ein bisschen zu lang. Immer wenn es im Text um Vergewaltigungen ging, rückte er sich den Schritt zurecht, und ich hatte manchmal Zweifel an seiner Zurechnungsfähigkeit.

In der zweiten Probenwoche stellte er uns Frances vor.

»Frances ist unsere Produzentin. Sie organisiert uns Kostüme, Make-up und Probenräume und so.«

»Hi«, sagte Frances und wickelte sich eine Locke um den Zeigefinger. Sie studierte Kriminologie, sagte sie, und mochte Hiphop und Ballett. Sie hatte eine Gänsehaut und ein ehrliches Lächeln.

Jetzt, wo Frances da war, hatten wir jemanden Neues zum Eindruckschinden. Ein Publikum. Wir standen da in unserem Probenraum, tagsüber der Geographie-Seminarraum E42, aber jetzt kam er uns wie The Globe vor oder wie das

Old Vic. Die Veränderung erfasste uns alle. A war launischer; ein aggressiverer Sextäter als je zuvor. B war kälter, seine Worte schneidend wie Scherben aus Eis. Und M – tja, M war mütterlicher. Als würde sie jeden Moment ihr Top abwerfen und unsere hungrigen Mäuler auf ihre Brüste pressen.

Danach gingen wir in Hockley in einen Pub. Hohe Ledersitze, Jazz, billiger Alkohol. Wir unterhielten uns über Sarah Kane. »Sie ist tot«, sagte A. »Sie war irre«, sagte B. »Eine Lesbe«, sagte M.

Michael, der Regisseur, sagte nichts. Er nippte an seinem Bacardi-Cola und beobachtete uns, seine Schauspieler, und ich hatte irgendwie das Gefühl, dass er sich unter dem Tisch befingerte.

Als alle anderen an der Bar standen, schob sich Frances hinter den Sitzen zu mir durch. »Lass uns ficken!«, rief sie. So verstand ich es jedenfalls. Ein Saxofon plärrte direkt in mein Ohr.

»Was?«, schrie ich zurück.

»Du sollst mich ficken!«, rief sie.

Wir sahen einander an – ein schwieriger Blick, als müssten unsere Augen erst an all dem Lärm vorbei. Ich nahm ihre Hand. Jetzt war ich die mit der Gänsehaut.

Wir fuhren im Taxi zu mir. Ich zeigte ihr mein Zimmer, und sie sagte, wir hätten diegleichen Bettbezüge. Wir legten uns hin und betrachteten den Mond durch das Oberlicht, und sie gestand mir, dass sie noch Jungfrau war.

Das überraschte mich nicht mal wegen ihrer einundzwanzig Jahre, sondern weil sie so selbstbewusst wirkte. So wie sie sich bewegte und verhielt, hätte ich sie für einen Profi im Bett gehalten. Ich meine, sie war schließlich eine Tänzerin. Ich war bloß die Bekloppte mit der Literatur.

Wir zogen unsere Kleider aus und lachten. »Bist du lesbisch?«, fragte ich.

»Nein«, sagte sie. »Ich bin hetero.«

Ich stützte mich auf den Ellbogen und sah sie an.

»Ich will so gern Sex mit dir«, seufzte sie.

Also legte ich einen Arm um sie, öffnete ihren BH und begann sie behutsam zu streicheln, wanderte mit den Fingern über ihre zarte Haut, berührte sie ganz, ganz sacht, und dann packte ich sie, griff nach ihr mit vollen Händen und stürzte mich in sie rein, dass sie schrie.

Die Proben am nächsten Tag waren seltsam.

Ohne den Alkohol waren die Hemmungen wieder da. Frances sagte, sie müsse nebenan telefonieren. Sie versuchte für uns alle diegleichen schwarzen T-Shirts zu bekommen, und das sei schwieriger als gedacht, sagte sie. Ich bemerkte schlechte Vibes zwischen A und M und fragte mich, ob sie es auch getan hatten gestern. Der arme B schien ein bisschen verschnupft zu sein – er stand schon seit ihrem letzten gemeinsamen Auftritt in *Habeas Corpus* auf M, seit Dr. Wicksteed ein Auge auf die mannbare Felicity Rumpers geworfen hatte, aber er hatte sie nicht gekriegt in dem Stück, und ich ahnte, dass er sie auch in diesem nicht kriegen würde.

»Okay, Gang«, sagte Michael. So nannte er uns, seine Gang. »Wir machen heute erst mal Vertrauensübungen.«

»Mit Fallenlassen?«, fragte A.

»Vergesst es«, sagte M und warf ihm finstere Blicke zu.

»Also ich wär dabei«, piepste B.

Eine Viertelstunde lang fielen und fingen wir, fielen, fingen auf. Das Fallen machte mir nichts. Mit Fallen hatte ich nie ein Problem. Das kann ich auf Zuruf, jederzeit. Selbst wenn keiner da ist, der mich auffangen könnte.

Das Auffangen war die Hölle. Was, wenn ich es vergeigte? Was, wenn ich das Gewicht eines anderen Menschen auf mir spürte und einfach zusammenbrach? Ich hasste Vertrauensübungen, weil ich mir selbst nicht traute.

Danach machten wir einen kompletten Durchgang durch das Stück. Ohne Bewegungen, nur im Stehen an den Dialogen feilen.

Nein.

Ja.

Nein.

Ja.

Nein.

Nein.

Ja.

Die Betonung, die Wiederholungen, der Rhythmus. Die Stelle, wo jeder von uns [*einen kurzen einsilbigen Schrei*] ausstößt. Die Stelle, wo ich [*einen formlosen Schrei der Verzweiflung*] ausstoße.

»Wie klingt denn ein formloser Schrei der Verzweiflung überhaupt?«, fragte ich Michael.

»Na … formlos halt«, sagte er.

Die Stelle hatte ich noch nicht geprobt. Wir hatten bisher einfach die Regieanweisung vorgelesen, wenn wir so weit kamen.

»Mach ein Geräusch«, sagte Michael. »Keine Scheu. Ich sage dir hinterher, ob's passt.«

Ich atmete also tief ein, machte den Mund auf und ließ den Ton einfach kommen, sich aus den Tiefen der Lunge nach oben winden, sich krümmen, bis ein Heulen daraus wurde, ein tiefes Wummern, ein Muhen. Ja genau, ich war eine Kuh, als ich meinen formlosen Schrei der Verzweiflung von mir gab, eine Kuh im Schlachthaus in dem Moment vor dem Kehlenschnitt.

»War das okay?«, fragte ich.
Sie guckten alle und nickten.

Nach der Probe kam Frances zu mir. Ich starrte auf mein Handy und tat, als schriebe ich eine SMS, dabei drückte ich nur auf die Drei.

»Ich glaube, ich bin in dich verliebt«, sagte sie.

Ich tippte weiter die Dreiertaste. »Du bist was?«

»Ich bin verliebt.«

Das hatte mir noch nie jemand gesagt. Ich wurde rot. »Kommst du mit zu mir?«, fragte ich.

Diesmal ließen wir uns Zeit. Ich zeigte ihr ganz genau, wo ich berührt werden wollte. Wie genau, an welcher Stelle. Wie oft ihre Zunge kreisen musste. Wo ich am liebsten den pulsierenden Druck einer Fingerkuppe spürte, und wann sie in mich eindringen sollte, mich festhalten, schreien lassen.

Dann machte ich dasselbe auch mit ihr, erklärte es alles noch mal von vorn, lehrte sie den Sex mit mir, lehrte sie meine Version von Sex.

Und genau deshalb konnte, obwohl wir es die ganze Nacht versuchten, obwohl unser Schweiß schon die Laken tränkte, auch keine von uns kommen.

Wenn ich frei sein könnte von dir, ohne dich verlieren zu müssen.

Ich übte meinen Text im Bett, unter der Dusche, tonlos, laut. Ich musste ihn perfekt beherrschen. Es war nicht Michael, der uns so unter Druck setzte. »Jeder macht mal Fehler«, sagte er. »Vergiss es und mach weiter. Vergiss es und mach weiter.« Aber ich wollte keine Fehler machen. Ich wollte nichts vergessen. Ich wollte weitermachen, weiter, weiter, weiter.

Du kriegst gemischte Botschaften, weil ich gemischte Gefühle habe.

Ich aß nichts mehr, weil ich spürte, dass auch C nichts essen würde. C hungerte. C gierte. C stieß formlose Schreie der Verzweiflung aus. Ich fühlte mich mehr wie ich selbst als je zuvor. Wenn es hochkam, aß ich eine Dose Mais am Tag.

Stirb nicht.

Ich brauche ein Wunder, das mich rettet.

Draußen schrie ein Mann. Keine Worte, soweit ich es hören konnte, nur Laute. Schrie er vor Schmerz? Vor Wut? Ich lag im Bett und mochte nicht aufstehen und zum Fenster gehen, um es herauszufinden.

Frances schlief noch, ihre Brust hob und senkte sich mit den tiefen Atemzügen. Als ich ihr über den Arm strich, über die feinen, roten Härchen, begriff ich, dass sie mir Angst zu machen begann.

Ich weiß nicht, ob es daran lag, dass sie mich zu sehr an das erinnerte, was ich nicht war: elegant, unschuldig. Vielleicht fürchtete ich, dass sie mich bald überholen würde. Alles, was ich ihr beibrachte, lernte sie wie ihre Tanzbewegungen. Sie wollte jede neue Abfolge wieder und wieder üben: kreisen, pulsieren, noch mal, kreisen, pulsieren, noch mal, bis ihre Hände sie verinnerlicht hatten. Wenn sie mich jetzt berührte, musste sie an nichts mehr denken. Sie überließ sich ihrem Instinkt, ließ die Choreographie sich selbst entfalten und flüsterte mir seltsame, erotische, beängstigende Dinge ins Ohr.

Oder vielleicht war das der eigentliche Grund: Frances war inzwischen die größte Expertin in meiner Version von Sex. War besser als ich darin, ich zu sein.

Ich schaue auf das große beige Jutekissen, versuche einen Zusammenhang herzustellen, versuche mich selbst zu entziffern, verwoben in den sauberen leeren Stoff.

Immer suchte ich Ausreden, sie nicht treffen zu müssen, und fand keine.

Und dann auf das grüne Paisley-Kissen, ein durch und durch ungeeignetes Kissen, um irgendeinen Teil von mir zu verkörpern, besonders die Teile, die ich ihr zeige.

»Ich liebe dich«, sagte sie zu mir. »Ich bin verliebt in dich.«

Du hast dich in jemanden verliebt, der nicht existiert, murmelte ich. Nein, das stimmt so nicht.

Ich ging abends nicht mehr aus. Nach den Proben ging der Rest der Truppe ins Kino oder in eine Bar, Schlittschuhlaufen oder zum Jazzkonzert, und ich schüttelte den Kopf, sagte, ich wollte mich ausruhen, und schlich schweigend nach Hause. Frances kam um zwei oder drei Uhr morgens betrunken zu mir, strich mir übers Haar und küsste mich.

Diesmal nicht.

Die formlosen Schreie setzten mir zu. Sie stiegen jetzt aus solchen Tiefen auf, dass mir einer pro Tag schon zu viel war. Wir mussten das Stück oft vier-, fünfmal wiederholen. Fünf Schreie der Verzweiflung. Ich dachte, ich müsste sterben.

Noch nicht.

Aber nach jedem Durchgang war mein T-Shirt mit Tränen und Rotz getränkt.

Ich bin ein Gefühlsplagiator.

»M steht auf A«, sagte B eines Abends während der Pause zu mir.

»Na klar«, sagte ich. »Sieht man doch.«

»Tja«, seufzte er, und dann sah er mich an wie noch nie zuvor. »Und du? Bist du …«

»Nein«, sagte ich. »Ich bin vergeben.«

Eine Woche vor der Aufführung hatten wir es drauf. Wir stellten uns Hand in Hand in einen Kreis und sagten wieder und wieder unsere Texte auf. B, M, C, A, B, A, B, C. Keine Zeit für Pausen: Wenn eine Zeile zu Ende war, nahm der nächste sie auf. Immer werfen und fangen, werfen und fangen, werfen und auffangen, fehlerfrei. Und trotzdem fiel ich. Fiel und fiel.

[*Stößt einen kurzen einsilbigen Schrei aus*]

Jede Nacht nahm ich Frances' Hand, küsste ihre Fingerkuppen, ließ meine Tränen auf ihre Brüste fallen und schob sie in mich rein, vier Finger auf einmal. Ich sagte, dass ich sie liebe, sagte, ich hasse mich selbst, ich könne nicht mit ihr zusammen sein, ich brauche sie.

[*Formloser Schrei der Verzweiflung*]

Sie flüsterte mir zu, ich sei perfekt. Brillant. Erstklassig. Die Beste. Aber sie und Michael seien jetzt zusammen. Sie habe ihm beigebracht, wie er sie berühren solle, wo genau und wie lange, kreisen, pulsieren, noch mal. Sie schob ihre Finger rein und raus, rein und raus, und ich konnte noch immer nicht kommen, und sie sagte, es sei Zeit, dass sie ginge. Sie werde mich niemals vergessen. Vielen Dank für alles. Eine letzte Pirouette, und dann –

Du bist tot für mich.

Ich brach auf der Bühne vor fünfzig Fremden in Tränen aus. Ich knirschte mit den Zähnen und riss an meinen Haaren. *Ich spüre nichts, nichts. Ich spüre nichts.*

Und da war Frances, saß in der ersten Reihe neben Michael und drückte pulsierend, pulsierend seine Hand.

In the mountains, there you feel free.

Ich sah Michael, wie er sich zu unseren Texten befingerte, die straff gespannte Hose in seinem Schritt.

In freiem Fall.
Ins Licht.
Der Anlauf zu unserem letzten Crescendo.
Ganz und gar nicht endend, wo wir begonnen hatten.
Glücklich.
Verzweifelt.
Glücklich und frei.

Daddy raucht

Wannabe von den Spice Girls tönt aus dem Kassettenrekorder.

Ich musste betteln, damit Dad die Sendung *Rund um den Garten* unterbricht und dieses Lied anmachte, und nun staune ich, dass wir es zum zehnten Mal hören und es noch keiner über hat. Ganz im Gegenteil sogar. Posh, Ginger, Baby, Sporty und Scary bringen, ohne es zu ahnen, meinen Dad, meine Schwester und mich einander näher. Irgendetwas an ihrem Lied gibt uns mit jedem Refrain immer mehr das Gefühl, so eng zusammenzugehören wie noch nie.

Um den Moment voll auszukosten, wollen meine Schwester und ich den Text mitschreiben. Lottie dreht sich zum Kofferraum um und durchwühlt auf der Suche nach einem Stift Dads Reisetasche. Im nächsten Moment zuckt sie zurück.

»In der Tasche sind Zigarren«, flüstert sie.

Ich sehe nach vorn zu Dad, grauhaarig und im Kuschelpulli, der uns durch die Straßen von Skegness kutschiert, und will Lottie sagen, dass sie sich irrt. Da können gar keine Zigarren in der Tasche sein. Daddy raucht doch nicht. Bei uns zu Haus gibt es keine Geheimnisse, schon vergessen? Keine Geheimnisse, Lottie.

Und dann sage ich gar nichts zu ihr. Ich sage Dad, dass er die Musik lauter drehen soll.

Jetzt bin ich vierzehn. Während meine Freundinnen Jungs nachjagen, sich schminken üben, vielleicht sogar schon vögeln, sitze ich zu Hause auf dem Treppenabsatz mit einem Notizblock in der Hand. Ich habe drei Spalten eingezeichnet.

Raus / Rein / Details

In die erste Spalte trage ich ein, wann Dad durch die Hintertür das Haus verlässt. Ich sehe ihm nach, wie er über den Rasen geht, bis er aus dem Blickfeld verschwindet.

In die zweite Spalte schreibe ich, um welche Zeit er wiederkommt.

Die dritte Spalte ist für auffällige Verhaltensweisen: Hantiert mit irgendwas in der Jackentasche. Sieht sich nervös um. Mantel riecht bei der Rückkehr nach Rauch. Das muss allerdings nichts heißen, weil Dad ziemlich oft nach Rauch riecht. Alle paar Tage macht er hinter dem Wohnwagen am Ende des Gartens Feuer. Stundenlang sieht er zu, wie der Müll in Flammen aufgeht.

Jetzt will ich die letzten beiden Spalten füllen. Dad ist schon über eine halbe Stunde draußen. Während ich eine Ecke des Papiers mit Sternen und Spiralen fülle, beschließe ich, dass ich mit meinem Block voller Beweise langsam der Wahrheit ins Gesicht sehen muss.

Inzwischen habe ich auch gevögelt.

Ziemlich oft, mit ziemlich vielen Jungs. Sam, mit dem ich seit Neuestem zusammen bin, hat sich gerade Knallbrause auf die Zunge gestreut und mich geleckt, während ich knallte.

Jetzt sind wir draußen, um noch mal zu vögeln. Freiluftsex haben wir beide noch nie probiert, und weil wir da anscheinend die Einzigen sind, suchen wir im Garten nach einer geeigneten Stelle: nach einer, wo Mum uns nicht erwischt.

Plötzlich fällt mir der Wohnwagen ein.

Genau genommen darf ich da nicht reingehen. Er stand bei unserem Einzug schon hier, und er ist alt und morsch – Dad sagt, es ist gefährlich.

Ein rostiges Rohr ist gegen die Tür gestemmt. Ich ruckle es aus dem Boden, und Moder und Staub wehen uns entgegen. Als ich eintrete, biegt sich der Boden unter meinen Füßen, und gibt noch mehr nach, als Sam mir folgt. Ein paar Augenblicke stehen wir nur da und hören unsere Herzen schlagen. Dann grinst Sam und winkt mich nach hinten. Ich bleibe, wo ich bin, weil ich meinen Blick nicht von der Küchenecke losreißen kann: gelbes Resopal, das sich von dem modrigen, wurmstichigen Holz abschält, und die Spüle … die Spüle ist voll mit grauem Pulver. Ich erkenne den Geruch. Zigarrenasche.

»Heilige Scheiße, Greta, guck mal hier!«, ruft Sam.

Ich schlucke das Brennen in meiner Kehle runter und gehe zu ihm. Sam wedelt mit irgendetwas durch die Luft.

»Pornohefte!«, jubelt er.

Er hält ein Heft in der Hand, auf dem eine Brünette mit Riesenbrüsten eine Lederpeitsche schwingt, und zeigt auf eine offene Schranktür. Ich stakse um Scherben und Splitter herum und sehe hinein.

Das müssen an die hundert Hefte sein da drin. Ich hebe welche an, um die Titel sehen zu können, und Worte springen mich an. *Lesben. Lehrerinnen. Sekretärinnen. Fünfzig plus. Schulmädchen.* Keins der Hefte ist älter als ein Jahr.

»Alter Schwede!«, lacht Sam hinter mir und klappt eine Matratze von der Wand. Sie ist alt, aber viel sauberer als alles andere hier. »Ein richtiges verdammtes Bett!«

Ich hocke mich auf den Rand der Matratze. Statt zu vögeln, gehen Sam und ich die Hefte durch. Ich habe noch nie Pornos gesehen, und es fühlt sich an, als hätte es mit Sams Knallbrause und meinen Mädchenslips überhaupt gar nichts zu tun. Zum Beispiel hatte ich keine Ahnung, wie viele Mädchen sich da unten rasieren. Und ihre Schamlippen – wo sind die überhaupt? Ist meine Möse … ich meine, ist die normal?

Ich weiß selbst nicht richtig, was es ist, aber als ich konzentriert auf die glänzenden Seiten starre, habe ich ein ganz neues, unbekanntes Gefühl. Eine Mischung aus Ekel und Erregung.

Ich schmeiße die Hefte in den Schrank zurück und schicke Sam nach Hause.

Am Abend gehen mir die Frauen nicht aus dem Kopf, wie sie mit den Fingern ihre Mösen spreizen. Sie sind so anders als Scary und Sporty Spice, mit denen ich mich mit zwölf verglichen habe. Ich setze mich auf den Teppich, mache die Beine breit und schaue in einen kleinen Spiegel. Weder die Spice Girls noch die Pornofrauen wirken annähernd so scary wie ich, als ich mich zum ersten Mal richtig sehe.

Mum kocht Lasagne, und ich traue mich endlich, mit ihr zu reden.

»Ich will dich nicht beunruhigen oder so«, sage ich, »aber wusstest du, dass Dad im Wohnwagen Pornohefte hat?«

Sie legt das Messer weg und sieht mich an.

»Pornohefte?«, platzt sie raus. »In so einem war ich auch mal drin!«

Sie erzählt, dass sie einmal in der Rubrik »Frauen unserer Leser« im *Playboy* ein Polaroid von sich hat drucken lassen, als Geburtstagsgeschenk für Dad. Dann lacht sie, bis ihr fast die Tränen kommen, und verstummt. Sie mahnt mich, es nicht meiner Schwester zu sagen, dreht sich wieder zum Tresen und schneidet ihre Zwiebeln mit hängenden Schultern.

Ich bin achtzehn und kann tun, was ich will. Gerade tue ich, was ich will, in Neuseeland, auf meiner Reise um die Welt. Es ist der erste Tag der Bustour »Kiwi Experience«, und wir sind für die Nacht in einem Hostel abgestiegen. Dangerous Dave, unser Busfahrer und Reiseleiter, hat uns in Paare eingeteilt – immer ein Männlein und ein Weiblein – und hat Spielregeln bekanntgegeben. Die Jungs müssen die Klamotten der Mädchen anziehen, und die Mädchen sollen ihre Kleidung aus Müllsäcken schneidern.

Die anderen Mädels haben aus ihren Säcken kleine Schwarze oder knappe Bikinis gemacht. Ich habe in meinen nur drei Löcher gerissen – eins für den Kopf, zwei für die Arme – und trage ihn als alten Sack. Fühlt sich gut an, anders zu sein.

Als es Mitternacht schlägt, bin ich knülle. Ich wanke ein Stück und schiebe eine Münze in einen Schlitz. Lecke mir die Lippen, ziehe einen Hebel.

Dann gehe ich zu dem Typen, der meinen Minirock und mein Make-up trägt. Ich drücke ihn in einen Stuhl, schwinge ein Bein über seinen Schoß und stecke mir eine Zigarre an.

Dad ist tot, und wir essen in einem teuren Restaurant.

Ich bin nach Schottland gezogen, und Mum besucht mich zum ersten Mal seit zwei Jahren. Im Endstadium seiner Krankheit war sie die meiste Zeit zu Hause. Sie hat auf dem Sofa ferngesehen, während er vor der Tür in der Gartenliege Zigarren rauchte.

Bei unserem letzten Treffen haben Mum und ich Dads

Asche im Garten verstreut. Sie war noch warm von der Einäscherung, und wir haben sie aus seinen Gummistiefeln auf all seine Lieblingsplätze gekippt. Der letzte dieser Plätze war die Feuerstelle.

Heute führe ich Mum in ein Restaurant in der Merchant City aus. Ich bestelle als Vorspeise Räuchermakrelenpastete, und sie isst einen Salat. Als ich den letzten Bissen schlucke, sagt sie: »Wetten, dass dich der Geruch von dem Zeug jetzt den Rest des Tages verfolgt.«

Dann fängt sie an zu erzählen.

Sie erzählt von dem Urlaub in Skegness, als ich dreizehn war. Dass sie Dad gezwungen hatte, mit meiner Schwester und mir dort hinzufahren. Sie hatte Dad damals mit der Dorfkellnerin im Bett erwischt und ein bisschen Zeit für sich gebraucht. Sie hatte immer mit anderen Frauen um Dad konkurrieren müssen. Hatte nie das Gefühl gehabt, sie sei ihm je *genug*.

Ich versuche ihr aufmerksam zuzuhören, aber ich werde den Geschmack der Makrele und den Text von *Wannabe* nicht los, der wie ein Soundtrack in meinem Kopf mitläuft.

Mum will den Wohnwagen abreißen lassen. Sie verkauft das Haus, und das Ding soll weg. Ein paar Zigeuner machen ihr ein Angebot über zweihundert Pfund. Sie sagt, sie zahlt danach, wenn sie ihre Sache gründlich machen.

Als sie fertig sind, rufen die Zigeuner Mum in den Garten. Während sie das Ergebnis ihrer Arbeit begutachtet, erzählen die Leute, dass beim Abreißen ein Haufen Pornohefte aus dem Wagen gequollen ist.

»Manche waren ziemlich neu«, sagen sie.

Sie zahlt und beißt sich auf die Zunge, um nicht zu fragen, *wie neu*.

Am Abend steht Mum mit ihrem neuen Freund David im Garten. Er hilft ihr, das Haus in Ordnung zu bringen, um den Marktwert zu erhöhen. Sie haben gut zwanzig Schubkarren Müll auf der Feuerstelle abgeladen und sind erschöpft.

Manchmal rutscht Müll von dem Haufen runter, und sie benutzen ihre Spaten, um ihn wieder oben drauf zu schaufeln. Ab und an stößt David dabei auf einen halb in der Erde vergrabenen Plastikbeutel. Er hievt ihn raus und sieht, dass der Beutel voller Zeitschriften ist. Zwischen welligen Seiten: ein Gewimmel nackter Brüste und rasierter Mösen.

David sagt nichts, wenn das passiert, sondern schaufelt weiter, legt jeden neuen Beutel schweigend obenauf. Mum steht ebenfalls schweigend hinter ihm.

Später zünden sie den Haufen an. Die Beutel schmelzen in der Hitze. Flammen vertilgen die Schulmädchen und Sekretärinnen wie auch das wurmstichige Wohnwagen-Holz, das Unkraut aus dem Vorgarten, Getränkekartons aus der Küche, die alte kaputte Gartenliege. Es wird alles zu Flammen und Rauch.

So viel Rauch, dass die nächste Nachbarin im Dorf – einen halben Kilometer weiter – sich beschwert, der Gestank ziehe bei ihr zum Fenster rein.

»Er zieht auch bei mir zum Fenster rein«, sagt Mum, »aber ich kann nichts daran ändern.«

Bevor das Haus verkauft wird, übernachte ich ein letztes Mal dort.

Ich spaziere durch den Garten und entdecke unter dem Holunderbusch einen aufgeweichten, verkohlten Fetzen Papier. Eine nackte Frau und eine Telefonnummer sind darauf zu sehen. Von dem Gesicht der Frau ist das meiste verbrannt. Ich kniee mich auf den Boden und sehe sie an, und kurz darauf komme ich zum ersten Mal. Es ist ein zittriger Orgasmus, einsam, schmerzerfüllt.

Dann gehe ich rüber zum veralgten Teich, zu den unkrautüberwucherten Hühnerställen und schließlich zur Feuerstelle. Seltsam eigentlich – wenn ich den grauen Staub ansehe, weiß ich nicht mehr, was daran von den Pornoheften kommt, was von den Zigarren und was von meinem Dad. Aber ich weiß, auch wenn es jetzt vorbei ist mit dem Rauchen: Sie haben alle einmal geglüht.

Die Geschichte von jemand anderem

1967 war das, da haben wir uns kennengelernt. Anfang des Jahres standen die Monkees mit »I'm a Believer« auf Nummer eins, und am Ende waren es die Beatles mit »Hello Goodbye«. Aber kurz davor, im November – als Long John Baldry in die Charts kam mit »Let the Heartaches Begin« – da bin ich deiner Mutter begegnet.

Es war bei einer Schuldisko. Ich ging auf die Knabenschule auf der einen Straßenseite und deine Mum auf der anderen auf die Mädchenschule. Einmal im Jahr, jedes Jahr, trafen sich die Jungs und die Mädels, um drei Stunden zu tuscheln, zu kichern und augenzwinkernd »den Freddie« zu tanzen.

In dem Jahr fand der Tanz in der Mädchenschule statt. Ich sollte die Dekorationen aufhängen, die die Mädchen in den letzten zwei Wochen gebastelt hatten. Ich war gerade zur Hälfte mit den Girlanden durch, als ich sie zum ersten Mal sah.

»Hallo, Spätzchen«, sagte er zu mir.

Er stand mit ausgestreckten Armen auf einer Leiter. Ich erinnere mich noch an sein Cordhemd und an sein breites Grinsen. Er sah älter aus als ich – wie viel war schwer zu sagen –, aber ich fand ihn irre gutaussehend.

Ich wünschte nur, ich hätte Zeit gehabt, die Brille abzunehmen. Nach der Schule trug ich sie nie, falls irgendwelche Jungs mich sahen. Bin ein paar Mal auf dem Heimweg in den falschen Bus gestiegen und bis ans andere Ende von

Stretford gefahren. Es war dumm von mir, diese Eitelkeit, aber wenn du eine Brille trägst und eine Zahnspange und orthopädische Schuhe, da laufen dir die Jungs nicht gerade hinterher.

Aber dann kam er. Ein richtiger Junge, der mich geradewegs ansah, also lächelte ich zurück. Ich ließ sogar die Spange aufblitzen.

Sie war so zierlich, deine Mum, mit einer hübschen, zuckersüßen kleinen Schnute und einem Klecks rebellischer Sommersprossen um die Augen. Ich wollte sie herumwirbeln und sie küssen.

Wir tanzten an dem Abend zu den Bee Gees, zu den Monkees und den Rolling Stones.

Und dann habe ich wirklich ihren hübschen kleinen Mund geküsst.

Als er es zu mir sagte, konnte ich es erst gar nicht glauben. Ich guckte in den Wohnzimmerspiegel und sagte es mir vor: »Er liebt mich, er liebt mich!« Dann lief ich in den Vorgarten, radschlagen.

Vor meinen Eltern hielt ich sie so lange wie möglich geheim.

»Sie ist gewöhnlich«, sagten sie nach der ersten Begegnung. »Sie kann nicht richtig sprechen, und sie isst Pommes frites auf Brot.«

»Ich weiß«, sagte ich mit einem Grinsen.

Seine Familie stammte vom alten Adel ab. Meine hatte sich früher keine Strümpfe leisten können, also hatten sie sich die Beine mit Bratensaft bemalt.

Er sagte, er sei mit Lord Byron verwandt. Ich wusste nicht, wer das war. Meine Vorfahren waren Malteser-Piraten. Meine Ur-Urgroßmutter hatte aus Eifersucht ihren Mann ermordet.

Immer wenn sie mich besuchte, schlichen meine Eltern uns überallhin nach. Sie setzten sich leise schimpfend vor meine Zimmertür. Ich glaube, sie haben ihr nie auch nur eine Tasse Tee angeboten. Also gingen wir meistens zu ihr nach Hause. Da gab es Tee, und da ließen sie uns allein.

Ich weiß noch diesen einen Abend in unserem ersten Sommer. Wir hatten gerade Corned Beef gegessen und gingen beim Golfplatz spazieren. Ab und zu ließ dein Dad meine Hand los und lief vorneweg. »Komm schon, lahme Ente!«, lachte er. Kam zurückgerannt und kitzelte mich, bis ich schrie.

Am Golfplatz setzten wir uns unter einen Baum und sahen ein paar alten Männern am Loch dreizehn zu. Wir lauschten der Stille, und ich merkte, wie glücklich ich dabei war – glücklicher als mit jedem anderen Mädchen. Für deine Mum wollte ich alles tun, weißt du. Einfach alles.

Was ich nicht wollte, war, zu Hause meinen Eltern zu begegnen. Würden sie das Corned Beef riechen? Und zu den Englisch-Hausaufgaben wollte ich auch nicht zurück. Lesen war toll, aber ich hasste das Analysieren. Das ergab einfach überhaupt keinen Sinn. Nur Meinungen, kein Richtig und kein Falsch. Mathe und Naturwissenschaften, das waren Fächer, die mich begeisterten. Mir gefiel ihre Eindeutigkeit.

»Siehst du das Gebüsch da?«, fragte deine Mum mich plötzlich und zeigte auf eine dornige Hecke, in der wilde Brombee-

ren wuchsen. Ich nickte. »Da hatten wir mal ein Versteck. Meine Bande, zwei Freundinnen und ich. Wir haben uns da getroffen und uns Geheimnisse erzählt.«

»Also dann!«, rief er und war schon wieder aufgesprungen. »Worauf warten wir? Rein mit uns!« Er rannte zur Hecke, schob die Ranken beiseite und steckte den Kopf hinein.

Ich rannte ihm nach und hielt ihn am T-Shirt fest. »Du zerkratzt dir noch alles!«

Irgendwie schafften wir es, da reinzukrabbeln. Ich war im Grunde überrascht, dass sie mir folgte. Bei solchen Sachen war ich impulsiv – Spaß zu haben machte eindeutig Sinn. Aber nicht alle verstanden darunter dasselbe wie ich.

Ich war so außer Atem, dass ich meinen Herzschlag hören konnte. Für diesen Jungen habe ich wirklich ein paar komische Sachen gemacht. Obwohl ich erst vierzehn war, muss ich schwer verliebt gewesen sein. Manchmal ist das schon alles, was es braucht.

»So«, sagte ich und nahm ihre Hand. »Ich weiß, dass wir einer zu wenig sind, dass wir zu dritt sein sollten, aber wird es so gehen?«

»Klar«, sagte sie und wischte mir einen Zweig aus dem Gesicht.

»Na bestens«, sagte er, was wie aus einem seiner Fünf-Freunde-Bücher klang. »Dann müssen wir uns jetzt unsere Geheimnisse verraten.«

Sie sah mich mit großen Augen an. Sie hatte diese rebellischen Sommersprossen um die Augen. Habe ich das schon erzählt? Wegen dieser Sommersprossen habe ich mich in sie verliebt.

»Du zuerst«, flüsterte sie.

Er atmete tief durch und überlegte. »Na gut«, sagte er schließlich. »Ich zuerst.«

Er rückte ein bisschen näher, dass sich unsere Knie berührten.

»Ich glaube«, sagte er leise, »meine Mum ist Alkoholikerin.«

Ich senkte den Kopf, um das erst mal zu kapieren. Er hatte mir ein echtes Geheimnis verraten. Meine Freundinnen – als Jenny, Maeve und ich noch eine Bande waren – hatten nie solche Geheimnisse erzählt. Bei uns war es darum gegangen, welche Jungs wir süß fanden. Welche Hausaufgaben wir abgeschrieben hatten. Wer für uns das blödeste Mädchen in der Klasse war. Aber das war drei Jahre her, und dies hier war jetzt.

»Also los«, drängelte er; vielleicht bereute er, so viel verraten zu haben. »Du bist dran.«

»Okay«, antwortete ich. Ich flüsterte ganz dicht an seinem Ohr.

Nach der Sache im Brombeerversteck gewöhnte ich mich eine Zeitlang an beengte Verhältnisse: hockte auf dem Dachboden mit meiner Taschenlampe und meinen Beano-Comicheften. Pisste in eine leere Milchflasche.

Monate später war ich wieder an der Schule. Ich hatte so viel Stoff verpasst. Ich kam mir richtig dämlich vor. Die Wochen in meinem Zimmer oder im Krankenhaus mit dem Blick zur

Decke, die hatten mich nicht gerade zum Lernen animiert. Beim Abschluss bin ich in Mathe fünfmal durchgerasselt, wie du weißt, bis ich endlich bestanden habe.

Aber so dämlich, wie du immer dachtest, war ich nicht. Verletzt, ja, aber dämlich nicht.

Nach drei Tagen bin ich vom Dachboden runter. Meine Eltern spielten völlig verrückt. Mum trank mehr denn je. Sie wollte, dass ich deine Mutter nie wiedersehe.

Was mich natürlich nur noch mehr angestachelt hat.

Es dauerte, bis alles wie vorher war. Aber im Sommer liefen wir wieder am Golfplatz entlang, lachten und jagten einander. Er sagte, dass er mich liebte, und ich sagte, dass ich ihn liebte.

Alles fühlte sich so richtig an. »Young Girl« war seit Wochen an der Spitze der Charts, von wo es die Stones mit »Jumpin' Jack Flash« verdrängen würden. In nur einem Jahr wäre ich mit der Schule fertig, und ich hatte mir mit dem Geld vom Zeitungaustragen einen Roller gekauft. Einen fahrbaren Untersatz kann man immer brauchen. Ist man gleich viel freier.

Aber manchmal hat er schon noch Mist gebaut. Unmögliche Sachen gebracht, wie einmal, als wir essen waren, zum ersten Mal zu zweit in einem Restaurant, und er nicht genug Geld mithatte. Da ist er zum Klofenster raus und hat mich alles ausbaden lassen.

Oder ich erwischte ihn nach der Schule mit einer anderen im Arm. Als er mich sah, kam er angerannt, drückte mich ganz fest und sagte, ich sei die Einzige für ihn.

Ich war nicht dämlich, wie gesagt.

Wenn ich wütend war, tat es ihm so leid. Er kam dann mit dem Roller und sang vor dem Fenster Songs für mich. Manchmal sogar mit Gitarre. Wenn er das tat, verzieh ich ihm immer. Obwohl meistens mein Vater irgendwann kam und schrie: »Schieb ab jetzt, du Pfeife!«

Irgendwann hatte ich den Mut, ihr einen Antrag zu machen. Ich hatte mich lange genug wie ein Idiot benommen, und ich wusste, dass sie mich liebte. Es machte eindeutig Sinn.

»Wir sollten heiraten«, sagte ich, kaum dass ich zur Tür rein war.

So glücklich hatte ich sie noch nie erlebt.

Die Vorbereitungen liefen gut, bis er dann verschwand.

Nach elf Wochen haben sie ihn gefunden. Hat in Bradford in einer Fabrik angeheuert. Er war da beim Psychologen, sagte er.

Ich hab meinen Verlobungsring verpfändet und auf ein Ticket in die Staaten gespart. Da behandeln sie einen gut, hatte ich gehört, da konnte man als Kindermädchen prima leben. Seltsam eigentlich, dass es dazu nie gekommen ist, und du bist als Baby mit so vielen Kindermädchen aufgewachsen.

Über Bradford rede ich nicht so gern.

Ich lag nachts im Bett und überlegte, was ich noch verpfänden könnte, um das Ticket zusammenzukriegen. Gerade hatte ich beschlossen, die Nähmaschine zu verkaufen, meinen letzten nennenswerten Besitz, als ich einen Roller in die Straße einbiegen hörte.

Die beste Entscheidung meines Lebens.

Ich zog den Vorhang beiseite, und da stand er.

Und spielte Gitarre.

Jumpin' Jack Flash.

Ich meinte es ernst, weißt du.

Er meinte es ernst.

Drei Wochen darauf haben wir geheiratet.

Seine Eltern sagten, sie gäben uns kein Jahr.

Es wurden fünfunddreißig draus.

Wenn ich einmal tot bin

Wenn ich einmal tot bin, will ich keinen Gottesdienst. Ich will einen humanistischen Ritus, wenn es geht; nur einen schlichten Raum, in dem sich ein paar Leutchen versammeln – und ein bisschen weinen –, während mein Sarg hereingetragen wird. Ich bin da nicht anspruchsvoll.

Der Sarg muss nichts Luxuriöses sein. Der billigste vom Co-op-Bestatter tut es auch. Den habe ich letztes Jahr für meinen Dad gekauft, aus Wellpappe, folienbeschichtet, und das war schon teuer genug. Und die Sargträger, tja, das sind normalerweise sechs, also nehmen wir meine sechs letzten Liebhaber. Die freut es vermutlich, mein totes Gewicht zu spüren.

Obwohl ich will, dass ihr mich verbrennt, will ich vorher schön eingekleidet werden. Smart-casual wäre mir recht. Ihr wisst schon, mit dem gebührenden Understatement. Ich meine, machen wir uns nichts vor – ich bin tot, und ich soll eingeäschert werden. Da brauche ich keine Schuhe. Und Mascara könnt ihr weglassen, weil meine Augen geschlossen sind. Aber ein bisschen Aufwand darf trotzdem sein. Schönes Kleid, neue Strumpfhose. Etwas Lipgloss. Und den silbernen Ring, den meine Schwester in der psychiatrischen Klinik für mich gemacht hat, an einer Kette um den Hals.

Ich hätte gern ein Buch in der Hand. Am liebsten *Revolting Rhymes*, aber ich bin da flexibel, Hauptsache, es ist von Roald Dahl. Eine David-Bowie-CD nähme ich auch gern mit und ein Familienfoto aus der Zeit, wo wir noch eine Familie waren. Oh, und ein Schweizer Taschenmesser, falls ich es im Jenseits brauche. Ich bin überzeugte Atheistin, also gehe ich fest davon aus, dass ich in die Hölle komme.

Kurz bevor ich hinterm Vorhang verschwinde und mich – Puff! – in Staub verwandle, soll Stephen Hawking ein paar Worte zur Entstehung des Universums sagen. Ich hätte gern, dass er in ein paar kurzen Sätzen demonstriert, wie unwichtig meine Existenz im Verhältnis zum großen Ganzen war.

Dann soll die-Frau-die-mich-2009-von-ihrem-Mars-hat-abbeißen-lassen-als-ich-heulend-im Zug-saß vortreten und eine Rede halten. Jemand soll *sie* von einem Mars abbeißen lassen.

Zuletzt soll die Bedienung in diesem veganen Imbiss, die ich immer gegrüßt habe, ein Gedicht vortragen. Eins von R. D. Laing über die Verdorbenheit menschlicher Beziehungen. Über Schizophrenie. Über die Beziehung zwischen Schizophrenie und Tod.

Wenn das hässliche, knirschende Sarg-auf-dem-Förderband-Geräusch verklungen ist und das von mir gewählte Lied aus den Lautsprechern schallt (dieser Song aus dem Abspann von *Porridge*), sollen alle zur Tür raustanzen und zur Trauerfeier gehen.

Und da fängt der Spaß erst richtig an.

Ich will, dass die Trauerfeier in dem Haus stattfindet, in dem ich aufgewachsen bin. Ich weiß, da wohnt jetzt eine andere Familie, und es könnte Umstände machen, aber wenn sie so nett sein würden, für diesen letzten Wunsch ihr Haus zu räumen, wäre ich ihnen sehr verbunden. Immerhin habe ich da vierundzwanzig Jahre gelebt. Hatte da meinen ersten Orgasmus. Meine letzte Partie »Schweinerei«.

Also. So soll es laufen. Alle sollen sich in der Küche versammeln, wo es Käse-Zwiebel-Sandwiches und Cava-Schaumwein gibt und die üblichen Leberpasteten, genau wie zu Dads Trauerfeier.

Ich will, dass die fünfundzwanzig meistgespielten Songs aus meinem iTunes-Player laufen, und alle sollen mitklatschen, aber dann nach ein paar Takten aus dem Rhythmus kommen und verschämt die Arme verschränken. Ich will, dass eine wildfremde Äthiopierin Luftsprünge macht und ein Freudengeheul anstimmt, gleich neben dem AGA-Kohlenherd, wo ich mit zehn immer saß, wenn ich verängstigt war.

Im Wohnzimmer soll ein Koffer voller Erinnerungen auf dem Couchtisch stehen. Im Koffer befinden sich die Kurzgeschichten, die ich mit acht geschrieben habe, die rosa Bommelmütze mit dem Kaninchen drauf, eine Rasierklinge und das Witzebuch *Ha Ha Bonk*. Die Rasierklinge ist blutverschmiert.

Meine Gäste sollen locker und ungezwungen plaudern, aber ein paar Richtlinien gibt es doch. Zum Beispiel muss meine beste Freundin aus Schulzeiten so weit entfernt wie möglich von meiner jetzigen besten Freundin sitzen. Sie würden sich nämlich nicht vertragen.

Und ich bestehe darauf, dass die Leute auch über meine schlechten Seiten reden. Wie stur ich war. Wie unzuverlässig, melodramatisch. Wie kontrollwütig ich war. Ich will, dass den Leuten die Tränen kommen, wenn das Wort »kontrollwütig« fällt.

Ich will, dass auch der Mann anwesend ist, den ich als Einzigen so sehr geliebt habe, dass ich das Leben mit ihm hätte verbringen können.

Ich will, dass er seine neue Freundin zu Hause lässt und

nur für mich zu der Feier kommt. Er soll ein Lied über meine Augen spielen, ein Lied über unseren ersten Kuss, über den besten Sex, den wir je hatten. Und er soll allen erzählen, dass *er* mit mir Schluss gemacht hat.

Es soll einen Augenblick geben, nur einen kurzen Moment, wo er still ins Leere blickt und sagt, wie viel ich ihm bedeutet habe. Wie viel ich ihm immer noch bedeute.

Ich will, dass er als Erster geht.

Im Laufe des Abends sollen noch mehr Sachen passieren.

Ich will, dass alle, die je sauer auf mich waren, sich im Schlafzimmer versammeln und mit Darts auf ein Foto von mir werfen. Ich will, dass die Frau, die mich eine »scheiß Fotze« genannt hat, mich mitten zwischen die Augen trifft.

Ich will, dass meine größten Fehler als *objets d'art* zu besichtigen sind, im Vorgarten verstreut und von Kritikern verrissen. Der Gelegenheitsdreier. Das schmutzige Bauchnabelpiercing. Der Gelegenheitsvierer. Der zweitägige Kater. Die Chlamydieninfektion.

Ich will, dass der-Mann-der-mich-auf-Knien-betteln-ließ-als-ich-dreizehn-war Kostproben aus meinen damaligen Gedichten rezitiert und dass alle darüber lachen, wie kaputt ich war.

Dann soll die Version von Pachelbels Kanon in D-Dur erklingen, die ich von Youtube kenne, während jemand jedes Wort, das ich geschrieben habe, auf einen Stapel schichtet und anzündet. Jede Silbe soll unter allgemeinem Jubel von den Flammen verzehrt werden.

Ich will Silvesterraketen.

Wenn es dunkel ist, darf die Feier ein bisschen aus dem Ruder laufen. Alle sollen nackt in der Einfahrt tanzen, wie ich es mit fünfzehn einmal tat. Sollen im Suff gefühlsduselig werden. Sich prügeln, einander betrügen. Einen Filmriss haben, Kotzkrämpfe, Gehirnerschütterungen, Heulattacken.

Einander übers Haar streichen und sagen, es wird alles gut.

Und ich will meine Mum.

Und Sternschnuppen sollen fallen.

Und ich will meine Mum.

Und dass mein Dad aus dem Jenseits wiederkommt und das Lied übers Zähneputzen singt, das Lied, das er jeden Abend zum Einschlafen gesungen hat.

Und dass meine Schwester nicht mehr krank ist, dass sie aus der Klinik entlassen wird, gesund ist, glücklich ist.

Und ich will meine Mum.

Ganz schön fände ich auch, wenn fünf Minuten nach dem Ende der Feier die Welt untergehen könnte.

Nichts Luxuriöses. Nur eine kleine Apokalypse.

Ich brauche keine vier gewaltigen Pferde, keinen neuen Weltkrieg, keine Zombie-Epidemie. Nichts Protziges. Nur eine kurze, diskrete Implosion. Einen ruhigen Ausklang.

Denn wenn ich tot bin, will ich nicht, dass sich jemand ohne mich verloren fühlt. Ich will nicht, dass überhaupt jemand etwas fühlt.

Unsere kleinen Rituale

Wir sind gar nicht so verschieden, du und ich. Wir bilden es uns gern ein, aber wir sind es nicht. Du mit deinem Y-Chromosom, deiner Liebe zur Musik und zu Gott. Und ich mit meinen Büchern, meinem Atheismus, meiner Fotze.

Ich bin die, die Erotika kauft. Antike Bilder von Männern über Männern, rammelnd, ineinander verschränkt, ein Gewirr aus Fleisch und Lust.

Du bist der, der das Müsli kauft. Das teure, das aus Dorset importierte Müsli mit Beeren und Nüssen und Dinkel.

Ich bin die, die deinen Kopf in den Händen hält. Dir sagt, wie schlau du bist, wenn du den Glauben an dich selbst verlierst. Dir einen bläst, wenn du traurig bist. Dir die Bilder von Männern über Männern zeigt, von der Geschichte der Sodomie in der Literatur erzählt, dich fragt, ob du ganz sicher hetero bist, ob du mich wirklich willst.

Und du bist der, der Ja sagt. Ja, ich liebe dich wirklich. Ja, ich gehe noch ein bisschen Müsli kaufen. Ja, die Welt ist ein seltsamer Ort für Menschen wie dich und mich.

»Wie ist das, Brüste zu haben?«, fragst du mich eines Abends, als wir mit dem Rücken zur Wand vorm Spiegel stehen.

»Wie wenn man eine Schwellung hat«, erkläre ich. »Wie wenn du dir einen Wadenmuskel zerrst und das Bein sich mit Flüssigkeit füllt, und du willst es nur noch hochlegen und massieren, bis die Schwellung zurückgeht, bis sie abfließt.«

»Aber sie fließt nicht ab«, sagst du.

»Sie fließt ab«, sage ich. »Nur eben ganz, ganz langsam.«

Tagsüber gehst du ins Büro. Du schaltest das Radio an und passt auf, dass die Pegel richtig eingestellt sind, dass die Crossfader korrekt zum Einsatz kommen, dass jedes Interview gut zu hören ist. Eine Aufgabe von nationaler Bedeutung, sagst du manchmal zu mir, und ich nicke und halte deinen Kopf in den Händen und frage, ob die Probleme in Syrien je enden werden.

Und ich lese tagsüber meine Bücher. Nicht nur die mit den Schmuddelbildern, auch die Klassiker: Dickens, Eliot, Austen, Scott. Ich schreibe Anmerkungen rein, ändere ihre Reihenfolge im Regal, stelle sie wieder zurück.

»Wie ist das, einen Penis zu haben?«, frage ich eines Morgens, bevor du zur Arbeit gehst.

Du machst deinen Bademantel auf, und da sehe ich ihn baumeln, harmlos, erstaunlich klein. »Das ist, als hätte man eine dritte Hand«, erklärst du mir. »Nur dass sie manchmal das Kribbeln kriegst, so doll, dass man die Haut nicht mehr spürt, sondern nur noch sein glutheißes Prickeln, seine essenzielle Empfindsamkeit.«

»Darf ich anfassen?«, frage ich und komme näher.

»Danach fühlt er sich jetzt gerade nicht«, sagst du. »Jetzt gerade fühlt er sich nach gar nichts an.«

Ich spiele, wenn du weg bist, manchmal mit mir selbst ein Spiel. Ich blähe meinen Bauch auf, so weit ich kann, streichle ihn und stelle mir da drin ein Baby vor, das zappelt und tritt und am Daumen nuckelt, bis die Vorstellung mich erregt, und dann besorge ich es mir, den Bauch rausgestreckt, und flüstere »Baby, Baby, Baby, Baby«.

Du sammelst bei der Arbeit Post-It-Zettel. Mehr als fünfzig Blöcke hast du schon – grüne, pinkfarbene, gelbe, blaue. Ich bitte dich ständig, mir welche mitzubringen, ein paar herzförmige vielleicht, habe aber noch keinen einzigen zu Gesicht gekriegt, und manchmal macht mir das Angst.

»Und deine Fotze?«, fragst du beim Abendessen. »Wie fühlt die sich an?«

Ich rühre eine Weile in meiner Muschelsuppe, dann sage ich: »Sie fühlt sich an wie ein Ballon. Ein Ballon, der aufgeblasen werden muss, ein Ballon, der ständig Luft verliert, ein leckgeschlagener Ballon, ein Ballon am Gartentor, der auf eine Party hinweist.«

»Das gefällt mir«, sagst du und nippst an deinem Wein. »Ja, der war gut.«

So spielen wir, du und ich, bei Tag und bei Nacht, und tun so, als hätten wir jeder ein eigenes Leben, als gäbe es Geheimnisse, wo gar keine sind. In Wahrheit sind wir nämlich gleich, ich und du. Genau gleich, mit deinem Schwanz und meiner Fotze, meinem Ballon und deinen Post-It-Zetteln. Wir sind Liebende, die all ihre Zeit miteinander verbringen, wenn schon nicht körperlich, dann im Kopf.

Wenn wir tatsächlich mal miteinander schlafen, was selten genug geschieht, ist keiner vom anderen fasziniert. Deinen Schwanz und wie er sich anfühlt, kenne ich besser als meine eigenen Hände. Du kennst jeden Winkel meiner Scheide besser als die Regalreihen im Supermarkt.

Aber wenn du einen schlechten Tag hattest oder ich oder beide, tun unsere Fragen uns gut. Unsere kleinen Rituale. So zu tun, als seien wir verschieden, so zu tun, als wollten wir mehr voneinander wissen. Dann fühlen wir uns geborgen und verängstigt, am Leben.

Und ganz ehrlich – wenn du aufhören würdest, nach meinen Brüsten zu fragen, wenn du mir je wirklich einen Post-It-Zettel mit nach Hause brächtest, wenn du Gott abschwören und behaupten würdest, Er hätte dich im Stich gelassen, dann wüsste ich, dass zwischen uns nichts mehr geblieben ist, dass es für keinen von uns beiden mehr Hoffnung gibt.

Auberginen und Nietzsche

Ich war radikal. Ich war vegan.

Ich war eine punkrockende, pinkhaarige, zungengepiercte, headbangende Veganerin. Und um zu beweisen, wie radikal und wie vegan ich war, schloss ich mich einer Kommune an.

So einer Art Kommune jedenfalls.

Im Grunde war es eine Vierer-WG in einer Doppelhaushälfte in Lenton, dem Studentenviertel von Nottingham. Aber sie wurde wie andere Kommunen von gemeinsamen Werten getragen. Von Werten und Regeln. Keine Vorschriften, sondern eher so Regelungen. Wir hatten zum Beispiel einen Topf für Kassenbons, Jute-Einkaufstaschen, einen Kochplan und so weiter.

Von uns vieren war ich die einzige Frau. Und irgendwie war ich auch die Einzige, die ernsthaft die Regeln befolgte. Andererseits war ich auch die, die den Topf für die Bons aufs Fensterbrett gestellt, die Jutetaschen in den Schrank gehängt und den Kochplan an den Kühlschrank gepinnt hatte. Ich wollte mit gutem Beispiel vorangehen, schätze ich. Aber Vorangehen gab es natürlich bei uns nicht. So läuft das nicht in der Kommune.

Zu der gehörte ich, als einzige Frau, und drei andere: Danny, Tom und Rex.

Danny brannte am meisten für die Sache. Das mit der Kommune war seine Idee, und dahinter standen unumstößliche Prinzipien. Prinzipien wie: *Wir wollen die Revolution!*

und *Nieder mit den Taxis!* Ja, genau: Taxis. Weil die schlecht für die Umwelt sind. Um die Umwelt zu retten, sagte Danny, sollten wir einen Rikscha-Service gründen. Wir sollten Mitbürger zum Sainsbury's-Supermarkt an der Ecke transportieren und wieder zurück, und zwar umsonst. Stellt euch vor, was man damit erreichen könnte! Was *wir* erreichen könnten!

Danny nannte uns die *Vegan Warriors*. Sein gesamter Besitz passte in einen Koffer. Er war so radikal, dass er sich nicht wusch. Der Körper reinigt sich selbst, sagte er. Der Körper ist unglaublich. Tiere sind unglaublich. Pflanzen sind unglaublich. Rikschas sind unglaublich. Danny war ein netter Kerl, aber er stank.

Dann gab es Tom. Tom war schweigsam und las viel. Er war schon länger vegan als wir anderen zusammen. Er hatte einen Job in der Unibibliothek, und wir kannten ihn alle nicht besonders gut. Tom war straight edge: kein Fleisch, keine Milch, kein Alkohol, kein Sex. Wir anderen hatten richtig Angst vor ihm. Wir verehrten ihn. Wir hatten ihm nicht das Mindeste zu sagen.

Und dann noch Rex. Rex war so, wie man es von einem Rex erwarten würde. Er hatte scharfe Gesichtszüge, einen prononcierten Kiefer, sonnenverwöhnte Haut, lange blonde Dreads. Er war abartig schlau, abartig witzig und abartig schön. Er war außerdem abartig unvegan, aber für ihn brachen wir jede Regel. Außerdem wollte er eh nur den Sommer über bleiben. Danach bliebe nur noch der harte Kern. Nur noch die Hardcore-Veganer.

Und ich? Wie passte ich da rein?

Tja, ich lebte seit knapp einem Jahr vegan. Angefangen hatte ich, als ich mit drei Mädchen eine WG gründete. Sie waren alle Vegetarierinnen. Wir hatten noch drüber gelacht, als wir den Mietvertrag unterschrieben: Wir müssen nie Bratfett vom Ofenrost kratzen! Nie würgen, weil blutiges Fleisch im Kühlschrank liegt! Nie in Versuchung geraten, weil jemand köstlich duftende Speckstreifen brät! Hmm, Speckstreifen.

Eigentlich war ich die am wenigsten vegetarische in der Runde, weil ich bis vor kurzem militante Fleischesserin gewesen war. So ist das, wenn man auf dem Land aufwächst und die eigenen Tiere isst. Unsere Tiere hatten alle Namen. Ich aß sozusagen meine Haustiere auf. Rosie und Jim mit Erbsen und Bratensoße. Frisky in Knoblauchbutter. Mint-Choc-Chick, mit Kartoffelchips paniert.

Aber mein Wechsel zum vegetarischen und dann zum veganen Essen hatte genau damit zu tun. Mit siebzehn, den Arm voller Narben, das Regal voller Marilyn-Manson-CDs, musste ich endlich rebellieren. Vegetarismus war ein todsicherer Weg, meinen Eltern auf den Sack zu gehen, aber dann, an der Uni, reichte mir das nicht mehr. Vegetarier gab es viele. Vegan, das war noch was.

Also erklärte ich meinen künftigen Mitbewohnerinnen, dass ich ab sofort auf Milch verzichten würde. Mein Essen würden wir in einem eigenen Kühlschrankfach aufbewahren müssen. Segregiert.

Ich wäre besser selbst so segregiert geblieben wie das Essen. Gleich in der ersten Woche beging ich den fatalen Fehler, mit meiner Mitbewohnerin Theresa rumzumachen. Von da an schlich ich ab und zu nachts zu ihr rein, und wir küssten uns lange und hart, und sie erzählte von ihrem aktuellen Typen und ob sie mit ihm schlafen würde oder nicht.

Dieses Arrangement machte mich natürlich ziemlich einsam. Ich musste meine Mitbewohnerinnen hintergehen, und am Ende, nach einem Streit mit Theresa – einem wirklich blöden Streit über eine Telefonrechnung –, redete ich mit allen dreien kaum noch ein Wort.

Die Kommune war ein Neuanfang.

Ich wusste, dass etwas Großes fällig war. Etwas Radikales.

Seit knapp zwei Wochen lebte ich in der Kommune und kam gerade aus der Uni zurück. Ich hatte meinen letzten Essay des Semesters eingereicht, mit Überlegungen zu R.K. Narayans *Der Menschenfresser von Malgudi*. Das Buch war so weit okay, ganz lesbar, aber gegen Ende gab es eine super Szene. Eine Figur namens Vasu, ein starker, aber egozentrischer Tierpräparator, erschlägt eine Mücke, die auf seiner Schläfe sitzt, und beschädigt dabei einen Nerv. Und – Zack! – ist er tot. So was mochte ich schon immer. So seltsame Todesursachen.

Als ich also zu Fuß nach Hause lief, machte mir der Gedanke an diese Szene meinen eigenen Körper sehr bewusst. Er fühlte sich aufgequollen an, verkehrt. Der Saum meiner Unterhose scheuerte an der Hüfte. Mein BH, ein 80C, den ich besser in 85B hätte kaufen sollen, grub sich mir in den Rücken. Die Jeans machte bei jedem Schritt dieses beknackte Geräusch. Wusch, wusch. Ein Geräusch wie aus einem Comic.

Ich war seltsam erleichtert, als ich das Haus erreichte. »Hallo-ho!«, rief ich an der Tür.

Ich legte meine Tasche auf der Türmatte ab. Und lauschte.

Dann zog ich mich aus.

Erst die Jacke, dann das Hemd, die Jeans, die Socken, den BH, die Unterhose.

Obwohl Juni war und die Sonne schien, wurde mir so nackt im Flur überraschend kalt. Ich sah an mir herunter, sah die Abdrücke meiner Kleidung. Wie Zahnreihen die

Bündchen meiner Socken. Die zwei Dellen zwischen den Brüsten von den BH-Bügeln sahen wie ein Stirnrunzeln aus.

Ich stieg über die Klamotten hinweg und ging in die Küche. *Nicht schlecht*, dachte ich. *Ich bin nackt. Nackt in der Küche.* Ich nahm einen dreckigen Topf vom Herd, der seit dem Vorabend da stand. Die Reste von Dannys Kidneybohnen-Nudeltopf. Er fand, der Geschmack sei nicht wichtig, solange die Nährwerte stimmten. Ich stellte den Topf in die Spüle. Rex wäre mit dem Abwasch dran gewesen. Aber niemand brachte es über sich, ihn daran zu erinnern. Wie auch, bei seinem Kiefer.

Hinter mir raschelte etwas.

»Oh, Tom, verdammt! Ich dachte, es wär keiner da!« Meine Hände schnellten vor meine Brüste. Meinen Schritt. Brüste. Schritt. Ich stellte mich hinter die Mikrowelle.

Tom lächelte und versteckte das Lächeln hinter seinem Buch. Er las Nietzsches *Jenseits von Gut und Böse.*

»Schöner Tag heute, oder?«, sagte ich. »Mir ist verdammt warm. Also, du siehst ja selbst, dass ich heute nichts anhabe. Ist das Buch da gut? Ich hab noch nie was von Nietzsche gelesen.«

Tom legte das Buch in den Schoß. »Es ist sehr gut«, sagte er milde.

»Also, die Sache ist die …«

In dem Moment ging die Haustür auf. Es war Danny.

»Hallöchen«, sagte er, stieg über den Kleiderhaufen hinweg und nahm einen Apfel von der Anrichte, ohne das Piercing in meiner linken Brustwarze aus den Augen zu lassen.

»Okay«, seufzte ich. »Gut, dann kann ich es euch ja beiden zusammen sagen.« Ich fasste Mut und ließ meine Arme sinken. »Ich habe beschlossen, eine Weile hier zu Hause keine Kleidung mehr zu tragen. Ich hoffe, das geht klar.«

Danny biss von dem Apfel ab und sagte: »Soll mir recht sein.« Ein weißer Klumpen Apfelmatsch schoss aus seinem Mund und landete auf dem Linoleumboden.

Ich sah zu Tom hinüber. Er senkte den Kopf und vertiefte sich wieder in sein Buch.

Um Danny zu beweisen, dass Veganismus keine Absage an die Geschmacksnerven sein muss, kochte ich am selben Abend ziemlich ambitioniert. Auberginenbraten, mit Sojakäse-Makkaroni und Paniermehl gefüllt. Es war ein bisschen unangenehm, nackt zu kochen, nicht nur wegen den Fettspritzern und der Hitze, sondern auch wegen Dannys Blicken. Aber scheiß drauf, ich war ja radikal. Ich war vegan.

Als wir gerade unsere Teller zum Sofa rübergetragen hatten, kamen Rex und seine Freundin rein.

Rex' Freundin Indya passte einfach perfekt zu ihm. Sie hatte langes blondes Haar und sonnenverwöhnte Haut, genau wie er, aber dann wieder war sie auch anders mit ihren fein geschnittenen Zügen, riesigen grünen Augen und tiefroten Lippen. Sie kamen Arm ins Arm ins Wohnzimmer geschlendert und zeigten lächelnd ihre perfekt gerade Zähne. Als ihr Blick auf mich fiel, ließen sie einander los.

»Wow«, sagte Indya. »Ist das ein Statement? Ist das so was Veganes?« Indya war Vegetarierin wie Rex und bewunderte unseren Entschluss, Milchprodukte wegzulassen. Ich wurde das Gefühl nicht los, dass ihre grünen Augen an dem Haar hängen blieben, das unter meinem Tellerrand hervorguckte.

»Sie hat den Klamotten abgeschworen«, sagte Danny, aß eine Gabelvoll Sojakäse und verzog das Gesicht.

»Ich hab mich darin nicht mehr wohlgefühlt«, erklärte ich.

Indya kam einen Schritt näher und schielte weiter auf meine Schambehaarung. »Wie cool!«, lachte sie. »Kann ich mitmachen?« Ohne die Antwort abzuwarten, schnappte sie sich eine Decke vom Sofa, wickelte sich darin ein und zog sich aus.

»Gibt's noch Futter?«, fragte Rex und warf einen Blick in den Ofen.

»Jede Menge«, sagte ich ernüchtert. »Es schmeckt widerlich.«

»Sojakäse. Wie alte Socken«, murmelte Tom und verkroch sich schnell wieder hinter seinem Nietzsche.

Indya setzte sich, bis auf die Decke nackt, neben mir aufs Sofa. »Kannst dich ruhig ankuscheln, wenn dir kalt ist«, sagte sie. Dann flüsterte sie ein bisschen beschämt: »Ich hab meinen Slip anbehalten. Ich bin nicht so mutig wie du.«

Später saß Indya bei mir im Zimmer, während die Jungs mit Dannys neuen Keulen jonglieren übten. Ab und zu brachen sie in Gelächter aus, klatschten oder fluchten, und ich hatte Angst, dass früher oder später ein Fenster dran glauben würde.

Nackt zu sein, wenn auch unter der Decke, schien Indya ganz schön beeindruckt zu haben. Ich wusste, wie es ihr ging: Ich fühlte mich auch viel wohler in meiner Haut, wie das eine Mal, als ich für drei Monate mit dem Trinken aufhörte und stattdessen viel tanzen ging. Ohne die Abdrücke meiner Unterwäsche, ohne das Scheuern, Schnüren und Kneifen fühlte ich mich gut. Mein Körper war richtig, so wie er war, solange keine schlecht sitzenden Klamotten mir etwas anderes sagten.

»Rex und ich haben in letzter Zeit so unglaubliche Sachen

ausprobiert«, sagte Indya und strich verträumt über meine Bettdecke. »Letzte Woche, an meinem Geburtstag, hat er Sekt und Erdbeeren mitgebracht.« Sie schob sich ein bisschen näher heran und hielt die Hand vor den Mund. »Er hat die Erdbeeren in mich reingetaucht und sie dann abgelutscht. Das war so romantisch.«

Ich saß im Schneidersitz auf dem Bett und presste sanft meine Hacke gegen mich. Ich spürte die feuchte Hitze auf der trockenen Haut der Fußsohle. Ich wünschte, in mich würde auch jemand Erdbeeren tauchen.

»Mit ihm habe ich unglaubliche Orgasmen«, seufzte Indya.

Ich zog meinen Fuß weg und wischte ihn am Bettbezug ab. »Indya«, fragte ich zögernd. »Wie bekommst du deinen Orgasmus eigentlich?«

Wir sahen uns in die Augen und hörten ein Fenster zu Bruch gehen.

Am nächsten Tag kam Indya wieder zu Besuch. Kaum war sie in meinem Zimmer, zog sie bis auf die Unterwäsche alles aus.

»Hier«, sagte sie und drückte mir einen Vibrator in die Hand. Es war ein sehr schlichtes Modell: ein dicker, silberner Stab mit nur einer Geschwindigkeitsstufe. Der erste Vibrator, den ich je in den Händen hielt. Viel leichter, als ich erwartet hätte. Und kälter. »Einfach, aber effizient«, kicherte Indya. »Du kannst ihn benutzen, so viel du willst. Wasch ihn einfach hinterher ab.«

In der Nacht schob ich den Vibrator tief in mich rein, lauschte auf sein dumpfes Brummen und fragte mich, wie es wäre, Indya zu küssen.

Nackt zu sein wurde langsam zäh. Meine Brüste fühlten sich an, als fingen sie allmählich an zu hängen, ich kriegte meine Tage und musste einen Tampon tragen, und mir wurde so unwohl in meiner Haut wie selten. Es war unbeschreiblich befreiend, wieder Hose und BH zu tragen.

Komplett angezogen begleitete ich Indya und Rex zu einem Konzert.

Sie liefen in ihren schönen Kleidern links und rechts von mir. Rex' Hemd war mit Eisvögeln bestickt. Indya trug einen bodenlangen Rock, ein Top mit Spitzenborte und rote und goldene Armreife bis zu den Ellenbogen. Ich hatte Jeans und T-Shirt an. Meine Haare hatte ich selbst geschnitten und die verwaschen rosafarbenen Stoppeln zu fingerlangen Spikes gegelt. Wir liefen in der Abendsonne bergauf Richtung Stadtzentrum. Eine Weile schwiegen wir alle, bis Rex das Wort ergriff. »Indya und ich wollen dich was fragen, nicht wahr, Schatz?«

Ich starrte auf das Grübchen an seinem Kinn, stellte mir vor, wie Indya ihre Zunge dort reindrückte, dass er aufstöhnte. Ach, wär ich diese Zunge doch.

»Wir würden echt gern einen Dreier mit dir machen«, sagte er. »Hast du Lust?«

Ich steckte die Hände in die Taschen und zog sie wieder raus. »Also …«, stammelte ich. »Okay, na klar. Ich bin dabei.«

Nach dem Konzert ging Indya nach Hause, um zu lernen, und ich saß oben bei Rex im Zimmer, hörte die Smiths und redete mit ihm über das Buch, das er gerade las, und wie er mit den Geschichtsprüfungen vorankam und was seine Lieblingsfilme waren und überhaupt über alles, was Rex so interessierte.

Ich hockte in der Ecke auf dem Wäschekorb und trank eine ordentliche Portion zehnjährigen Isle of Jura Single Malt aus dem Kaffeebecher. »Den letzten Song vorhin fand ich wirklich gut«, sagte ich, nippte an meinem Whisky und wünschte, ich hätte Wasser zum Verdünnen.

»Echt? Ich fand den ein bisschen, na ja, bemüht.«

»Ja, kann sein«, sagte ich. »Wahrscheinlich hast du recht.«

Rex kippte seinen Rest Whisky und sah mir direkt in die Augen. »Ich freu mich auf unseren Dreier«, sagte er. Im selben Moment war der Track zu Ende, und wir saßen da und starrten uns an. Und dann wieder die Smiths.

Girlfriend in a coma …

Rex klopfte neben sich auf die Matratze. »Wir sollten vorher schon mal üben.«

Diese großen, ehrlichen Augen.

»Wir wollen es ja nicht versauen, oder?«

Ich setzte mich zu ihm und ließ mich von ihm ausziehen.

»Das ist gut«, sagte er. »Schöne Titten. Schöne Pussy.«

Er nahm die Flasche von seinem Schreibtisch und goss mir Whisky über Hals und Brüste. Dann setzte er sich auf mich und begoss sich selbst. »Leck ihn ab«, befahl er.

Er nahm einen großen Schluck Whisky, dann einen großen Schluck von mir, und schon hatten wir brennenden Sex.

Am nächsten Tag traf ich mich mit Indya. Rex war an der Uni. Offensichtlich hatte er ihr nichts gesagt, und ich hatte es auch nicht vor.

Indya und ich saßen auf dem Bett und hörten die Mad Caddies. Ich gab ihr den Vibrator zurück.

»Wie war's?«, fragte sie.

»Großartig«, sagte ich und dachte daran, wie viel besser sich gestern der Schwanz ihres Freundes angefühlt hatte.

»Bist du gekommen?«, fragte sie.

»Mh-hm«, log ich und fragte mich, ob ich jemals kommen würde.

Sie wickelte den Vibrator in Klopapier ein, steckte ihn in eine Plastiktüte und verstaute ihn in ihrer Handtasche. »Ich war noch nie mit einer Frau zusammen«, sagte sie. »Ich würde dich so gern küssen.«

Ich fackelte nicht lange, sondern drückte sie ins Kissen und küsste sie. Zog ihr den Rock aus und küsste ihren französischen Slip. Rosa, mit weißer Borte und weißer Schleife. La Senza, wenn ich mich nicht irre.

Ich setzte mich auf sie, wie Rex bei mir, zog mein Dead-Kennedys-T-Shirt aus und ließ Indya meine Jeans aufknöpfen. Wir wanden uns, knabberten und lutschten, und irgendwann fielen auch die BHs. Ich strich mit meinen Piercings über ihre Brüste und schauderte. Erzählte Indya, wie wunderschön sie war, und zog an ihrer Unterhose. »Erst wenn wir zu dritt sind«, sagte sie leise.

Seit über einer Woche hatten weder Rex noch Indya unseren Dreier erwähnt, und ich begann mich zu fragen, ob er je stattfinden würde.

Rex und ich fickten noch dreimal. Jedes Mal war er es, der »schon mal üben« wollte, und jedes Mal war Whisky im Spiel. Als der Isle of Jura alle wurde, wechselte er zu der Hausmarke von Sainsbury's, die weniger gut schmeckte, aber auch weniger brannte. Ich fragte mich, ob er mit Indya auch Whisky benutzte. Es war nicht leicht, den Geruch aus den Haaren zu kriegen. Ich begann Parfüm zu tragen, um ihn zu kaschieren.

Auf jeden Fick mit Rex folgte eine Begegnung mit Indya. Sie ließ mich mit den Zähnen an ihrem Slip zerren, bis ich mit der Zunge ihr weiches, blondes, wundervolles Haar erreichte, aber sie schmecken durfte ich nicht.

Heute wollte ich es aber wissen. Sie würde in einer halben Stunde bei mir sein, und ich hatte vor, sie so wild zu küssen, dass sie, wenn ich ihr blitzschnell den Slip auszog, zu weggetreten wäre, um zu protestieren. Kein Plan, auf den ich stolz sein könnte.

Ich badete, steckte Duftkerzen an, trug meine Lieblingsunterwäsche und Parfüm und noch mehr Parfüm, und dann stellte ich einen Korb Erdbeeren neben das Bett.

In der Wartezeit tanzte ich zu Rancids *And Out Come the Wolves* und spürte, wie großartig es sich anfühlte, in diesem Augenblick jung zu sein, und wie grauenhaft es sein würde, alt zu werden.

Es klopfte an der Tür. Es war Rex.

»Rex! Ich dachte, du wärst heute nicht da!«

»Du siehst sexy aus.«

»Danke.«

»Kann ich reinkommen?«

»Sicher. Ist es okay, wenn ich noch kurz telefoniere?«

Rex zog die Tür hinter sich zu. »Na klar, ich warte. Spiel ein bisschen mit mir selbst.« Er machte seine Hose auf.

»Mann, Rex. Das passt heute nicht so gut.«

»Musst du weg?«

»Nein, ich ...« Telefonieren ging nicht, also schrieb ich hastig eine SMS:

SHIT. REX IST DA!

In dem Moment, wo ich »Senden« drückte, klingelte es an der Tür. »Fuck, ich glaube, das ist Indya«, sagte ich.

»Keine Sorge, die muss arbeiten.«

»Nein, sie hat mir getextet. Ihre Schicht ist ausgefallen.« Ich hörte sie unten mit Tom reden.

»Fuck.« Rex stopfte seinen Schwanz in die Hose zurück. Ich sah die Beule in der Jeans, als er zur Tür rausstürzte. »Schatz, wie schön, dich zu sehen!«, rief er, dann fiel seine Zimmertür ins Schloss.

Ich machte meine Musik aus und stellte mich schwer atmend an die Tür. Ich hörte das Quietschen einer Matratze. Den Aufprall des Kopfbretts an der Wand. Ein Nach-Luft-Schnappen, ein Wimmern.

Ich musterte mich im Schranktürspiegel.

Es war so offensichtlich, wenn ich mich so sah. Dämliche Unterwäsche. Dämliche Frisur. Dämliche Piercings. Ich war keine Frau, sondern ein Modestatement.

Ich hockte mich auf den Boden und aß Erdbeeren, bis sie meine Finger färbten.

Am nächsten Tag saßen wir im Wohnzimmer beim Abendbrot: Tom, Danny, Rex und ich. Tom hatte einen tiefgekühlten Shepherd's Pie von seiner Mum in die Mikrowelle gesteckt. Sie brachte die Dinger alle paar Wochen bei uns vorbei: dutzendweise Aluschalen mit veganem Shepherd's Pie. Kein Wunder, dass der Junge nie kochen gelernt hatte.

Wir hielten ein WG-Plenum ab. Danny hatte herausgefunden, dass sich trotz all unserer Mühen, als Vegan-Warrior-Kommune absolut moralisch und perfekt vegan zu leben – mit veganen Speckstreifen, veganen Schuhen, veganer Zahnpasta sogar –, ein Riesenproblem bei uns eingeschlichen hatte.

Unser Leitungswasser war nicht vegan.

Beim Filtern, sagte Danny, wurden Tierknochen verwendet.

»Wir müssen eine Demo auf die Beine stellen«, sagte er, den Mund voller Shepherd's Pie. »Direkt vor dem Wasserwerk.«

Tom sah unzufrieden aus. »Aber was machen wir bis dahin mit dem Wasser?«, fragte er. »Wir müssen was trinken. Uns waschen.«

»Dann müssen wir Flaschenwasser kaufen«, sagte Danny. »Sobald die Rikscha-Sache läuft, können wir locker ein Dutzend Kisten nach Hause karren.«

Ich stellte meinen leeren Teller auf dem Teppich ab. »Ist das nicht schlecht für die Umwelt? Ich meine, wir leben doch vegan, weil wir die Umwelt schützen wollen.«

Danny schnaubte verächtlich. »Ein bisschen komplexer ist die Sache aber schon.«

»Aber wenn wir lauter Plastikflaschen von Sainsbury's kaufen, ist das doch schlimmer, als aus dem Hahn zu trinken, selbst wenn ein paar Knochen im Spiel sind, oder nicht?«

Dannys Augen wanderten zu meinem Oberkörper. Obwohl ich einen BH, ein T-Shirt und einen Pulli trug, starrte er eindeutig auf meine linke Brustwarze, wie an diesem einen Junitag.

»Kapier's doch«, sagte Tom. »Es geht ums Prinzip.«

Danny freute sich über den Ausdruck »Prinzip«.

Rex stellte seinen leeren Teller auf meinem ab. »Regelt das mal ohne mich, Jungs«, sagte er und ging.

Eine Fliege summte hinter mir vorbei. Irgendetwas wallte in mir hoch. War es die Hitze? Der Shepherd's Pie von Toms Mum? Wurde mir gerade schlecht? Nein. Ganz was anderes. Es war Wut.

»Wir sollten uns witzige Slogans ausdenken«, schlug Danny vor.

Diese Wut – ja, das war es eindeutig – war ein neues Gefühl für mich. Oder ein altes, aber Ewigkeiten her. Verdammt, ich hatte gedacht, das sei Geschichte, seit ich Veganerin geworden war. Darum ging es in dieser Kommune, oder nicht? Kein Fleisch, keine Milchprodukte, keine Wut.

Ich ballte die Fäuste. Meine Gesichtsmuskeln spannten sich an, und etwas kitzelte mich an der Wange.

Die Fliege.

Ohne nachzudenken, schlug ich mir ins Gesicht, spürte ein Knirschen auf meiner linken Wange, und als ich die Hand wegzog, klebten zwei geknickte Beinchen an der Innenfläche.

Danny und Tom saßen mit offenen Mündern da.

Ich stand auf. Wollte etwas sagen, aber es kam nichts raus. Danny und Tom starrten schweigend auf meine Wange. Ich hob die Hand und wischte die Überreste der Fliege weg. Sie landete auf dem Teller zu meinen Füßen.

Tom hustete.

Ich ging in die Küche, holte einen Müllsack unter der Spüle raus und ging die Treppe hoch. Rex telefonierte in seinem Zimmer, lachte und sagte »Ach, Schatz«. Ich ging in meins.

Dort schüttelte ich den Müllsack auf und warf all meine Kleidung rein.

Ich ging die Treppe wieder runter, die Klamotten im Gepäck, und marschierte zur Tür raus, die Augen fest auf den Second-Hand-Laden an der Ecke gerichtet.

Das war es also. Ich war darüber weg. War jenseits von Nietzsche, jenseits der Auberginen, jenseits von Gut und Böse.

Was ich mir in dem Moment am meisten wünschte, war ein großes Stück Fleisch und ein Glas Milch dazu. Und danach – wer weiß? Vielleicht einen Ausflug zum Makler, vielleicht ein neues Piercing, vielleicht ein Keuschheitsgelübde oder eine Revolution.

Wie Feuerbohnen, wie Elektrizität

Als Curly Watts 1994 in *Coronation Street* einen Stern nach Raquel benannte, brach Mum in Tränen aus. »Das ist das Romantischste, das ich je gesehen habe«, seufzte sie.

Am darauffolgenden Weihnachten benannte Dad einen Stern nach ihr. Sie brach nicht in Tränen aus, sagte aber, es gefiele ihr unendlich viel besser als die Spülmaschine vom Jahr davor.

In *Coronation Street* gestand Raquel Curly, kurz nachdem sie den Stern gesehen hatte, dass sie ihn nicht liebte, sondern immer noch an ihrem Exfreund hing. Curly rastete aus vor Liebeskummer und verwüstete seinen Arbeitsplatz, wofür er prompt gefeuert wurde.

Dad baute ein Teleskop im Schlafzimmer auf und drapierte die Karte mit der Position des Sterns dazu. Einen Abend lang suchten sie danach und betrachteten Mums Stern, und dann blieb das Teleskop monatelang am Fenster stehen und verstaubte.

Wenn man auf dem Land lebt, sieht man die Sterne richtig gut. Ich stand manchmal spät abends, nach langen Autofahrten, in der Einfahrt, legte den Kopf in den Nacken und drehte mich im Kreis, bis Mum sagte, ich müsse ins Bett.

Ich war gut darin, den Großen Wagen zu finden – der war einfach –, und den Oriongürtel meistens auch, aber der Rest war mir ein Rätsel. Das gefiel mir sogar, wenn ich ehrlich bin. Es machte mir Angst, mir vorzustellen, jeder einzelne Stern könnte einen Namen tragen, und den Menschen könnten die Dinge ausgehen, die noch zu katalogisieren sind.

Dad kannte viel mehr Sternbilder als ich. Seinen ersten richtigen Job nach der Promotion fand er bei der European Space Agency in Deutschland. Dort wurde ich geboren, und deshalb trage ich einen deutschen Namen, als Souvenir. Bei der ESA entwarf Dad die Bildverarbeitungssoftware für Satelliten. Manche Farbfotografien, die seine Satelliten von der Erde machten, besitzen wir bis heute. Eine hängt gerahmt an meiner Wand, mit der Aufschrift 25. März 1982, und zeigt die Erde, wie sie aussah, als ich ein vier Monate alter Fötus war.

Es ist seltsam, dass mein Dad, der sein Leben der modernsten Technik widmete, in ein Dorf im ländlichen Buckinghamshire umsiedelte, so entlegen, dass es nicht mal vernünftiges Internet gab.

Ich konnte es nur dann wirklich und wahrhaftig begreifen, wenn ich nachts zu den Sternen aufblickte, die blinkten wie der Raum voller Server hinter Dads Büro. Dann konnte ich fast die Kabel sehen, die sich von oben herunterwanden und sich direkt in unseren Garten stöpselten. Dieser Nachthimmel gehörte meinem Dad, gehörte uns.

Erinnerungen funkeln.

Ich bin fünf und renne lachend hinter Holly her. Holly ist unser Hund, eine Colliedame, und sie hat die Aufgabe, unsere Schafe auf die Weiden zu treiben. Wir haben Soayschafe, eine seltene Rasse von einer entlegenen Insel in St. Kilda.

»Lass Holly in Frieden«, sagt Dad. »Sie muss arbeiten.«

»Kann ich ein Schaf einfangen?«, frage ich.

»Du kannst eins streicheln«, antwortet er. »Willst du das?«

Sobald die Schafe auf der hinteren Weide sind, jagt Holly zum Haus zurück, um mit Mum zu spielen, und Dad und ich setzen uns ins Gras. Wir befühlen das Fell der Schafe, das borstiger ist, als man denkt.

Wie funktioniert das, Daddy?

»Soayschafe waren wahrscheinlich die erste domestizierte Schafsrasse in Europa. Es gibt sie seit dem Neolithikum.«

Viele machen sich darüber lustig, dass mein Dad mir so viel erzählt, das ich noch nicht verstehe. Schon als Baby hat er mich durchs Haus getragen und mir ins Ohr geflüstert, wie alle unsere Elektrogeräte funktionieren, wie man Lichtschalter baut, wie Glühdrähte im Kocher das Teewasser erhitzen.

Ich mag es, wenn Dad Sachen erklärt. Es gibt nichts, was er nicht beantworten könnte. Zum Beispiel: Warum ist der Himmel blau? Wie entsteht ein Regenbogen? Wenn Menschen Flügel hätten, könnten sie dann fliegen? Er weiß immer eine Antwort. Eine so lange, so detaillierte Antwort sogar, dass ich seinen Erklärungen lausche wie Musik, sie über mich hinwegbranden lasse und ihren beruhigenden Klang genieße, ohne den Sinn der Worte zu begreifen.

»Guck mal, wie niedlich Trevor heute ist«, sagt Dad plötzlich lachend, und wir sehen Trevor zu, wie er grast, und bewundern seine sanften Augen, das weiche Fell auf seinem Gesicht.

Soayschafe sind so intelligente kleine Kreaturen, flink und wendig auf ihren Hufen, mit langen gekrümmten Hörnern und neugierigem Naturell. Außerdem werfen sie von allein ihre Wolle ab und müssen nicht geschoren werden. Sie sind ganz anders als die fluffig weißen, wolkigen Tiere, die man sonst in der Landschaft stehen sieht – unsere braunen und grauen Schafe sind eher den Bergziegen ähnlich.

Ich weiß nicht, warum wir so seltene Tiere aus einer so entlegenen Ecke Schottlands haben. Dass wir in diesem

Weiler wohnen, wo es keine Buslinie, keinen Laden, nicht einmal einen Postkasten gibt, finde ich eigentlich abwegig genug. Selbst mit fünf habe ich schon das Gefühl, wie auf einer Insel zu leben, an einem magischen, fernen Enid-Blyton-Ort. So gesehen passen die seltsamen Schafe gut hierher.

»Na, komm«, sagt Dad nach einer Weile. »Lass uns ein bisschen gärtnern.«

Ich bin sechs und helfe Dad im Gemüsegarten. Die Autotür steht offen, und wir hören das Samstags-Hörspiel auf Radio vier.

Daddy steht im Gewächshaus, schneidet Pflanzsäcke auf und setzt Tomatenpflanzen rein. Ich gehe immer auf dem Weg zur Schule da vorbei und schaue nach, ob die kleinen grünen Kugeln schon rot geworden sind, warte ungeduldig auf die erste Tomate des Sommers, halbiert und in Salz getaucht.

Ich arbeite im Kräutergarten. Lottie und ich haben jede einen eigenen halben Quadratmeter Land, auf dem wir Schnittlauch anbauen. Lottie verträgt es nicht, wenn Dinge sterben, aber Schnittlauch ist robust und treibt interessante Blüten, also haben wir davon am meisten angepflanzt.

Ich bin so konzentriert, dass ich Daddy nicht gleich höre, als er mich ruft. »Greta!«, ruft er. »Gretchen! Komm, ich zeig dir was.«

Ich lege die Schaufel weg und sehe Dad neben einem Stapel Bambusstäbe stehen.

Wie funktioniert das, Daddy?

»Ich will ein Gerüst für die Bohnen bauen«, sagt er. »Hilfst du mit?«

Ich öffne meine Faust und werfe die Blüten in die Hecke. Wir gehen die Aufgabe gemeinsam an, wechseln kaum ein Wort, aber die Pausen dazwischen sind mit Liebe und Staunen angefüllt, und die tiefen, satten Stimmen von Radio vier umweben uns beide wie Feuerbohnen.

Ich habe schlecht geträumt. Den schlimmsten Alptraum meines Lebens. In dem Traum hat mich Ronald McDonald durch den Garten verfolgt.

Ich stehe auf, schleiche ans Fenster und schaue raus. Die Mondsichel ist groß und hell, und der Himmel ist voller Sterne. Der Garten sieht friedlich aus. Kein Ronald weit und breit, aber vielleicht hat er sich nur versteckt, also schleiche ich die Treppe runter zu Mum und Dad. Im Wohnzimmer ist Licht, und Dad ist noch wach. Er liest ein Buch von Isaac Asimov mit einem Raumschiff vorne drauf.

Ich gehe stirnrunzelnd, mir die Augen reibend zu ihm rein, und er legt das Buch beiseite. »Greta«, sagt er. »Du bist aufgewacht.« Er klopft sich aufs Knie, und ich setze mich auf seinen Schoß und kuschle mich an seinen Hals.

»Ich hab schlecht geträumt«, sage ich mit piepsiger Mädchenstimme.

»Oh, nein!«, sagt er. »Dabei hatten wir uns doch geeinigt, dass du von Eiscreme träumen solltest.« Jeden Abend vor dem Einschlafen setzt Daddy sich zu mir ans Bett und übt mit mir das Einmaleins, und dann fragt er, wovon ich träumen will, und setzt seine geheimen Daddy-Kräfte ein, damit es auch so kommt. Einmal habe ich ihn gefragt, wovon *er* gern träumen würde, und er hat sich Eiscreme ausgesucht, und seitdem habe ich beschlossen, dass auch ich davon träumen will.

»Kann ich eins deiner Bücher lesen?«, frage ich, nehme das Asimov-Buch, bewundere das Raumschiff-Bild und stelle mir vor, was für ein guter Astronaut mein Daddy wäre.

»Klar kannst du das«, sagt er. »Geh ruhig zum Regal und such dir aus, was dir am besten gefällt.«

Ich lasse die Finger über Bücher von Terry Pratchett gleiten, von Iain M. Banks und Douglas Adams. »Das da will ich«, sage ich schließlich und zeige auf den schmalsten Band in der Reihe, den *Collins GEM Ratgeber Landwirtschaft*.

»Bist du sicher?«, fragt Dad. »Das ist ein ziemlich technisches Buch.«

Ich blättere es auf und sehe Bilder von geschlachteten Kühen, schwangeren Schafen und gerupften Hühnern. »Ja«, sage ich, »das will ich haben.«

Ich nehme es mit ins Bett und lese in dem Abschnitt über die Schnittführung beim Zerlegen des Rinds, bis ich einschlafe, das Buch wie ein Kuscheltier in meinem Arm.

Ich bin acht und nehme immer noch das Buch mit ins Bett. Ich habe es Farmbuch getauft. Meine Schwester hat Stoffel, Lulu, Puschel und viele andere Kuscheltiere, die sie abends aufreiht, um jedem einzeln Gute Nacht zu sagen, aber ich will nur das Farmbuch und sonst nichts.

Jeden Freitag in der Mitbringstunde, wo die anderen ihre Geburtstagsgeschenke oder Spielzeuge aus den Cornflakespackungen und Überraschungseiern zeigen, habe ich mein Farmbuch dabei. Ich zeige der Klasse jede Woche eine andere Seite, mal Seite 161 mit dem Verdauungstrakt der Hühner, mal die sich paarenden Schweine auf Seite 143 und mal Seite 79 mit den Parasiteneiern. Die anderen hören mir höflich zu. Dann kommen Alice oder Jimmy dran und erzählen von dem grünen Leuchtstrohhalm mit Mickymaus-Kopf, den sie im Disneyland bekommen haben, und das Farmbuch wandert fürs Erste in meine Tasche zurück.

Es erstaunt mich, ehrlich gesagt, dass die Lehrerin es mir Woche für Woche erlaubt, aber Mum arbeitet ja auch an der Schule. Sie hat mich sogar zwei Jahre unterrichtet, bis wir in das neue, große Schulgebäude umgezogen sind. Die frühere Schule war noch in einem Bauernhaus untergebracht. Ich habe nicht mehr viele Erinnerungen daran, außer, dass es einmal ein so heftiges Gewitter gab, dass wir alle ans Fester laufen und zusehen durften. Als die Schülerzahl stieg, wechselten wir in das neue Gebäude in Milton Keynes, einer Planstadt mit mehr Glas als Gras. Auch wenn nebenan ein Reiterhof liegt und wir dort manchmal den Nachmittag verbringen, sind wir nicht mehr draußen in der Natur. Vielleicht begreift die Lehrerin das Farmbuch und mich als Chance, diesen Graben zu überbrücken.

Als sie mit der Zeit immer selbstsicherer wird, lässt die Lehrerin mich noch ganz andere Sachen mitbringen. Einmal hilft mir Mum, ein paar Gänseküken im Käfig in den Klassenraum zu tragen, und wir erklären, wie das Schlüpfen vor sich geht. Ein anderes Mal, und das ist das Allerbeste, steigt die ganze Klasse in einen Kleinbus, und wir machen einen Ausflug zu mir nach Hause.

Dad wartet mit einem Klemmbrett in der Einfahrt auf uns. »Willkommen im Ivy Cottage!«, ruft er und teilt Arbeitsblätter aus. »Ich führe euch jetzt herum und erkläre, wie hier alles funktioniert. Manches von dem, was ich sage, wird euch helfen, auf dem Arbeitsblatt die richtigen Antworten zu finden. Wer alles richtig macht, kriegt am Ende eine Belohnung.«

Wie funktioniert das, Daddy?

Er zeigt uns den Garten, Stück für Stück, den Teich, die alten Bienenstöcke, die Hühnerställe, die Weiden. »Das ist unser Lämmchen Frisky«, sagt er. »Das haben wir als Baby mit der Flasche großgezogen, und wenn es krank war, konnte es sich unten im AGA-Ofen wärmen. In ein paar Wochen kommt es auf den Tisch.«

Alle kreischen los.

Manchmal darf ich Daddy helfen, und ich bin so stolz darauf. »Nimm doch mal eins der Küken, Greta«, sagt er, »damit die Kinder es streicheln können. Aber ihr müsst ganz, ganz vorsichtig sein. Seht ihr, so. Und nicht die Augen anfassen.«

Ich wähle Mint-Choc-Chick, mein Lieblingsküken aus der neuen Brut. Sie kackt mir auf die Hand. Weiß und flüssig, eine Mischung aus Kot und Urin, genau wie es im Farmbuch steht.

Als ich aufwache, kann ich Mum und Dad nicht finden. Ich renne durchs Haus, dann außen rum, und rufe, aber sie sind nicht da.

Im Garten ist es ganz still. Obwohl ich zehn bin, fürchte ich mich immer noch. Bei der Feuerstelle steht ein alter Wohnwagen mit Einschusslöchern in der Seitenwand. Manchmal glaube ich, dass ein böser Mann darin sitzt und auf mich lauert, und ich traue mich da nicht hin.

Als ich an den Hühnerställen vorbeikomme, fällt mir etwas Unheimliches auf. Es sind keine Hühner zu hören. Ich sehe in alle Ställe rein. Ein paar Büschel Federn sind da drin und kein einziges rotes Rhodeländerhuhn.

Ich laufe wieder ins Haus, rufe meine Schwester und erzähle ihr, dass Mum und Dad verschwunden sind und unsere Hühner auch, und wir sitzen in der Küche und weinen.

Zwanzig Minuten später sind Mum und Dad zurück. »Wir waren im Gartencenter«, sagen sie. »Wir dachten, ihr schlaft bestimmt noch.« Dann erzählen sie von den Hühnern, wie der Fuchs sie geholt hat letzte Nacht.

Wie funktioniert das, Daddy?

Mit elf bin ich fast alt genug für die weiterführende Schule. Ich will auf die Mädchen-Oberschule, weil sie so angesehen ist und ich damit meinen Dad beeindrucken will. In der Prüfung werde ich lauter Bestnoten kriegen; Dad hat nämlich gesagt, ich kann überall die Beste werden, wenn ich mich darum bemühe.

Dad arbeitet jetzt von zu Hause aus. Hat eine Computerfirma mit drei Angestellten. Ich gehe nach hinten in sein Arbeitszimmer und frage, wie man ein guter Läufer wird. Ich habe mich freiwillig gemeldet, beim Sporttag die achthundert Meter zu laufen, weil niemand anders das wollte. Dad ist als Teenager für seinen Landkreis bei Rennen angetreten, bis er das Rauchen für sich entdeckt hat, den Alkohol und meine Mum. »Lauf dreimal rund um den Garten«, rät er mir. »Und das jeden Tag, bis zum Rennen.«

Also gehe ich raus ins hohe Gras, das seit Monaten nicht gemäht worden ist, und renne über die leeren Weiden, am Schafstall vorbei, dessen Wellblech zu rosten angefangen hat. Am Teich vorüber, in dem letzten Winter alle Goldfische unter einer dicken Eisdecke starben, und an den Hühnerställen, die nach dem Festmahl für den Fuchs unbewohnt geblieben sind. Ich renne so dicht am Wohnwagen vorbei, wie ich es mich traue, dann lasse ich mich außer Puste auf die Einfahrt sinken.

Ich starre in den Gemüsegarten, der vor mir liegt, auf den Löwenzahn, der jetzt wuchert, wo früher Radieschen, Rosenkohl und Erbsen waren. Und ich frage mich, wann das passiert ist, dieses Ende der Kindheit. Dieses Ende der Samstags-Hörspiele auf Radio vier, der Zeit, als ich mit Dad Hand in Hand ging, auf seinem Schoß saß, ihm half, dass alles wuchs und summte.

Ich schaue in den Himmel und sehe den Mond, am helllichten Tag. Ich weiß noch, wie meine Mitschüler ehrfürchtig das Gemüse bestaunten. Ich weiß noch, wie ich Kartoffeln ausgehoben habe und Rosmarin gepflückt, als es Frisky zum Abendbrot gab. Ich weiß noch, wie Holly hechelte und wie die Küken piepsten.

Ich will nicht mehr um den Garten laufen. Es fühlt sich an wie ein Blick durch ein umgedrehtes Fernglas auf mein altes Leben. Die Zeit, bevor wir Holly weggeben mussten, weil sie immer wieder auf die Straße lief. Bevor Dad zu Weihnachten am Esstisch erklärte, dass er das Geflügel aufgeben würde. Bevor Mum ihr mariniertes Gemüse und den selbstgemachten Schlehenlikör durch Tütenchips und Weinkartons ersetzte. Bevor Dad jeden Abend vier Stunden im Pub verschwand. Bevor Mum aufhörte zu lächeln.

Jetzt ist der Moment, dachte ich, als ich den Mond sah, wo die Sonne sein sollte, jetzt ist der Moment, wo der Funke verloschen ist.

Nach der Zeit in der ESA, wo er Satelliten die Sterne fotografieren ließ, entwarf Dad eine der ersten grafischen Benutzeroberflächen. Die bekannteste ist Microsoft Windows. Die hat Dad nicht entworfen.

Es gab aber einmal eine Zeit, wo er in der Computerwelt eine ziemlich große Nummer war. Er war auf dem Cover der *Times*, in Frack und Zylinder und mit einem strahlend stolzen Grinsen im Gesicht. Nur hat es seine Erfindung, während für Windows alles bestens lief, nie besonders weit gebracht. Ich glaube, er hatte immer das Gefühl, vor uns und vor sich selbst versagt zu haben.

Das Ivy Cottage, unser Stück vom Guten-Landleben, war kein Neubeginn, wie ich jetzt begreife, sondern ein letztes

Aufbäumen meines Vaters. Sein letzter Versuch, alles richtig zu machen. Sich zu bewähren. Ein Star zu sein.

In seinen letzten Lebensjahren schickte Dad mir manchmal SMS aus seinem Arbeitszimmer zu Hause. *Hab gerade einen Fuchs gesehen*, schrieb er. Manchmal war es auch ein Reh, ein Kaninchen, ein Fasan. Ein wildes Tier draußen vor dem Fenster, während er drinnen am Bildschirm saß.

Das ist schön, schrieb ich dann. *Wie geht es dir?*

Gegen Ende seiner Lebensspanne enthält jeder Stern entartete Materie.

Die kleineren Sterne schrumpfen dann, werden allmählich zu weißen Zwergen und verblassen zu einem Nichts.

Die größeren Sterne dagegen werfen nicht ihre Hüllen ab wie die kleinen. Sie fusionieren und wachsen immer weiter, fusionieren und wachsen, bis sie ihre eigene Masse nicht mehr halten können. Ganz plötzlich und mit unvorstellbarer Wucht kollabiert ihr Kern, und der Rest zerreißt in einer Supernova-Explosion. Die ist so hell, dass sie manchmal eine ganze Galaxie überstrahlt.

Übrig bleibt, wenn die ganz großen Sterne explodieren, nur ein klaffendes Schwarzes Loch.

Wie funktioniert das, Daddy?

Mein Dad würde euch das viel besser erklären als ich. Er würde erklären, wie es dazu kommen konnte und warum, und er würde immer weiter und weiter erklären, bis ihr den Sinn der Wörter nicht mehr begreift, nur noch spürt, wie die Laute euch umschweben, euch umweben wie Feuerbohnen, wie Kabel, wie Elektrizität.

Einer keiner alles

Alles Rosa war verschwunden.

Als ich endlich im Warteraum saß, war ich grau. Kurz davor war ich noch grün gewesen, und noch davor gelb, aber jetzt war ich grau und musste kotzen.

Es war der 27. Dezember, einen Tag nach dem Tsunami im Indischen Ozean 2004. Während am anderen Ende der Welt tektonische Platten sich hoben und brachen – während sie dreißig Kubikkilometer Wasser verdrängten und Wellen mit der Energie von fünf Megatonnen TNT aufwarfen, wodurch 230 000 Menschen starben –, wuchs in mir ein Eiterball von der Größe einer dicken Kirsche. Es hatte ihn nur noch niemand bemerkt.

Erstaunlich, was es in Bewegung setzt, wenn man in der Notaufnahme in Ohnmacht fällt.

Ich wurde sofort in ein Zimmer getragen und in ein Bett gelegt, in dem ich bleiben sollte, bis der Arzt da wäre. Ich wartete auf den Arzt, und ich wartete auf meinen Dad.

Mein Freund hatte mich hierhergebracht. Ich war nur ein paar Stunden bei ihm gewesen, als er beschloss, dass es besser sei, direkt in die Notaufnahme zu fahren. Davor hatte ich zu Hause bei meinen Eltern gelegen, frierend und schwitzend, aber Mum meinte, ich sollte gefälligst nicht so wehleidig sein, und Dad war überzeugt, es sei die Grippe. Also brachten sie mich zu meinem Freund, in der Hoffnung, mich aufzumuntern, aber kaum dass ich da war und ein paar Reste vom Weihnachtsessen probiert hatte, krümmte ich mich vor Schmerzen und kotzte. Das sorgte dann für die Entscheidung.

Als Dad kam, gab er mir einen Kuss und setzte sich still in eine Ecke.

Der Arzt tastete meinen Bauch und meinen Rücken ab, und als er mich an der linken Seite berührte, zuckte ich zurück. »Wenn zehn der schmerzhaftete Schmerz ist, den Sie sich überhaupt jemals vorstellen können«, sagte er, »und wenn null die Schmerzfreiheit ist, wo befinden Sie sich dann auf dieser Skala?«

Es fühlte sich an wie eine Klinge im Fleisch. Wie ein Strandball in meiner Seite, der immer weiter und weiter aufgeblasen wurde und jeden Augenblick platzen konnte. Aber ich kam einfach nicht auf eine Zahl.

Mir fiel ein, wie meine Schwester noch klein war, wie sie eine Zeitlang taub wurde und ihre Trommelfelle mehrmals platzten – wie dann das Blut ihren Hals herunterlief und sie schrie. Dann dachte ich an Dad, der sich elfmal die Schulter ausrenkte, zum ersten Mal bei einem Skiurlaub mit Mum und zum letzten Mal, als er im Garten eine Ente einfangen wollte. Und dann dachte ich an einen noch schlimmeren Schmerz. Den Schmerz in meinem Kopf, als ich mir den Unterarm ritzte, viel schlimmer als der Schmerz in der Haut am Arm. Ich dachte an das Höllenfeuer. An Folterkammern. An Flugzeugabstürze, Guillotinen, Schürhaken in der Glut.

Zu dem Arzt sagte ich schließlich: Sechs.

Er gab mir eine Pappschüssel und bat mich, reinzupinkeln.

Als ich mit der warmen, stinkenden Pisse wiederkam, fragte ich mich, ob der Arzt eine Schwangerschaft diagnostizieren würde. Ich hatte seit Wochen keinen Sex gehabt –

bis vor drei Tagen hatte ich noch in Berlin gelebt. Ganz für mich allein. Aber man konnte nie wissen. Mein Freund saß da draußen im Warteraum, und man konnte ja einfach nie wissen.

»Ich bin gleich wieder bei Ihnen«, sagte der Arzt, nachdem er einen Teststreifen in die Schüssel getunkt hatte.

Mein Dad setzte sich zu mir und streichelte mir den Kopf. *Ich bin schwanger, Dad,* dachte ich, *aber ich will kein Baby kriegen. Nicht jetzt, nicht so früh. Was soll ich tun?*

Der Arzt kam mit einer Schwester zu mir zurück. »Sie haben Blut und Rückstände im Urin. Wir sollten gleich einen Ultraschall machen.«

»Was für Rückstände?«, fragte Dad, und der Arzt und er unterhielten sich, während ich in einen dunklen Raum geschoben wurde.

Eine streng dreinblickende Frau verteilte Gel unterhalb meiner Rippen und drehte mich auf die Seite. »Linksseitiger Nierenabszess«, sagte sie Sekunden später.

Sie brachten mich in die Urologie und schoben mir eine Kanüle in den Arm. »Kochsalzlösung«, erklärte eine Schwester, »zum Schutz vor Dehydrierung.« »Antibiotika«, sagte eine zweite, die den zweiten Tropf anschloss. Noch eine gab mir einen Plastikbecher mit roter Flüssigkeit drin. »Oramorph. Das nimmt Ihnen die Schmerzen. Wenn Sie mehr brauchen, drücken Sie einfach diesen Knopf.« Ich trank und sah meinen Dad und meinen Freund ins Zimmer kommen.

»Ist das Leben nicht schön?«, sagten sie. »Alles ist wieder gut. So flauschige Wolken. Da ist ja ein Hoppelhase.« Vieleicht sagten sie auch eher Gute Besserung oder so etwas in der Art. Ich war zu benebelt, um es zu verstehen.

Die nächsten Tage verbrachte ich im Morphiumrausch. Ärzte und Schwestern kamen und gingen, der Tropf wurde ausgewechselt, nachts kreischten die alten Patienten und vergaßen bis zum Morgen ihre Namen. Dad fuhr jeden Abend eine Stunde Auto, um mich zu besuchen, und an den meisten Tagen besuchte mich auch Mum. Einmal kam meine Schwester, aber es nahm sie zu sehr mit, und sie ging schnell wieder.

Eines Tages sagte mein Dad, ich sei ein bisschen weniger grau.

»Kann ich bald wieder nach Hause?«, fragte ich.

»Nein, Liebes«, sagte er. »Dafür müsstest du erst wieder Farbe haben.«

»Wenn ich wieder rosig bin, kann ich dann nach Hause?«

»Du musst erst mal operiert werden, fürchte ich«, antwortete Dad.

Ich wollte nach Hause und mir endlich die Haare waschen. Ich hatte es satt, in Schüsseln zu pissen und den Tropf hinter mir herzuziehen, hatte sogar die freundlichen Stimmen der Schwestern satt und meine eigenen Gedanken.

Am selben Tag erklärte mir ein Arzt die bevorstehende Operation. Sie würden mir die Seite aufschneiden, sagte er, mir den Eiter aus der Niere saugen und dann den Schnitt wieder vernähen. Der Eingriff sei riskant, aber ohne ihn würde der Abszess früher oder später platzen, der Eiter würde sich in meinen Körper ergießen und eine Bauchfellentzündung auslösen.

Was der Arzt mir nicht erzählte, sondern nur meinen Eltern, war, dass meine Überlebenschancen selbst mit der Operation nur bei fünfzig Prozent lagen. Dass der Abszess wegen seiner Größe schon die Niere dehne und den Darm blockiere und dass jede Minute, die ich ihn mit mir herumtrüge, meine letzte sein könne.

Das war an Silvester. Mein Freund feierte in einem Club

in London und schickte um Viertel vor zwölf eine SMS. ICH WÜNSCHTE, DU WÄRST HIER, schrieb er. ICH WÜNSCHTE, *DU* WÄRST *HIER*, hätte ich fast geantwortet. Um zehn vor zwölf fingen die Schwestern in der Urologie an zu johlen, zu singen und Kuchen zu essen, während ihre vereiterten Patienten apathisch zusahen, wenn sie nicht gerade schrien oder sich bekackten. Es war nicht das schönste Silvester meines Lebens. Andererseits war es bei all dem Morphium, mit dem sie mich versorgten, auch nicht gerade das schlechteste.

Zu Neujahr bekam ich einen Einlauf. Ich hatte seit Weihnachten nicht mehr geschissen, und es wurde langsam ganz schön unangenehm. Als das warme Wasser hinten wieder rausrauschte, war mir das Geräusch dabei schrecklich peinlich, aber noch schrecklicher war, dass es gar nichts half.

Eine Woche später wurde ich im Krankenwagen in ein anderes Krankenhaus verlegt. Dort wandten sie eine bessere Methode an, mit höheren Überlebenschancen. Der Chirurg sah sich meine Niere im Ultraschall an und erklärte, der Abszess sei so groß wie eine Orange. »Das ist sehr selten«, sagte er, »dass jemand in Ihrem Alter so etwas bekommt. Waren Sie schon einmal in Asien?« Ich verneinte, und er erklärte, das Bakterium in meinem Urin stamme aus Fernost.

Ich kriegte etwas gespritzt, von dem ich einen metallischen Geschmack im Mund bekam, und wurde noch bei Bewusstsein auf die Seite gedreht, damit der Arzt einen Katheter durch die Haut bis in die Niere schieben konnte, um den Inhalt des Abszesses abzusaugen. Eine Woche lang steckte mir ein Schlauch in der Seite, an dem eine Plastikflasche baumelte. Ab und zu wurde diese Flasche ausgewechselt, und es floss wieder neue Schmiere nach. Insgesamt ein Dreiviertelliter. Es war widerlich, und ein bisschen wundersam war es auch.

Nach der Operation fühlte es sich ein paar Stunden lang an, als hätte ich lauter Glasscherben im Bauch. Jeder Atemzug tat weh, jedes Niesen oder Gähnen war eine unglaubliche Qual. Vergesst die Flugzeugabstürze, Guillotinen und Schürhaken, die ich mir bei der Aufnahme vorgestellt hatte – *das hier* war die Zehn.

Einen Tag nach der OP schaffte ich es zu kacken. Nach zwei Wochen Krankenhausfraß eine ganz schöne Erleichterung. Allmählich kam wieder Farbe in meine Wangen, und ich fühlte mich halbwegs lebendig. Ich versuchte sogar in einem der Badezimmer mit meinem Freund zu vögeln: Ich beugte mich über den Wannenrand und hielt mit der Linken die Eiterflasche fest, während er ein paar Mal zustieß und dann erschlaffte. Er wusch mich mit einem Handtuch, und wir schlichen auf die Station zurück, ich in meinem Krankenhaushemdchen, durch dessen Spalt mein Arsch rausschaute.

Als mein Freund gegangen war, nicht ohne mir das Versprechen abzunehmen, diese Badezimmernummer nie wieder zu erwähnen, rief ich Dad an und bat ihn, mir ein Buch über Haikus mitzubringen.

Ich weiß auch nicht, warum, aber seit meiner Operation hatte ich das Bedürfnis, alles über diese bestimmte japanische Gedichtform herauszufinden. Also befasste ich mich mit Buson, Bashō und Issa und las Gedichte über Pilze, Berge und Gräber, über Mondlicht und die Kirschbaumblüte. Ich betrachtete den Baum vor meinem Fenster und stellte mir vor, er sei ganz in Rosa gehüllt.

Ich lag da, dachte an die Vergänglichkeit des Lebens und schrieb Haikus über meine imaginäre Kirschblütenzeit, wie schnell sie anbrach und wieder verwehte. Jeden Tag trank ich drei große Flaschen Wasser, um alles Schlechte fortzuspülen, um meine Niere auf ihre Normalgröße zu schrumpfen und ihr die Chance zum Neuanfang zu geben.

Um dieselbe Zeit, als ich meine Krankenhaus-Haikus schrieb, kam mir auch der Gedanke, dass ich noch vor fünfzig Jahren – vielleicht sogar vor zwanzig – nicht überlebt haben würde. Im neunzehnten Jahrhundert hätte man bei mir »Auszehrung« diagnostiziert und hätte mich ins Bett gesteckt, wo ich langsam und qualvoll zugrunde gegangen wäre, während der Abszess sich füllte und aufbrach und sich eine Sturzwelle Eiter in mich ergoss.

Zwangsläufig tödlich
ein menschlicher Tsunami
Laune der Natur

Ich hatte in dem soeben vergangenen Jahr eine Menge durchgemacht. Im Frühsommer hatte ich meinen Abschluss geschafft. War nach Hause zurückgekehrt und hatte – erfolglos – einen Selbstmordversuch unternommen. Meine Schwester ebenfalls, sogar mehrfach, mit kaum größerem Erfolg. Meine Eltern hatten sich dauernd gestritten, aus völlig unbegreiflichen Gründen. Jemand hatte mir K.o.-Tropfen in den Drink gemixt. Ich hatte eine Therapie begonnen und abgebrochen, meine gesamte Habe verkauft und war überstürzt nach Berlin umgezogen. Nur einen Monat später – nach vier Wochen außerordentlicher Einsamkeit, in denen ich meinem Freund am Telefon vorheulte, ich wüsste selbst nicht, was ich hier sollte; obwohl es mein Geburtsland sei, fühlte ich mich so fremd wie nie zuvor – war ich am Boden beschämt nach Hause zurückgekehrt. Und dann, drei Tage darauf, war ich hier im Krankenhaus gelandet.

Insgesamt schrieb ich hundertsieben Haikus. Ich schrieb über Chrysanthemen und Nadelbäume, Libellen und Zikaden, Himmelsbambus und heilige Berge. Vieles davon kannte ich nur von Bildern. Als ich gerade das erste Wort meines hundertachten Haiku schrieb (»Alles«), sagte jemand, ich sei entlassen.

Hand in Hand mit Dad schritt ich durch die automatische Schiebetür des Krankenhauses und spürte, dass trotz meiner Rettung ein Teil von mir gestorben war.

Zu Hause nahm ich meine Schwester in den Arm, trank ein Glas Sekt und zwei Pints Wasser. Ich spendete zehn Pfund an die Tsunami-Hilfe, trennte mich von meinem Freund und bewarb mich auf Masterstudienplätze an fernen Universitäten. Als eine in Schottland mich annahm, fuhr ich im Frühjahr nach Norden und sah sie mir an. Im ganzen Ort standen die Kirschen in voller Blüte.

Dein Alter Ego gibt es nicht

Wir Masterstudenten haben intellektuelle Tattoos: Schreibfedern, David-Foster-Wallace-Zitate. Wir besprechen bedeutsame Themen wie die korrekte Verwendung des Semikolons; wir trinken viel billigen Wein.

Wir reden ständig darüber, wie wenig wir schon wieder gearbeitet haben, und laufen uns ständig in der Bibliothek über den Weg. Wir gründen Onlinemagazine für Sozialwissenschaft und Kunst, kriegen Pickel wie damals als Teenager. Wir entwickeln Besitzansprüche auf bestimmte Räume auf dem Campus und staunen, wie jung die Erstsemester sind: »Guck dir das an, unglaublich, die sind Jahrgang 1991! Zu der Zeit hatte *ich* schon *feuchte Träume*!« Immer wenn wir uns sehen, fallen wir uns in die Arme. Halten uns wie Ertrinkende aneinander fest.

Und jeden Abend sitzen wir auf unseren Sofas, essen Pasta mit Pesto, schauen Castingshows und träumen davon, was wir alles erreichen könnten, wer wir sein könnten, hätten wir nur alles anders gemacht.

Sechs Monate nach der Immatrikulation kaufte ich mir ein Magazin. In dem Magazin gab es einen Psychotest. Dieser Test trug den Titel: »Wer ist dein Alter Ego?«, und man musste dreizehn Ankreuzfragen beantworten, wie »Lieblingsfarbe«, »Einstellung zum Tod« und so. Ich nahm die Fragen wie immer ernst, also antwortete ich ehrlich mit »gelb« und

»Heidenangst davor«, und als ich mein Ergebnis berechnete, kam dabei raus: »Du hast kein Alter Ego.«

Ich lief erst mal in meinem Zimmer auf und ab und grübelte. Dann trank ich einen Kaffee, rauchte eine imaginäre Zigarette und grübelte noch ein bisschen mehr.

Die ganze Woche grübelte ich weiter. Ich grübelte im Supermarkt, wo ich jede Woche einen Laib rustikales Landbrot holte (so viel individueller als weißer, geschnittener Toast). Ich grübelte auf dem Laufband im Fitnesscenter (wo ich meinen Körper auf utopische Maße zu trimmen versuchte). Und ich grübelte nachts im Bett, wenn ich den Zügen lauschte, die mit kreischenden Bremsen in die Partick Station einfuhren (und mir vorstellte, mich davorzuwerfen und mir die Knochen zermalmen zu lassen). Dann beschloss ich, dass etwas geschehen musste. Ich gab *alter ego* bei Google ein, bereit für eine Runde Gehirnmuskeltraining.

Der erste Treffer war ein Wikipedia-Artikel. Auf einem Bild oben in der Ecke spielte ein Mann Karten gegen sich selbst, und daneben stand in einem Kasten: »Dieser Artikel bedarf einer Überarbeitung durch einen Experten.« Für so etwas war ich mir zu schade und klickte lieber weiter.

Das zweite Ergebnis war ganz anders. Nicht informativ, sondern interaktiv. Aber auch keine dreizehn Psychotest-Fragen wie in dem Magazin, sondern ein richtiges Hightech-Lebenssimulations-Browserspiel. Was auch immer das hieß.

Erschaffe dein persönliches Alter Ego, hieß es da.

Ich klickte auf den Link.

Stell dir vor, du stehst kurz vor deiner Geburt, stand da. *Willst du männlich oder weiblich sein?*

Wie aufregend! Mein Mauszeiger schwebte über weiblich. Aber warum sollte mein Alter Ego dasselbe Geschlecht haben wie ich? Ich hatte schon immer wissen wollen, wie es wäre, ein Mann zu sein. Männer hatten es viel einfacher im Leben. Klick.

Wähle einen Namen, befahl das Spiel.

Hätte ich frei entscheiden können, hätte ich vielleicht Rambo oder Zeus gesagt. Aber die Frage war leider *multiple choice*, also entschied ich mich für Jake.

Wie soll deine Geburt verlaufen?, fragte das Spiel.

Friedlich, klickte ich an. Denn egal, wie mein Alter Ego einmal werden sollte, eine friedliche Geburt wünscht sich ja wohl jeder.

Deine Geburt verläuft so friedlich, sagte das Spiel, *dass sich deine Eltern später kaum daran erinnern und dir kaum etwas davon erzählen können. Das wird leider dein Selbstbewusstsein schwächen.*

Ich kam auf eine Seite voller farbiger Buttons mit verschiedenen kryptischen Icons drauf. Ich klickte auf den ersten Button, auf dem ein stilisiertes Auge abgebildet war.

Eine Hand bewegt sich auf dich zu. Willst du a) anfangen zu weinen, b) danach schlagen oder c) niedliche Geräusche von dir geben?

Scheiß drauf, dachte ich. Das ist meine Chance. Ich werde meine wildesten Phantasien ausleben, gleich hier und jetzt. Ich erschaffe den härtesten Rebellen, den die Welt je gesehen hat. Im Vergleich zu dem werde ich ein Unschuldsengel sein. Also klickte ich auf *b) danach schlagen.*

Eine schlechte Wahl, sagte das Spiel. *Sie torpediert den frühkindlichen Bindungsprozess. Du wirst nicht nur zu deiner Mutter ein schwieriges Verhältnis haben, sondern überhaupt nur schwer mit Frauen kommunizieren können.*

Shit! Ich haute auf meinen Schreibtisch. Mein Alter Ego sollte jede Menge mit Frauen kommunizieren. Viel mehr, als ich es je hatte. Jake sollte jede kriegen, die er haben wollte. Ich klickte einen Button, auf dem ein Gehirn abgebildet war.

Vor dir liegen drei Bauklötze. Bei deinem ersten Versuch, sie aufeinanderzustapeln, fällt der Turm in sich zusammen. Versuchst du es noch mal?

Ich hatte sicher nicht vor, zweimal denselben Fehler zu begehen. Mein Alter Ego musste zumindest am Anfang ein bisschen Sensibilität für seine Umwelt zeigen. Also klickte ich Ja. Ja, natürlich versuche ich es noch mal.

Sehr schön gemacht, lobte das Spiel. *Aus dir wird noch ein guter Arbeiter, wenn du groß bist, merk dir das.*

Oh verdammt. Jake sollte kein Arbeiter werden. Er sollte ein Rockstar, Zigarettenhersteller oder Bankräuber sein, meinetwegen ein Volksverhetzer. Okay, dachte ich, von jetzt an muss ich mich in Jake hineinversetzen. Was würde Jake tun? Ich klickte auf einen Button mit einem Schwan.

Dir tut plötzlich alles weh!, warnte das Spiel. *Willst du a) anfangen zu weinen, b) dich hin und her wälzen, c) wieder einschlafen?*

Weinen, klickte ich. Unbedingt weinen! Ich sterbe hier nicht den plötzlichen Kindstod, auf keinen Fall.

Diese Auswahl ergibt keinen Sinn, sagte das Spiel. *So friedlich, wie deine Geburt verlaufen ist, erachtet das Programm es für zu unwahrscheinlich, dass du in dieser Situation zu weinen anfängst. Wähle noch einmal.*

Also wählte ich b), hin und her wälzen, und das Spiel meldete zurück, ich würde für den Rest meines Lebens mit einem kränklichen Hüsteln geschlagen sein.

Mein Alter Ego war jetzt seit zwei Wochen auf der Welt. Ich verbrachte im Schnitt acht Stunden täglich online.

Laut Spielstand war Jake ein zwanzigjähriger Zahnheilkunde-Student mit einem leichten Sprachfehler und einer ausgeprägten Schwäche für Würstchen. Er hatte bei drei Mädchen Annäherungsversuche unternommen. Bridget, die erste, hatte einen Wutanfall bekommen, als sie dachte, er hätte ihr an den Hintern gefasst (was enttäuschenderweise nicht mal stimmte). Die zweite, Lydia, hatte sich nach einem erfolgreichen Besuch im Naturkundemuseum die rechte Brust von ihm lecken lassen, und die dritte, Gaynor, war ihm an die Hose gegangen, aber dann hatte sein kränkliches Hüsteln sie so abgetörnt, dass sie ihn stehen ließ.

Ich schob einen Stapel schmutziges Geschirr beiseite, ignorierte das Grummeln in meinem Magen, das daher rührte, dass ich seit Tagen nur noch Asianudeln aß, und loggte mich ein.

Du schreibst morgen Klausur, mahnte das Spiel, *und du hast noch kein bisschen dafür gelernt. Deine Mitbewohner laden dich in einen Strip-Club ein. Willst du a) mitgehen oder b) höflich ablehnen und sagen, dass du lernen musst?*

Mitgehen, klickte ich, und mir war klar, dass ich mich selbst langsam besser mal meinem Studienkram widmen sollte. Geh mit, verdammt, drauf geschissen!

Du verlierst deine Jungfräulichkeit an eine Stripperin namens Delilah, meldete das Spiel.

Jawoll!

Leider steckst du dich bei Delilah mit Chlamydien an und fällst am nächsten Tag durch die Klausur. Du brichst dein Studium ab und wirst Arbeiter.

Okay, dachte ich. Na schön, dann ist mein Alter Ego wenigstens kein Weichei mehr. Hat sich eine Lustseuche eingefangen und die Uni hingeschmissen. Schon nicht schlecht. Aber ich wollte mehr. Ich klickte auf den Button mit dem Herz drauf.

Willst du a) eine Beziehung beginnen oder b) eine Beziehung beenden?

Beginnen, klickte ich. Ich hatte ja keine, die ich beenden konnte.

Mit wem willst du ausgehen – a) Tina, b) Marie oder c) Consuela?

Consuela, klickte ich. Das alte Luder.

Consuela hat folgende Werte: Attraktivität 6/10, Schüchternheit 7/10, Hypochondrie 8/10. Willst du ein Erlebnis mit ihr?

Ja, klickte ich. Ein Erlebnis! Her mit dem scheiß Erlebnis, aber flott! Wie sich rausstellte, gingen wir Schlittschuhlaufen und hatten einen netten Nachmittag.

Achtzehn Tage jetzt. Mein Alter Ego sprach fließend Französisch, unternahm an den Wochenenden gemütliche Fahrradtouren, und seine Lieblingsfernsehsendung war *Never Mind the Buzzcocks*, die Comedy-Quizshow auf BBC zwei.

Ich dagegen hatte das Duschen aufgegeben. Ich aß nur noch, was sich in unter drei Minuten zubereiten ließ, und begann mich wundzusitzen. Weil ich so viel Zeit am Computer verbrachte, verließ ich nur noch nachts das Haus. Ich hing in den Nachtbars rum, wo ich mich zu Jimmy Blindfisch und Pillen-Brian setzte, der keine Zähne mehr hatte. Weil mein Schreibtischstuhl schief stand, hinkte ich jetzt, und ich wurde Fremden gegenüber zunehmend aggressiv. In der letzten Woche hatte ich mit drei verschiedenen Männern gevögelt, und viermal stand ich lange in der Partick Station, sah auf die Schienen hinab und überlegte. Ich kaufte sogar weißen Toast statt Landbrot rustikal.

Eines frühen Morgens – so früh, dass ich noch gar nicht im Bett gewesen war – taumelte ich in Unterwäsche ins Wohnzimmer, steckte das Telefon aus, trank einen Schluck billigen Wein und knipste den Monitor an. Es ist so weit, dachte ich. Jetzt gilt es, jetzt oder nie. Ich starrte auf die Frage, die seit gestern Abend unbeantwortet auf dem Bildschirm stand.

Du hattest bei der Arbeit einen schlechten Tag, stand da. Willst du a) deine Pantoffeln überziehen und mit deiner Frau und den drei Kindern einen entspannten Abend genießen oder b) dir die Kugel geben?

Ich steckte mir eine Zigarette an, eine echte, eine Marlboro Red, und blies Rauch auf den Monitor.

Es mag an der Erschöpfung gelegen haben, am Wein oder daran, dass ich gerade meine nächste Lustseuche bekam, aber als ich auf die Antwort klickte, sah ich meinen Finger sich in Zeitlupe bewegen.

Lebe wohl, Jake.

Ich sah auf meine Beine runter, fuhr die dicken schwarzen Linien meiner größten Tätowierung nach: zwei Wölfe rechts und links von Tyr, dem angelsächsischen Gott der Hoffnung und des Kampfes. Die Tinte war verblichen, aber nicht zu sehr.

Sprint

Nine Inch Nails dröhnte aus den Kopfhörern, während meine Schritte auf das Laufband trommelten. Genau der richtige Rhythmus für 10km/h, genug Schmutz in den Texten für den nötigen Schwung Adrenalin. Zeilen über den Geruch von Sex, das Verlangen, die Ausweglosigkeit. *Violate* reimte sich auf *desecrate*. Alliterationen mit *fuck* und *feel* und *flawed*.

Mein Gesicht wabbelte beim Laufen. Die Wand gegenüber war vollverspiegelt; ich hatte gedacht, das sei für narzisstische Studienanfänger, die ihre makellosen jungen Körper in Aktion erleben wollten. Aber dann begriff ich, dass vor dem Spiegel die Zeit schneller vergeht. Den Fernseher unter der Decke gab es auch, aber da lief MTV und ähnlicher Ausschuss. Ohne Ton war es sowieso kein großer Spaß; nur die immer gleichen arschwackelnden Idioten. Durch die Spiegel die Leute zu beobachten war faszinierend.

Da war die mit den blonden Zöpfen auf dem Crosstrainer, die sich bewegte wie auf einem Techno-Rave nach einer ordentlichen Portion E. Die Frau schien immer hier zu sein; sie grinste und schwitzte schon, wenn ich ankam, und grinste und schwitzte, wenn ich ging. Außerdem der Behaarte auf der Rudermaschine mit den breiten Schultern und dem markantesten Kiefer, den ich je gesehen hatte. Bei jeder Bewegung sog und schob er den Mund rein und raus, als vollführe er nebenbei eine Blowjob-Pantomime.

Und dann noch die Frau in der Ecke. Was fand ich eigentlich an ihr? Also, erstens wabbelte ihr Gesicht nie. Und unter ihren knappen Shorts war keine einzige Zellulite-Delle. Wenn man von diesen straffen, gebräunten Quadrizepsen umschlungen im Bett liegen dürfte, so meine Vorstellung, wäre man dem Glück so nah, wie es nur ging.

Heute trug sie ein T-Shirt mit einem Spruch auf dem Rücken: GUT IST DAS GEGENTEIL VON GROSSARTIG. Zwanzig Minuten hatte ich auf dem Crosstrainer hinter ihr auf diesen Spruch gestarrt, bevor ich mich in Bewegung setzte.

Dummerweise okkupierte so ein Idiot in Neon-Turnschuhen und Reflektorweste das Laufband neben ihr. Normalerweise war das meins. Ich lief gern mit ihr im Takt. Schielte zu ihrem Bedienfeld rüber und stellte dieselbe Geschwindigkeit ein. Rechts, links, rechts, links liefen wir, perfekt synchron, als hätten wir unsere Beine für ein Dreibeinrennen zusammengeschnürt.

Weil ich erst seit vier Monaten ins Studio ging, hatte ich Mühe, mitzuhalten. Fünf Kilometer in fünfundzwanzig Minuten waren hart. Ich hatte aufgehört zu zählen, wie oft ich ihretwegen Muskelkater bekommen hatte.

Einmal folgte ich ihr nach dem Training. Ich überquerte ein paar Meter hinter ihr die Straße und wartete, als sie einen Kiosk betrat. Kurz darauf kam sie mit einem Halbliterpack Milch und dem *Guardian* wieder heraus und lief die Bank Street runter. Ich zögerte eine Weile, dann kaufte ich mir auch eine Zeitung und eine Packung Milch.

An dem Abend nahm ich den *Guardian* mit ins Bett, berührte die Seiten, las die Werbung und flüsterte Gut ist das Gegenteil von Großartig, Gut ist das Gegenteil von Großartig, bis ich eingeschlafen war.

Wir hatten alle unsere Gründe, hinzugehen.

Mir half das Studio, die folgenden Fragen zu verdrängen: Was zur Hölle sollte ich nach dem Abschluss machen? War ich reif für das Erwachsenenleben? Warum fühlte ich mich immer noch nicht gut? Was sollte »gut« überhaupt bedeuten? Würde meine Schwester je aufhören, sich umbringen zu wollen? Sollte ich wieder Antidepressiva nehmen? Warum hatte ich dieses schrecklich miese Gefühl? Das Gefühl, ich könnte alles verlieren? Was war diese schlimme, unaussprechliche Sache, die mir widerfahren war, die mich immer in den frühen Morgenstunden von innen zerfraß? Was hatte ich getan? Was hatte man mir angetan? Ins Studio zu gehen war nicht die Antwort darauf, aber es war *eine* Antwort, deshalb kam ich her, wann immer es mir schlecht ging. Also jeden Tag, manchmal zweimal täglich.

Wenn ich nicht im Studio war, machte ich Hanteltraining neben dem Sofa oder zerriss Klopapier in kleine Stücke, die ich wie Schnee auf den Teppich rieseln ließ.

Aber auf dem Laufband konnte ich jedes Mal ein bisschen schneller, ein bisschen länger laufen, und es war, als liefe ich immer weiter weg von dem Chaos in meinem Kopf. In jeder Trainingspause schmerzten meine Muskeln, streckten sich und wuchsen, und ich bekam allmählich das Gefühl, unbesiegbar zu sein.

Statt Gedanken zum Thema Identität in Wordsworths und Coleridges *Lyrischen Balladen* zu Papier zu bringen, notierte ich meine eingenommenen und verbrannten Kalorien. Ich notierte die Anzahl der Sets, der Wiederholungen pro Set und der Kilometer, die ich täglich schaffte. Das war jetzt meine Form der Poesie.

Langhantel Bankdrücken, 3 Sets, 15 Reps,
Langhantel Frontheben, 3 Sets, 15 Reps,
Kurzhantel Seitbeugen, 3 Sets, 20 Reps,
Kurzhantel Kniebeugen, 3 Sets, 15 Reps,
Hammer-Curls, 3 Sets, 15 Reps,
Skullcrusher, 3 Sets, 10 Reps,
Ausfallschritt rückwärts, 3 Sets, 15 Reps,
Laufband 10 km,
Crosstrainer 5 km,
Rudern 1 km,
Ruhe

Mein Stoffwechsel war ein Schmelzofen. Nichts blieb mehr hängen, wenn ich aß. Bald passte mir Kleidergröße 8, dann 6, dann weniger. Nicht einfach, Kleider zu finden, die einem Skelett gut stehen.

»Ich bin eine Gazelle«, sagte ich meinen Freunden, und sie gähnten dazu.

Eines Dienstagmorgens ging ich früh zum Studio. So früh, dass es noch geschlossen hatte. Ich stand draußen im Schneeregen und wartete. Ungefähr fünf vor sieben kam eine Gestalt die Bank Street hoch.

»Morgen«, sagte sie.

Wir standen da und sahen einander an. Noch nie hatten wir uns unterhalten. Ich durfte das hier auf keinen Fall versauen.

»Hi«, sagte ich zitternd. »Echt blöd mit dem Wetter.«

Sie nickte und setzte Kopfhörer auf.

In der Umkleide drehten wir uns voneinander weg. Ich ließ mir Zeit damit, meine personalisierten Schuhe zu schnüren, meine Wasserflasche aufzufüllen und zum dritten Mal aufs Klo zu gehen, und dann folgte ich ihr in den Cardioraum. Sie ging wie üblich zu dem Laufband in der Ecke, und ich stieg so beiläufig wie möglich auf das Band daneben.

Unsere Blicke trafen sich im Spiegel. Ich konnte fast hören, wie sie ihren Motor aufheulen ließ.

Sie ging ein paar Schritte, dann erhöhte sie das Tempo auf neun, elf, zwölfeinhalb, auf dreizehn Kilometer pro Stunde. Ich begann mit sechs, zögerte und tat es ihr nach.

Nach zehn Minuten fühlte es sich an, als bohrte sich ein Messer in meinen Unterleib. Nach fünfzehn, als müsste ich kotzen.

Ich weiß selbst nicht, wie, aber irgendwie hielt ich einundzwanzig Minuten durch. Ihr war noch nicht mal der Schweiß ausgebrochen. Kein einziger Fleck verunzierte ihr frisches Shirt, auf dem stand: FÜR DEN ERSTEN EINDRUCK GIBT ES KEINE ZWEITE CHANCE.

Ich keuchte, stolperte über meine personalisierten Schuhe und schaltete die Maschine ab.

Der Arzt riet mir, sechs Wochen auf Sport zu verzichten. Ich hätte Muskelfaserrisse in den Waden, sagte er. In Zukunft sollte ich mich ordentlich aufwärmen. Fit zu werden sei ein Marathon und kein Sprint. Außer beim Sprinten natürlich.

Also blieb ich daheim und zerpflückte Klopapier.

Aus sechs Wochen wurden sieben, dann zwei Monate. Ich hatte Angst, keinen Kilometer mehr am Stück zu schaffen, geschweige denn zehn. Im Studio hatte ich mich immer weiter selbst optimiert. Immer die Zahlen vom letzten Mal getoppt. Mal hier eine Zeit unterboten, mal da eine Wiederholung mehr geschafft. Ich konnte die Vorstellung nicht ertragen, wieder ganz von vorn anzufangen.

Ich nahm zwölf Kilo zu. Wurde rundherum weicher. Gab zwanzig Pfund für die Zutaten für einen Steak Pie aus. Brauchte fünf Stunden, um ihn zu backen. Zehn Minuten, um ihn aufzuessen.

Im Wohnzimmer lag der Schnee knöcheltief.

Als ich mich endlich aufraffte, wieder ins Studio zu gehen, passte ich kaum noch in meine Shorts. Bevor ich das Haus verließ, aß ich zur Aufmunterung eine Packung Schokolinsen.

An der Tür zum Cardioraum gab es ein neues Schild: HIER KEINE TASCHEN.

Im Fernseher lief eine Werbung für Slipeinlagen.

Ich stieg auf ein Laufband und sah in den Spiegel. Ich war noch dieselbe wie vor drei Monaten. Wenn überhaupt sah ich gesünder aus. Ich hatte Brüste, eine Figur. Mein Gesicht wabbelte so schlimm wie noch nie, und mein Arsch neuerdings auch, wenn mich einer von hinten nahm, aber niemand hatte sich je darüber beschwert. Im Gegenteil, Männer schienen von meinem Arsch nie genug zu kriegen. Ich war eben auch nur ein Mensch. Ein wabbelärschiger, fickbarer Mensch.

Ich wärmte mich auf und dehnte mich, atmete tief durch und drückte den grünen Knopf.

Ich steigerte mich langsam, sehr langsam, vom Schlendern zum Gehen, vom Gehen zum Joggen, und nach fünf Minuten lief ich zehn Kilometer pro Stunde und staunte, wie leicht es mir fiel. Ich beschleunigte auf elf. Immer noch kein Problem.

In dem Moment fiel mein Blick auf den Fernseher und auf das Gesicht des Polittalkmasters Jeremy Paxman. Sein Gesicht war sehr lange im Bild. So lange, dass ich dachte, er müsse gestorben sein. Das war sicher eine Sondersendung, ein Nachruf, dachte ich, eine Reaktion auf Paxmans plötzlichen Tod.

Ich packte die Haltegriffe. Es war eine Kunst für sich, auf dem Laufband fernzusehen, und ich beherrschte sie nicht.

Wenn Paxman gestorben war, ging damit eine Ära zu Ende. Ich meine, er war doch erst … fünfzig? Sechzig, höchstens. Zu jung. Viel zu jung zum Sterben. Vielleicht war es ein Herzinfarkt. Diese harten Newsnight-Interviews mussten irgendwann ihren Tribut einfordern. Wenn es kein Herzinfarkt war, hatte ihm sicher ein wütender Studiogast eine Briefbombe geschickt. *Lieber Jeremy, vielen Dank für die Beleidigungen letzte Woche in deiner Show. Herzliche Grüße, BOOM.*

Es konnte auch ein Unfall gewesen sein. Ein typischer Promi-Abgang, über den man noch jahrelang reden würde. Zahnstocher verschluckt. Von einer Ziege den Bauch aufgeschlitzt. Von Heuballen erschlagen.

Ich stellte das Laufband wieder auf zehn Kilometer pro Stunde.

Schließlich zoomte die Kamera von Paxmans Gesicht zurück, ein Studio voller eifriger Akademiker rückte ins Bild, und die Show begann. *University Challenge.* Paxman war gar nicht tot. Das Ende der Welt war bis auf Weiteres vertagt.

Ich sah vom Fernseher weg, in den Spiegel. Ich war keine Gazelle mehr, aber irgendwie mochte ich das Gefühl, dass eine Extraschicht Fett sich um mich herum bewegte. Es machte mir den Raum bewusst, den ich im Universum beanspruchte, und ausnahmsweise fühlte ich mich nicht mal schuldig dabei.

Ich beschloss, diesmal nicht Nine Inch Nails zu hören, und genoss stattdessen das leise Surren der Maschine, das

Trommeln meiner Schritte. Und *University Challenge*, die neue Fernsehshow. *University Challenge!*

Nach zwei Kilometern auf dem Band ging die Tür auf, und da war sie.

Sie stieg auf die Maschine neben mir und schielte auf mein Display rüber. Ihr Gesicht war hager, die Wangenknochen stachen hervor. Auf ihrem T-Shirt stand: SEI ALLES WAS DU SEIN KANNST.

Ich sah zu, wie die Maschine anlief und ihre Schritte auf das Band trommelten, wie sie elf Kilometer pro Stunde lief, dann zwölf, dann dreizehn, Sprintgeschwindigkeit.

Aber diesmal heulte in mir nicht der Motor auf. Ja, sie lief schneller als ich, und ich hatte keine Chance, sie einzuholen, aber das machte nichts; ich war gerade dabei, meinen Rhythmus zu finden.

Ich hörte auf, vor meinem Spiegelbild wegzulaufen, und bewegte mich langsam, behutsam darauf zu.

Doktor

Gratuliere, toll gemacht!

Was du da geleistet hast, ist weiß Gott keine Kleinigkeit. Das ist was Besonderes. Was sag ich, das ist heldenhaft. Du hast nicht nur den Master, du kleines Genie, sondern auch noch mit Auszeichnung bestanden. Ein ganz ausgezeichneter Master. Du kannst jetzt einen Namenszusatz tragen, wenn du willst. Kannst den Rest deines Lebens damit prahlen.

Gott sei Dank bist du nicht in Paris Pantomimin geworden, wie du es dir vorgenommen hattest. Oh nein, der Master war ganz sicher die bessere Wahl.

Und was du dabei alles gelernt hast, Menschenskind! Was war das gleich noch mal? Du hast gelernt, dass Schreiben sich nicht immer anfühlen muss, als ob tausend Feuerwerkskörper gleichzeitig explodieren. Du hast gelernt, dass du die Illustrationen besser doch nicht selber machst. Du hast gelernt, wie eigen und originell dein Schreibstil ist. Dass die persönliche Begegnung mit berühmten Autorinnen überbewertet wird. Und du hast gelernt, dass es möglich ist, bei einem One-Night-Stand ein Kondom aus den Augen zu verlieren, und zwei Tage später taucht es beim Pinkeln wieder auf, oh weh, oh weh.

Und was hast du nach deinem Abschluss gemacht, du Senkrechtstarter, du? Hast du deinen großen Roman geschrieben? Bist ins Ausland gegangen? Hast armen, kranken Kindern das Lesen und Schreiben beigebracht? Nein, hast du nicht. Du hast eine Vollzeitstelle im Grußkartenladen angenommen. Im Grußkartenladen hast du jeden Morgen jede einzelne Karte abgewischt.

Nach anderthalb Wochen hast du allmählich die Uni vermisst. An der Uni haben sie dich wie was Besseres behandelt. Da hast du mit Margaret Atwood zu Mittag gegessen. An der Uni hat niemand von dir erwartet, dass du Grußkarten abwischst und Geschenkkugelschreiber zählst.

Also bist du an deinem freien Tag dorthin zurückgekehrt. Du bist ins Büro marschiert und hast dem Studienberater erklärt, dass du promovieren möchtest. Als er fragte, warum, hast du nichts von Margaret Atwood und Geschenkkugelschreibern gesagt. Du sagtest: »Weil ich Doktor sein möchte wie mein Dad.« – »Na schön«, hat er gesagt. »Ein Grund ist so gut wie der andere.« Er hat dir ein Anmeldeformular gegeben, 30 Seiten lang, und einen 72-seitigen Bewerbungsleitfaden, und dann hast du Grußkarten abgewischt und gewartet.

Im August kam die Nachricht, deine Bewerbung sei angenommen worden. Du durftest promovieren. Und nicht nur das – sie bezahlten dich sogar dafür.

Die Leute im Grußkartenladen schenkten dir zum Abschied eine Aloe-Vera-Pflanze.

Um die Zeit ungefähr wurde dir bewusst, dass du keine Ahnung hattest, was das überhaupt sein soll, eine Promotion. Du wusstest nur, die deines Dads, in Elektrotechnik, war so erfolgreich gewesen, dass er sich in den USA mit Bill Gates getroffen hatte. Ach ja, und du hattest auf dem Campus Doktoranden herumlaufen sehen und wusstest, wie sie sich kleiden. Also hast du dir ein paar Strickjacken gekauft, um dich anzupassen, und hast für den Fall der Fälle dein Gespräch mit Bill Gates vorbereitet.

Und hier bist du nun also, du schlaues Ding, und sitzt in deiner Wohnung zwischen lauter Strickjacken vor dem leeren Computermonitor. Was wirst du als Nächstes tun? Tja, bevor du auf diesen schönen blitzblanken Bildschirm etwas schreiben kannst, wirst du erst mal lesen müssen.

Auf in die Bibliothek!

Kaum angekommen, greifst du Bücher aus den Regalen wie eine Kandidatin von *Supermarket Sweep*. Der Stiftung hast du gesagt, dein Forschungsgebiet sei »die Repräsentation von Beeinträchtigungen des Sehvermögens in der Literatur«, weil es so imponierend klingt, also greifst du dir Bücher über das Sehvermögen, über mangelndes Sehvermögen und über mangelndes Sehvermögen in der Literatur, und dazu *Der Weg zur erfolgreichen Promotion* und dazu alles, was ein schönes Cover hat.

Potztausend, ganz schön schwer, diese Bücher! Das war dir noch gar nicht aufgefallen.

Wenn du, in der Strickjacke heftig schwitzend, die Bücher auf den Ausleihtresen hievst, frag den Bibliothekar: »Wie viele Bücher darf ich gleichzeitig leihen?« – »Weiß nicht, wie das bei Doktoranden ist«, wird er sagen. »Aber ziemlich viele jedenfalls.«

Lächle und sieh dich nach den Wartenden um und hoffe, dass sie zugehört haben. *Wie das bei Doktoranden ist*, hat er gesagt. *Bei Doktoranden.* Jawohl, Leute, mich hat er gemeint! Bitte um eine Plastiktüte, pack die Bücher ein und geh raus in den Regen.

Zu Hause beschließt du, dass du einen Handapparat einrichten willst. Verpack deine Ratgeberbücher in Kartons und stelle die Promotionsbücher an ihre Stelle. Setz dich an den Schreibtisch und sieh sie dir an.

Koch dir einen Tee.

Sieh dir *The Apprentice* auf iPlayer an.

Frag dich, was »eigenständiger Forschungsbeitrag« heißt.

Geh mit deinen Freunden in den nächsten Club und tanze zur *A-Team*-Titelmelodie.

Drei Tage darauf nimmst du ein Buch aus deinem Handapparat und liest. Das Buch handelt von blinden Schimpansen in Zentralafrika. Beschließe, deine Dissertation »Die Korrelation zwischen sehbehinderten Schimpansen in Zentralafrika und blinden Romanfiguren im Frühwerk von Charles Dickens« zu nennen. Weil es so imponierend klingt.

Öffne ein neues Worddokument und schreib es auf. Dann googelst du zwei Stunden nach Korrelationen zwischen sehbehinderten Schimpansen in Zentralafrika und blinden Romanfiguren im Frühwerk von Charles Dickens. Tja, wer hätte das gedacht? Da gibt es nichts.

Puh, gerade hast du dein sechstes Beratungsgespräch mit dem Betreuer hinter dir, und wie gut, dass es die gibt.

Dein Betreuer hat gesagt, du sollst aufhören, imponierende Titel in Worddokumente zu tippen, und sollst deine Zeit mit Lesen verbringen. »Ihre Fragestellung kommt schon noch«, orakelt er, und du errötest, weil er »kommen« gesagt hat.

Beschließe, dass du in deinen Betreuer verliebt bist. Kauf dir eine neue Strickjacke fürs nächste Beratungsgespräch.

Du promovierst jetzt seit einem halben Jahr, und dein unverschämt gutaussehender Betreuer hat vorgeschlagen, dass du dich auf ein mehrmonatiges Recherchestipendium an der Library of Congress bewirbst. In Amerika. Fünfhundertachtunddreißig Meilen Bücherregale, sagt er, und du stellst dir vor, wie ihr nackt Hand in Hand durch die Englischabteilung rennt, euch bei M wie Milton küsst und bei C wie Chaucer kopuliert.

Wie durch ein Wunder hat deine Bewerbung Erfolg, und du fliegst rüber zum Capitol Hill. Dort hast du zwei Mitbewohner, einen Möbelverkäufer und einen, der für den Kongress arbeitet. Es ist Frühsommer, und jeder Schritt vor die Tür fühlt sich an wie ein Schlag ins Gesicht mit einem heißen, nassen Tuch. Weg mit den Strickjacken, Süße!

In der Bibliothek gibt es extra ein Center (mit »er«) für Leute wie dich, wo du einen eigenen Arbeitsplatz und eine Kaffeemaschine hast, wo du täglich beim Kommen und Gehen durch die Taschenkontrolle musst und das Gefühl kriegst, Richtig-Wichtig zu sein.

Trink mit deinen neuen Akademikerfreunden ein Feierabendbier. Trink so viel, dass du dich auf dem Heimweg verläufst und auf den Stufen des Kapitols zusammenklappst. Werde von der Polizei aufgelesen. Wenn sie fragen, wo du wohnst, sag ihnen, du wüsstest es nicht mehr. (Es war was mit … Nein, Moment …) Lass sie dein Handy nehmen und deinen Mitbewohner anrufen, damit er dich abholen kommt. Versäume nicht, dich wortreich zu entschuldigen, wenn er dich um vier Uhr früh nach Hause fährt, und zwar mindestens alle fünf Sekunden. Und weine, so laut du kannst, wenn er dir sagt, dass du unter dem Fenster seines Büros geschlafen hast.

Verbringe den nächsten Tag im Bett und ruf deinen Exfreund, deine Mutter, deinen Vater, deine Schwester, deine Freunde an. Söhn dich mit deinem Exfreund aus, weil eine Fernbeziehung genau das ist, was du jetzt brauchst.

Und einen geregelten Tagesablauf brauchst du auch. Also schaff dir einen. Komm um halb zehn morgens in die Bibliothek. Geh um vier. Verschlinge ein Buch nach dem anderen.

Beginne dich für die Darstellung blinder Frauen in der Literatur des neunzehnten Jahrhunderts zu interessieren. Entwickle eine bahnbrechende Theorie zu der Beschreibung der Augen von Prostituierten bei Charles Dickens. Schreib deinem Betreuer eine Mail. Überlege, ob du mit Küsschen unterschreiben sollst.

Hör abends zu, wie deine Mitbewohner über Politik diskutieren. Verstehe ungefähr jeden zehnten Satz. Besuche die Pfauenfarm der Tante des Möbelverkäufers. Sonne dich auf einer Liege am Pool und frage dich, ob es klug war, dich mit deinem Exfreund auszusöhnen.

Ay caramba! Der erste Entwurf deiner Dissertation ist fertig!

Als das Stipendium fast abgelaufen ist, kommt dein Dad dich besuchen. Zeig ihm voller Stolz deinen Arbeitsplatz in der Bibliothek. Bücher hier, Computer dort, da drüben die Kaffeemaschine. Nimm ihn mit zu einem Brown Bag Lunch und lausch dabei deinem Freund Guido, der auf der bibliothekseigenen Stradivari spielt. Sieht dein Dad beeindruckt aus? Na sicher tut er das.

Nimm ein paar Tage frei, um mit deinem Dad nach New Orleans zu fahren. *Norlins*, sagt er. Es wird *Norlins* ausgesprochen. Lauscht auf dem Mississippi einem Jazzkonzert. Macht eine Kutschfahrt durch das French Quarter. Besucht das Voodoo-Museum.

Am Abend vor der Abreise bleibt ihr lange auf und redet über deine Promotion. Strahle, wenn dein Dad sagt, wie stolz er sei. Hör gut zu, wenn er erzählt, er langweile sich, weil er mit niemandem über komplexe Themen reden könne. Nicke, wenn er den Verdacht äußert, er habe das Asperger-Syndrom, er könne mit seiner Umwelt keine Beziehungen aufbauen. Frage ihn, ob er deshalb so viel trinke. Lass ihn dir versprechen, dass er mit seinem Leistenbruch zum Doktor gehen wird, wenn er wieder zu Hause ist. Sag ihm, dass du ihn mehr liebst als irgendwen sonst auf der Welt.

Wenn du wieder in Schottland bist, trenne dich von deinem Exfreund. Werde kurz darauf von deinem Dad angerufen. Sein Leistenbruch sei geheilt, sagt er, dafür habe er jetzt Krebs.

Geh zum Psychologen.

Flieg mit einem Mann nach Disneyland, den du erst seit zwei Tagen kennst. Dann mit einem, den du seit zwei Wochen kennst, nach Prag. Sieh Letzteres als Fortschritt an. Dein Professor schickt dir Rückmeldungen. Überarbeite. Überarbeite.

Geh zum Psychologen.

Fahr nach England und erschrick darüber, wie krank dein Dad aussieht. Überlege, ob du die Promotion aufgeben sollst. Er sagt, wie stolz er darauf sei, dass du promovierst, also gibst du nicht auf, gibst niemals auf, machst weiter.

In Schottland nimm die doppelte Dosis Antidepressiva. Hör auf, ordentlich zu essen. Fang beim zweiten Glas Wein zu heulen an. Krieg Herpes. Schreib in zwei Wochen deine ganze Dissertation noch mal von vorn. (Das frühe neunzehnte Jahrhundert hast du jetzt ausgeblendet und interessierst dich nur noch für das Fin de Siècle. Im Fin de Siècle steppt der Bär, Baby.) Finde einen neuen Freund: Simon. Sieh dir täglich Kochshows an und koche überhaupt nicht mehr. Gib alle Büchereibücher wieder ab und stell die Ratgeber ins Regal zurück.

Depressionen bewältigen

Beherrsche deine Gedanken

Trauern für Anfänger

Ruf mehrmals täglich zu Hause an. Deine Mum sagt, sie wolle sich scheiden lassen. Deine Schwester sagt, sie wolle sterben. Dein Dad, er wolle leben.

Beginne eine kognitive Verhaltenstherapie. Setz die Antidepressiva ab. Versuch dich mit deinem Betreuer zu verabreden und weine, wenn er Nein sagt. Heule beim ersten Glas Wein. Sag deinem Betreuer, was für ein Vollarsch er ist. (Lösch dann aber die Mail, statt sie abzuschicken.)

Schreib die Dissertation zum zweiten Mal von vorn, aber diesmal nur mit Wörtern, die mit »k« anfangen. Komm früher als sonst aus dem Club zurück, nimm eine Rasierklinge und ritze dich. Reiß ein Stück von der Aloe Vera ab und quetsche das Gel auf die Wunde. Nimm die Antidepressiva wieder. Kriege Kopfschmerzen. Lasse ein Hirn-CT machen.

Toll gemacht, ganz toll gemacht.

Mach eine Liste mit den größten Verlusten der letzten zehn Jahre. Übertrage sie auf A3 und gib ihnen verschiedene Farben. Hirn-CT: unklarer Befund. Fahr zum Vatertag nach Hause. Bemal die Terrasse mit Kreide. Male Herzen und Sterne und schreib: »Ich liebe dich hoch Grahams Zahl« und dekoriere die Hängebirke vor der Hintertür mit Luftschlangen und Ballons. Schau zu, wie dein Vater auf das Gehgestell gestützt mit Tränen in den Augen die Terrasse überquert.

Bevor du abreist, flüstert dein Dad dir etwas zu: *Erleb ein paar Abenteuer für mich mit.*

Weine auf der ganzen Zugfahrt bis Glasgow.

Zieh mit Simon zusammen. Ruf deinen Dad an, um dir Tipps zum Verputzen der Wände zu holen. Wünsch ihm alles Gute für seinen Krankenhaustermin am nächsten Tag.

Bau ein Bett.

Bemerke am Morgen, dass deine Mutter angerufen hat.

Sieben Stunden später kommst du am Bahnhof an. Kauf ein Käse-Zwiebel-Sandwich für deinen Dad und fahr ins Krankenhaus. Frag dich, warum deine Mum die letzten SMS nicht beantwortet hat. Frag dich auf dem Weg zur Station, wo die Leute alle sind. Finde die Onkologie und strecke die Hand nach dem Türgriff aus. Eine Schwester hält dich auf. »Wissen Sie es noch nicht?«

In einem abgedunkelten Zimmer siehst du deine Schwester und deine Mum, deine Tante und deinen Onkel.

Sieh im nächsten Moment zum ersten Mal in deinem Leben eine Leiche. Berühr sie. Sprich mit ihr. Verabschiede dich von ihr.

Trink. Weine. Überarbeite.

Draußen schneit es. Zieh eine Strickjacke über. Scheiß drauf, nimm gleich zwei.

Kauf eine zweite Strumpfhose, weil bei der Kälte deine Beine so schmerzen, und dann mach dich zögernd auf den Weg zum Rigorosum. Ein Rigorosum ist eine Prüfung, bei der man über die Forschung spricht, die man vier Jahre lang betrieben hat. Wo man den Prüfern zeigt, dass man ein Experte ist, dass man es verdient hat, ein Doktor zu sein. Es ist das Befriedigendste am ganzen Promotionsverfahren, hat dein Dad jedenfalls mal gesagt.

Zwei Stunden darauf ist das Rigorosum vorbei.

Pass auf, dass du auf dem Weg durch die Straßen nicht auf dem Schnee ausrutschst, und geh in die nächste Bar. Alle deine Freunde erwarten dich. Sie haben Grußkarten und Geschenke, Luftschlangen und Ballons dabei. Kipp zwei Gläser Sekt auf Ex und pack die Geschenke aus.

Was soll daran falsch sein, wenn eine Diss nur aus Worten mit »k« besteht? Was wollen diese *Kacknasen – kapieren* die *kein Konzept?*

Überlege, einen Brief an Margaret Atwood oder an Bill Gates zu schreiben. Überlege, deinem Vater zu schreiben, wie erleichtert du bist, dass er nicht da ist und dich scheitern sieht.

Ganz toll gemacht.

Frag dich, was zur Hölle das überhaupt sein soll, eine Promotion. Und dann tu das Einzige, das du wirklich kannst. Dann schreibe.

Schmetterlinge

Wie die Geschichte des Lebens selbst, so beginnt auch diese mit einem kleinen blassen Kreis.

Ich lebte allein in einer Mietwohnung im Glasgower West End. In der Wohnung gab es ein Gästezimmer, einen Esstisch, ein Klavier und Internet. Ich war nach der Trennung von Leon hier eingezogen. Leon hatte mir beim Umzug geholfen – wir stellten die Möbel rein und vögelten auf dem Teppich, dann gab ich ihm ein Bier aus, und wir gingen unserer Wege.

Mum kam immer gern aus England hierher zu Besuch.

»Tut mir leid, dass ich so spät dran bin«, sagte sie eines Abends, als ich ihr die Tür aufmachte. »Es war furchtbar voll auf den Straßen.« Sie stellte ihr Gepäck ab, und wir gingen ins Wohnzimmer.

»Du siehst toll aus«, staunte Mum.

Ich war viel im Studio gewesen und wurde langsam fit.

Wie sich rausstellte, hatte auch Mum Sport getrieben in letzter Zeit. »Komm, wir vergleichen«, sagte sie, also zog ich die Vorhänge zu, und wir uns bis auf die Unterwäsche aus.

Mit dem Maßband aus meinem Nähset verglichen wir unsere Schenkel, Taillen, Arme, Oberweiten. Mum hatte sogar ein Gerät dabei, mit dem man seinen Fettanteil berechnen konnte. Wie sich rausstellte, waren unsere Körper fast identisch.

Wir rieben einander mit Bräunungscreme ein und zogen uns an.

Danach machten wir einen Bummel durch das West End. Wir gingen in Feinkostläden und Boutiquen, und Mum seufzte bei einem Glas Skinny Latte, wie gern sie auch in so einer Gegend leben würde, in so einer Wohnung, so ein Leben wie meins.

Am Abend steckte sie ihr Handy ein und verkündete, sie wolle spazieren gehen. Eine Stunde später kam sie mit einer Flasche Wein zurück. »Kann ich eben meine E-Mails checken?«

Sie nahm meinen Laptop und den Wein ins Gästezimmer mit und schloss die Tür.

Am nächsten Morgen rief sie mich zu sich rein. »Hier, schau mal.« Sie streckte mir ihre Hand entgegen, in der ein kleiner blasser Plastikring lag.

»Was ist das?«, fragte ich.

»Ein Verhütungsring«, sagte sie. »Damit kommen die Spermien nicht bis zum Ei. Fass mal an!«

»Äh … nein, danke.« Ich ging in die Küche, Frühstück machen.

Als Mum am Nachmittag abreiste, sah ich mir die Browserchronik an. Besuchte Seiten: Gmail (einmal), die Bahn (zweimal) und eine Seite namens *Schmetterlinge im Bauch* (viele Male).

Ich klickte auf den Link und wurde automatisch auf die Seite *Verbotene Flirts* umgeleitet.

»Verheiratet, aber trotzdem Frustriert?« stand da, mit großem F für den großen Frust. »Lust auf aufegenden Sex?« (Ja, »aufegend«.) »Mit unserem speziellen Dating-Service spüren Sie bald wieder Schmetterlinge im Bauch.«

Mit der Suchmaske stellte ich fest, dass allein schon in Buckinghamshire über 300 Leute gelistet waren. Es tauchten immer wieder dieselben Phrasen auf.

Lege großen Wert auf Diskretion.
Am besten passt es mir vormittags.
Seit die Kinder da sind, läuft nichts mehr.
Bin gern unter Leuten.
Bin ein bisschen eigen.
Will meinen Mann nicht verlassen.

Und Bilder gab es; die meisten ohne den Kopf, nur Rumpf und Glieder.

Ich konnte sehen, dass meine Mum mit einem Mann namens KristianB gechattet hatte. Ich rief sein Profil auf. Aus Swansea, zweifacher Vater. »An meiner Ehe ist alles perfekt, außer dass die körperliche Nähe nachgelassen hat. Ich mag Gewichtheben und guten Wein.«

Ich setzte mich mit dem Handy an den Esstisch. Dreimal keine Antwort, dann nahm sie ab.

»Ich bin schnell auf einen Rastplatz gefahren. Was gibt's denn, Liebes?«

»Ich habe mir meinen Laptop angeschaut«, sagte ich. »Ich weiß, was du gestern getan hast.«

»Wie meinst du das?«

»Auf welcher Website du warst.«

Sie legte auf.

Eine halbe Stunde später rief sie zurück. »Ich fass es nicht, dass du mir hinterherspionierst!«, schrie sie. »Außerdem ist das mein Leben, und ich habe nichts verbrochen. Ich treffe mich ja gar nicht mit denen. Ich chatte. Ich bin eben einsam. Ich hab überhaupt nichts verbrochen.«

Sie legte wieder auf.

Eine Geburtstagstafel wurde vorbereitet: Sandwiches, Chips, Wackelpudding und Eis. Meine Schwester war jetzt fünfundzwanzig. Mit ihrer Psyche ging es rapide bergab. Sie hatte ihren Job in der Bücherei aufgegeben und war nach dem x-ten Selbstmordversuch in der Psychiatrie gelandet. Die Ärzte hatten ihr erlaubt, den Geburtstag zu Hause zu verbringen, also hatten die Großeltern sie aus Stalybridge abgeholt, und alle rissen sich ein Bein aus, um ihr einen perfekten Tag zu bereiten.

Vor dem Essen lud Dad mich auf einen Spaziergang ein.

»Wir könnten ja alle gehen«, meinte Mum gut gelaunt.

»Ich möchte lieber nur mit meiner Greta raus«, sagte Dad, und ich glühte vor Glück.

Während wir die Einfahrt hochgingen und die Landstraße entlang, sagte Dad kein Wort. Nach ein paar Minuten Fußmarsch rang er nach Luft.

»Ich habe bald meine Doktorarbeit fertig«, erzählte ich.

»Ach ja?«

»Ich würde sie dir gern mal zum Lesen geben.«

Er blieb stehen, um auszuruhen. »Mein PSA-Wert verschlechtert sich wieder.«

Ich blieb auch stehen. »Ich dachte, er wäre stabil.«

»Sieht leider so aus, als ob er steigt. Die Ärzte sagen …«

»Was sagen sie?«

»Wenn ich keine Chemo mache, geben sie mir keine zehn Wochen mehr.«

Er ging wieder los.

Ich brauchte jedes Fitzelchen meiner Kraft, um ihm zu folgen. *Später, wenn ich allein bin, darf ich den größten Heulkrampf meines Lebens kriegen*, dachte ich. *Dann darf ich heulen, bis sich mir die Eingeweide nach außen stülpen.*

Ein Stückchen weiter die Straße hoch blieb Dad noch einmal stehen. »Lass uns Rast machen.« Er zog eine Zigarre aus der Jackentasche, und ich setzte mich neben ihn auf den Zaun.

Ich schaute über die Felder, sah die ersten kleinen Blätter an den Bäumen.

»Kann ich dir ein Geheimnis anvertrauen?«, fragte Dad plötzlich.

Mein Herz machte einen Satz.

»Es ist aber kein kleines Geheimnis«, sagte er. »Wir reden hier von etwas Großem. Etwas, das du niemandem erzählen darfst. Nicht mal Simon.« Simon war mein neuer Freund. »Auch nicht deinen Großeltern oder deiner Schwester oder irgendwem sonst.«

»Äh, ich weiß nicht, Dad.«

»Versprich's mir.«

Ich blickte auf meine Beine runter, die gegen den Zaun baumelten. Eins … zwei … drei … »Okay. Ich versprech's.«

»Es geht um deine Mum«, sagte er. »Ich fürchte, sie ist psychisch krank.«

»Was?«

»Sie denkt, sie hätte ihre Mails gelöscht, aber ich weiß Sachen von Computern, die sie nicht mal ahnt.«

»Was meinst du damit?«

»Sie hatte eine Affäre.«

Ich musste gleich an KristianB denken, den Mann mit der perfekten Ehe, dem Gewichtheben und dem Wein.

»Die ist jetzt vorbei«, fuhr Dad fort, »aber nach der Trennung hat sie mit anderen geschlafen. Vielen anderen. Hunderten«, sagte er. »Hat Crack geraucht und Sexpartys besucht. Dungeons! Dungeons in Milton Keynes, Greta. Stell dir das mal vor! Ich habe Angst, dass sie Ärger mit der Polizei bekommt.« Er paffte mehrmals an seiner Zigarre. »Du musst mir versprechen, auf sie aufzupassen, wenn ich tot bin.«

Ich betrachtete meine Hände und fragte mich, wie es sein konnte, dass sie so klein geblieben waren, dass sie seit meiner Kindheit kaum noch wuchsen. Dann rutschte ich vom Zaun und nahm Dad fest in den Arm. Ich fühlte sein schütteres Haar, den dicken Schweißfilm auf seiner Kopfhaut. Ich wusste, dass es Zeiten gegeben hatte, eine lange Zeit sogar, als Dad fremdgegangen war. Als er meine Mum doppelt und dreifach hintergangen hatte, als er sie kurz vor der Hochzeit im Stich gelassen hatte, sie betrogen hatte, als meine Schwester und ich noch Babys waren. Und ich wusste, dass Mum ihm während all dieser Zeit vollkommen treu geblieben war.

Ich hörte, wie er neben mir wieder an seiner Zigarre paffte.

»Mach dir um mich keine Sorgen«, sagte er, als ich ihn losließ. »Ich kriege jetzt Antidepressiva. Die wirken Wunder, sage ich dir.«

Ich spürte einen stechenden Schmerz in den Eingeweiden.

»Versprichst du es mir?«, fragte er.

»Was versprechen?«

»Dass du auf sie aufpassen wirst.«

»Ich weiß nicht … Ja. Ich versuch's.«

»Okay. Wir sollten zurück.«

Das hatte ich fast vergessen: Das Geburtstagsessen meiner Schwester.

»Wenn wir zurück sind«, sagte er, »darfst du kein Wort hiervon sagen. Du gehst da rein, und du gibst deiner Mum einen schönen dicken Kuss.« Er sah mir in die Augen. »Du bist eine gute Schauspielerin, Greta«, sagte er. »Heute wirst du die Vorstellung deines Lebens geben.«

Der Schrei, den ich abends im Garten losließ, fuhr mir bis in die Knochen; er erschütterte den Boden unter meinen Füßen, und er erschütterte alles, was ich bis zu dem Tag von der Welt zu wissen glaubte.

»Deine Mum hat eine Designer-Vagina«, verkündete Dad eines späten Abends am Telefon.

Ich zitterte, aber ich brachte es nicht fertig, aufzulegen.

»Sie hat sich die Labien stutzen lassen.«

»Dad, bitte, ich …«

»Deine Mum ist eine Nutte, Greta. Eine *Nutte*!«

»Dad, bist du allein? Was machst du?«

Er schwieg einen Moment, dann hörte ich ihn ausatmen: eine Zigarre. All sein Schweigen war in letzter Zeit mit Rauch erfüllt. »Ich bin zu Hause. Mit Graham.« Graham arbeitete für meinen Dad, und er blieb oft über die Bürozeiten hinaus.

»Okay. Gut. Du trinkst doch jetzt nicht mehr, oder?« Während der Chemo sollte Dad höchstwahrscheinlich überhaupt nicht trinken und schon gar nicht in solchen Mengen.

»Nein, nein. Wir haben aufgehört. Graham hat mir einen Tee gekocht.«

»Gut. Wie lange bleibt er noch?«

»Weiß ich nicht. Ich hab ihre Dildos in den Vorgarten geschmissen.«

Ich stellte mir ein Geschwader dicker, geäderter lila- oder rosafarbener Keulen vor, die aus dem Fenster auf den Rasen niedergingen, die surrend und zappelnd auf dem Boden auftrafen, bis sie einer nach dem anderen verstummten und geheimnisvoll im Mondlicht glänzten wie große Schmetterlingspuppen.

»Es gibt eine Menge, das du über deine Mum nicht weißt«, knurrte Dad.

Und eine Menge, das ich *doch* weiß, dachte ich.

»W-w-was ist?«, sagte meine Schwester endlich, nachdem sie mehrere Male nicht abgehoben hatte. »Ich kann grad schlecht, Gretchen.«

»Ich vermisse dich einfach«, sagte ich und versuchte, meine Tränen zu verbergen. »Wollte mal hören, wie es dir geht. Bisschen quatschen. Wie ist es in der Klinik? Haben sich Mum und Dad mal gemeldet?«

»Es passt wirklich grad schlecht.«

»Was machst du denn gerade?«

»Ich bin abgehauen«, sagte sie. Ihre Zähne klapperten.

»Wo bist du?«

Sie legte auf.

Ich saß an dem kleinen IKEA-Tisch am Fenster und sah auf die Straße raus. Ich hatte jetzt eine hässliche Wohnung. Keinen Esstisch, kein Klavier, kein Gästezimmer, kein Internet. Nur so konnte ich mir die Zugtickets leisten, um Dad möglichst oft zu besuchen. Mein Blick fiel auf mein Spiegelbild in der Scheibe. Ich sah furchtbar aus.

Ich rief wieder bei meiner Schwester an. Keine Antwort. Und noch mal. Wieder nichts. Und dann: »Ich weiß nicht, wo ich bin, Gretchen. Ich bin seit Stunden unterwegs. Mein Akku ist gleich leer.«

»Na ja … sind da irgendwelche Orientierungspunkte? Was siehst du gerade?«

»Warum sollte ich dir das verraten?«

»Bitte, jetzt sag einfach, was du siehst.«

»Ich sehe gar nichts. Es ist dunkel. Es schneit. Ich friere.«

»Dann such nach einem Wegweiser. Ist da in der Nähe eine Straße?«

»Ich setze mich einfach in den Graben, bis ich tot bin.«

Sie legte auf.

Ich rief meine Mum an. »Herrgott noch mal! Ich wollte gerade mit Fern essen gehen. Wieso tut sie mir das immer wieder an?«

»Was soll ich machen, Mum?«

»Ich weiß es nicht, Gretchen. Ich weiß nicht mehr weiter. Ich kann nicht mehr. Keine Ahnung, was du machen sollst.«

Wieder klickte und tutete es.

Kurz darauf rief meine Schwester zurück. »Aldbury steht da«, sagte sie. »Ich habe einen Wegweiser gefunden. Mein Akku ist gleich leer. Ich setze mich jetzt in den Graben.«

Ich rief in der Klinik an, wo man sie noch nicht einmal vermisste, also meldete ich mich bei der Polizei. »Ich fürchte, da können wir Ihnen nicht weiterhelfen«, sagten sie mir. »Wie es klingt, ist sie über die Landkreisgrenze. Das ist nicht unser Zuständigkeitsbereich. Da müssen Sie schon die Kollegen in Herfordshire verständigen.« Und das tat ich auch.

Dad schickte mir mitten in der Nacht eine SMS.

02:20

Weißt du wo deine Mum ist?

02:20

Nein.

02:21

Hurt vermutlich in der Gegend rum.

02:22

Vielleicht ist sie bei Fern. Versuch einfach zu schlafen.

03:20

Hab ihre Analstöpsel in den Garten rausgeworfen.

03:21

Dad, ich mache mir Sorgen um dich.

03:30

Alles okay?

03:42

Dad? xxx

04:21

Wusstest du, dass sie sich an Leon vergriffen hat?

Ich rief ihn sofort zurück. »Was soll das heißen?«

»Als du dein Stipendium in den Staaten hattest, hat deine Mum sich Leon geschnappt. Sie hat mit deinem Freund geschlafen.«

»Hat sie nicht.«

»Ich hab ihre E-Mails gelesen, Gretchen.«

»Und was stand drin?«

»Als sie nach deiner Wohnung gesehen hat, als du in Amerika warst, da hat sie ihn zum Essen eingeladen.«

»Nein.«

»Tut mir leid, Liebes, dass ich dir das sagen muss.«

»Hat sie nicht.«

»Sie ist krank.«

»Dad!«

»Sie ist psychisch krank. Nymphoman ist die. Lesbisch. Eine Hure.«

»Nein, Dad.«

»Und als sie dich besucht hat und spät dran war – da war sie unterwegs mit einem Typen im Motel.«

»Ich kann so nicht mit dir reden, Dad. Schlaf bitte endlich. Ich muss jetzt mein Telefon ausmachen.«

Ich legte auf, sprang auf mein Bett und stellte mich auf die Matratze. *Hat sie nicht, hat sie nicht, hat sie nicht,* flüsterte ich wieder und wieder, bis ich endlich zusammenbrach.

»Dads Chemo ist so gut gelaufen, dass er vielleicht noch zwei Jahre zu leben hat«, erzählte Mum.

Der Arzt hatte mir sechs Wochen Pause von meinem Studium verordnet. Ich hatte Mum von Dads Vorwürfen erzählt, und sie sagte, es sei alles gelogen, und dann hatte ich sogar mit Leon geskypt, der jetzt in Thailand Englisch unterrichtete und der auch sagte, es sei nicht wahr. Mum riet mir, nicht alles zu glauben, was Dad erzählte. Er sei verzweifelt, sagte sie. Paranoid. Der Krebs sei ihm aufs Hirn geschlagen.

Auf Anraten meines Arztes hin verhängte ich eine Sperrstunde über meine Eltern: Zwischen neun Uhr abends und neun Uhr morgens blieb mein Handy aus. Er verschrieb mir Diazepam: eine Tablette pro Telefonat; zwei pro Tag, wenn ich meine Eltern besuchte.

»Natürlich will ich nicht, dass er stirbt«, sagte Mum, »aber ich weiß nicht, ob ich das alles noch zwei Jahre überstehe.«

Ich sagte, ich wüsste es von mir auch nicht.

»Er hat im Pub rumerzählt, ich hätte ihn betrogen.«

»Oh Mann.«

»Und er hat haufenweise Viagra im Internet bestellt«, fügte sie hinzu. »Er sagt, wenn ich nicht mehr mit ihm schlafe, dann reicht er die Scheidung ein.«

Ich griff nach dem Diazepam.

»Ich habe Angst, dass dein Dad mich umbringt«, vertraute Mum mir eines Abends an. »Wir wollen auf Zakynthos Urlaub machen, in einer abgelegenen Gegend voller Serpentinenstraßen, und ich habe Angst, dass er uns mit dem Auto von der Klippe stürzt. Falls ich sterbe, habe ich ein paar Bitten an dich.«

Aber Dad brachte sie nicht um. Während Mum und er im Urlaub waren, starb mein Onkel, Dads jüngerer Bruder, nach langem Kampf an Parkinson, und Dad verbrachte den Rest der Reise am Telefon und weinte sich bei mir aus. Als sie zurück waren, zog Mum auf seine Bitte ins Gästezimmer um. Aber ohne sie konnte er schlechter schlafen als je zuvor. Manchmal, erzählte Mum, nahm er sich ein Kopfkissen in den Vorflur mit und redete bis zum Morgen mit der Telefonseelsorge. Dann wieder, wenn er aus dem Pub kam und im Suff seine Schlüssel nicht fand, legte er sich im Licht der Sterne auf die Terrasse und wand sich zitternd auf den Pflastersteinen, bis der Schlaf ihn übermannte.

»Sie wollen es noch ein letztes Mal mit 'ner Chemo versuchen«, erzählte Dad, als sein PSA-Wert unerwartet schnell gesunken war.

Mum war wieder ins Schlafzimmer umgezogen, aber Dad kam die Treppen nicht mehr hoch. Er schlief jetzt in seinem Arbeitszimmer; das Krankenhaus hatte uns dafür ein Bett bereitgestellt. Es passte irgendwie, dass Dad jetzt von Computern umgeben war, den Maschinen, auf die er sich immer verlassen konnte.

Seit einigen Monaten nannte Dad seine Sekretärin Louise seine »Freundin«. Er hatte sie und ihren fünfjährigen Sohn vor Weihnachten zu einem Lappland-Urlaub eingeladen. Meine Schwester und ich waren im selben Alter mit ihm an demselben Ort gewesen. Aber seit einer Weile bestand die »Beziehung« nur noch aus SMS-Verkehr. Dad arbeitete jetzt meist zu Hause, weil er zu krank war, um noch ins Büro zu fahren. Manchmal war er zu krank, um überhaupt zu arbeiten.

Mum dagegen beteuerte, dass sie keine Affären mehr hatte. Es war sogar ganz plausibel, weil sie sich die meiste Zeit um Dad und meine Schwester kümmern musste. Meine Schwester war seit einer Weile mehr zu Hause als in der Klinik, brauchte aber weiter viel Aufmerksamkeit, und Dad brauchte Windeln und Thrombosestrümpfe, weil seine Füße und Beine so geschwollen waren. Auch sein Gesicht war aufgedunsen von den vielen Steroiden, und er brauchte seine Gehhilfe selbst für lächerlich kurze Strecken.

»Diesmal ist es eine andere Chemo«, erzählte Dad. »Ich hab mir die Nebenwirkungen durchgelesen. Davon könnten meine Augäpfel blau anlaufen. Saucool, findest du nicht?«

»Du solltest besser bald herkommen, Liebes.« Ich hatte mir dieses Gespräch schon so oft vorher ausgemalt, dass ich jetzt ein Déjà-vu erlebte. »Der Krankenhaustermin läuft nicht so gut.«

Ich setzte mich im Bett auf und krallte eine Hand in meine Decke. »Soll ich heute noch kommen? Was soll ich buchen? Nur die Hinfahrt? Soll ich direkt ins Krankenhaus?«

»Dein Dad kann immer noch kaum schlafen«, erzählte sie. »Und wenn doch, dann nie im Bett. Das ist ihm zu schmerzhaft geworden.« Sie stockte. »Letzte Woche bin ich einmal nachts aufgestanden, um nach ihm zu sehen. Er lag in seinem Sessel, den Kopf nach hinten gekippt, mit Licht an und offenen Fenstern.« Ihr brach die Stimme weg. »Da kreisten Motten um seinen Kopf.«

Meine Fingerknöchel waren weiß geworden. »Mum? Bist du okay?«

»Ja, sicher«, sagte sie mit einem gequälten Lachen. »Ich habe ein paar neue Klamotten gekauft, und ich will mich bald wieder im Pub blicken lassen, bisschen Make-up auflegen, damit alle sehen, dass ich klarkomme.«

Ich schwieg.

Ich hörte Mum atmen und wie sie die Luft schlückchenweise trank, und wusste, dass sie noch etwas sagen wollte. Schließlich flüsterte sie: »Ich liebe ihn immer noch, weißt du.« Und brach in Tränen aus.

Bei den Worten wusste ich, dass Dad im Sterben lag. Und dass Mum gerade zum Schmetterling geworden war.

Eine meiner leichtesten Übungen

Zwei Freunde auf einmal zu haben ist kinderleicht. Du brauchst nur: einen Bindfaden, eine Eierschachtel, starken Bastelkleber und ein Mikrowellengericht für eine Person.

Und so wird's gemacht.

Wenn Alpha fragt, wo ihr essen gehen wollt, schlag ihm das Stravaigin vor. Ihr habt euch vor vier Tagen zuletzt gesehen, und da nur auf eine Tasse Tee. Jetzt ist Freitagabend, also suchst du dir besser was halbwegs Schickes aus.

Komm zwanzig Minuten zu spät ins Restaurant und lass dir von Alpha einen Kuss auf die Wange drücken. Während du dich setzt, schaust du schnell auf dem Handy nach Nachrichten von Omega, dann sagst du: »Schön hier.«

»Ja, nicht?«, sagt Alpha betont locker, als sei er nicht schon zwanzig Minuten hier gewesen und hätte nicht schon hundertmal die Speisekarte durchgelesen.

Bestell eine Weißweinschorle, und er bestellt sein zweites Pint, und dann streichelt ihr einander die Hände, während ihr auf Haggis und Fisch-Pie wartet. Ihr seid jetzt fast acht Monate zusammen. Du hast endlich aufgehört, von deinem toten Vater zu erzählen, und ihr habt euch stattdessen hauptsächlich auf Wie-war-dein-Tag-Geschwätz verlegt. Also fragt er dich nach deinem Job. Du lachst über einen Kommentar, den dein Chef heute über deinen Rock gemacht hat. Du fragst ihn nach seiner Musik. Er sagt, er habe heute mit dem nächsten Track angefangen. Darauf stoßt ihr an. Das Essen kommt.

Das Essen liefert euch Gesprächsstoff für locker fünf Minuten. Der Haggis sei köstlich, meint ihr beide, und der Fisch-Pie ein bisschen trocken. Dann dreht sich euer Gespräch darum, was Soundso zu Demunddem gesagt hat und was Tralala endlich tun sollte und nie tut, und dann geht es um die anderen Gäste um euch herum und wie albern ihr sie findet im Vergleich zu euch.

Nach dem Essen trinkt ihr jeder noch zwei Gläschen, und dann nimmst du ihn mit zu dir.

Während du dir auf dem Sofa den Bauch reibst und dich bemühst, nicht zu furzen, erzählt er dir, dass der Track, an dem er arbeitet, drei unterschiedliche Taktarten enthält. Entschuldige dich, geh ins Bad und stoße so viele Blähungen wie möglich aus.

Putz dir die Zähne und zieh deinen Schlafanzug an. Sinke mit einem Seufzer ins Bett. Denk daran, dir den Wecker zu stellen, falls du nie mehr aufhörst zu träumen.

Mach das Licht aus und warte, dass Alpha dein Gesicht berührt. Das ist dein Stichwort. Zieh die Pyjamahose aus, während er sich seiner Boxershorts entledigt, dann kletterst du auf ihn drauf für eine kleine Runde Neunundsechzig. Setz dich auf seine Erektion, aber schnell, bevor sie verschwindet, und schwing die Hüften, bis er kommt.

Geh ins Bad zum Pinkeln und Dich-Waschen und für ein bisschen pfft pfft pfft, weil das Haggis dir immer noch den Hals hochkriecht, und dann gehst du wieder ins Bett zurück und schläfst in der Löffelchenstellung ein.

Schleiche morgens vor dem Weckerklingeln in die Küche und nimm eine Eierschachtel aus dem Kühlschrank. Dann verfährst du wie folgt:

1. Lege die Eier in eine Schüssel.
2. Stell die Schüssel in den Kühlschrank.
3. Nimm die leere Schachtel mit ins Wohnzimmer.
4. Finde ein Stück Schnur und schneide es in kurze Fäden.
5. Klebe die Fäden mit einem starken Bastelkleber auf die Oberseite der Eierschachtel.
6. Male zwei Kreise auf den Deckel der Schachtel.
7. Nimm dein Kunstwerk mit ins Schlafzimmer.

Alpha sieht schön aus, wenn er schläft. Sein Haar ist so weich, dass du es unbedingt berühren musst.

Setz dich auf die Bettkante und halte die Eierschachtel hoch. Öffne und schließe sie und wiederhole diese Bewegung, damit deine Eierschachtel spricht. »Guten Morgen«, flüstert sie. »Was sollen wir heute machen?«

Alpha reibt sich die Augen. »Wie spät ist es?«

»Fast zehn«, sagt die Eierschachtel.

»Mist, ich muss los und den Track fertig kriegen«, sagt er.

»Wirklich? Jetzt gleich?«

»Aprovecha el momento, Liebste«, antwortet er. »Aprovecha el momento.«

»Was redest du da?«

»Dass man jeden Moment ausnutzen soll.«

»Ist Ausnutzen nicht was Schlechtes?«

Der Wecker klingelt.

Die Eierschachtel liegt geborgen in deiner Handtasche, als du gegen Mittag die Wohnung verlässt.

Du hast ein neues Kleid an, neue Stiefel und einen schwarzen Spitzenslip, der trotz eines kleinen Risses auf der linken Seite deine Lieblingsunterhose ist. Dein Haar ist glatt, und du hast einen Regenschirm dabei, damit es heute auch so bleibt.

Nach einem Spaziergang im Botanischen Garten und nach ein paar Besorgungen (Brief abschicken, deine Mum anrufen, Tampons kaufen) machst du dich auf den Weg zur Kelvinbridge. Drei Querstraßen vorher rufst du Omega an. Das gibt ihm Zeit, sich die Zähne zu putzen und die Schuhe anzuziehen.

Jetzt warte vor dem U-Bahn-Eingang, tauch deine Stiefelspitzen in eine Pfütze und sieh zu, wie das Regenwasser das Leder dunkler färbt. Frag dich, warum du einen Ohrwurm vom *Evita*-Soundtrack hast.

Omega erscheint in Kapuzenpulli und Jeans. »Siehst super aus«, sagt er, greift nach deinem Arsch und zieht dich zu sich ran. Seine Zunge schiebt sich, noch voll Zahnpasta, in deinen Mund.

Nach einem kurzen Blick rundum, ob euch auch keiner sieht, ziehst du Omega hinter dir her in die U-Bahnstation. Fährst bis St. Enoch, läufst von da zum Flussufer runter. Es regnet nicht mehr, ist aber windig. Zupf dir ein Haar aus dem Mund, bevor du sprichst. Eindringlich sagst du: »Ich möchte so gern mal nach Buenos Aires.«

»Warum?«, wird Omega fragen.

Lehn dich auf die Brüstung und schau in den Fluss. »Weil es so sein soll wie Paris«, sagst du, »nur viel weiter weg.«

Omega lehnt sich neben dir auf die Brüstung.

Sieh ihm in die Augen und frag dich, ob du ihn wieder küssen sollst, und dann greifst du stattdessen in deine Handtasche und holst die Eierschachtel raus. »Also«, lässt du die Eierschachtel sagen, »was machen wir jetzt?«

Omega sieht die Eierschachtel an und dann dich. »Was trinken?«

Halt dich mit links an ihm fest, die Eierschachtel in der Rechten, und lauf am Ufer entlang, bis du in einer Straße nicht weit vom Fluss einen Getränkeladen entdeckst. Omega kommt mit einem Sixpack Dosenbier zurück, und ihr setzt euch auf eine Bank am Fluss und deckt die Aufschrift mit den Fingern ab, so dass man die Dosen auch für Cola halten könnte.

»Das ist schön«, sagt die Eierschachtel bei deiner zweiten Dose. »Es ist nicht Argentinien, aber es ist schön.« Deine Fingerspitzen laufen langsam blau an.

Omega schiebt sich die Hand in die Hose, um sich zurechtzurücken. »Gott, bin ich geil«, sagt er. »Gehen wir zu mir?«

»Ich habe gerade gedacht«, hauchst du, »wir könnten doch mal was Romantisches machen. Aprovecha el momento.«

»Was Romantisches? Was denn?«

»Ein Mitternachtspicknick.«

»Es ist zwei Uhr nachmittags.«

»Dann eben einfach ein Picknick.«

Omega läuft noch mal zum Getränkeladen und kommt mit Käse-Zwiebel-Chips, Speckkrusten und einer Packung Beef Jerky zu dir zurück.

»Ich schätze, das tut es auch«, seufzt die Eierschachtel.

Du läufst ein Stückchen weiter am Fluss entlang, schlurfst durch den Matsch, bis ihr schließlich ein Gebüsch erreicht. Dort legst du das Picknick aus, setzt dich auf eine Einkaufstüte und öffnest die Beef-Jerky-Packung.

Omega knöpft dir den Mantel auf. Er schiebt dir die Hand in die Unterhose. »Oh yeah«, sagt er.

Kau ein Stück Beef Jerky, während er dich fingert.

Bei deiner letzten Dose Bier plaudert die Eierschachtel über Buenos Aires. »Da ist alles voller Silber«, sagt sie. »Und alle sind wahnsinnig verliebt.«

Omega wischt sich die Hand an der Hose ab und fragt, ob du jetzt bereit bist, mitzukommen.

»Ich weiß nicht«, sagst du. »Frag doch mal die Eierschachtel.«

»Ich will dich in den Arsch ficken«, sagt Omega.

Auf dem Heimweg von Omegas Wohnung reibst du dir den Bauch, in dem keine Luft mehr ist, sondern der dir jetzt wehtut, weil du zweimal auf der Sofalehne gehangen hast: einmal, als Omega dich für die Dauer eines ganzen James-Bond-Films nagelte, und dann noch mal, als er sich zu *Mock the Week* einen auf dich runtergeholt hat. Streich mit dem Daumen über deinen Haaransatz und befühle dein verklebtes, bröckeliges Haar.

Geh unterwegs in den Supermarkt und kauf dir ein Steak. Argentinien ist für sein Rindfleisch weltberühmt.

Sobald du durch die Tür bist, zieh dich aus. Wasch dich, erst mit Cremeseife, dann mit Duschgel. Zieh deinen Pyjama über und ruf Alpha an.

»Ich bin einsam«, erzählst du ihm.

»Ich komme gerade total gut mit diesem Track voran«, sagt er. »Hast du den Artikel über das Borderline-Syndrom schon gelesen, den ich dir geschickt hatte?«

Leg dich aufs Bett und schreib eine SMS an Omega, der gleich antwortet, nächstes Mal, wenn ihr euch seht, werde er dafür sorgen, dass dir der Saft aus den Augen spritzt. Küsschen Küsschen.

Geh ins Netz und blättere im Lonely-Planet-Reiseführer für Buenos Aires.

Stromere in die Küche und leg das Steak auf den Tresen. Du konntest dir nur ein Minutensteak leisten, das sehr dünn und faltig ist. Sieht aus wie eine Vulva. Leg ein Handtuch drüber und such dir im Kühlschrank was anderes.

Entdecke die Schüssel voller Eier im obersten Fach.

Schlag zwei Eier in eine Pfanne und brate dir ein Omelett.

Brich beim Essen in Tränen aus.

Schau den Film *Der letzte Tango in Paris* und heul weiter.

Wenn der Teller leer ist, denkst du über dein Essverhalten nach. Rede dir ein, wenn du dir ein Mikrowellengericht für eine Person mitgebracht hättest, ginge es dir jetzt ganz anders.

Nimm die Eierschachtel aus der Handtasche. Sieh ihr tief in die Kugelschreiber-Augen. »Verzeih mir«, sagst du, und dann trittst du drauf.

Am selben Abend, als du im Bett liegst, schreit in der Wohnung unter dir ein Kind. Lieg ganz still und halt die Luft an, bis du elterliche Schritte hörst, das Knarren der Tür und das Schlaflied, das die Mutter singt. Es ist ein anderes, als deine Mutter dir in Deutschland immer vorgesungen hat. Ihres ging so:

Backe, backe Kuchen!
Der Bäcker hat gerufen.
Wer will guten Kuchen backen,
Der muss haben sieben Sachen:
Eier und Schmalz,
Zucker und Salz,
Milch und Mehl,
Safran macht den Kuchen gelb.
Schieb, schieb in den Ofen 'rein!
(Morgen muss er fertig sein.)

Beschließe, am nächsten Morgen deine Mutter anzurufen. Vergiss nicht, dir den Wecker zu stellen – falls du nie aufhörst zu träumen –, und dann schlafe, schlaf wie ein Baby.

Trauern für Anfänger

Jeder Mensch trauert anders. Es gibt da kein Richtig und kein Falsch. Ihre Trauer ist etwas ganz Persönliches. Ihre Trauer ist einzigartig.

Nun ja. *Einzigartig* ist ein großes Wort, nicht wahr?

Tatsächlich berichten viele Trauernde von erstaunlich ähnlichen Erfahrungen, und es kann helfen, sich darüber auszutauschen.

Was Sie im Folgenden erwartet, ist eine Sammlung praktischer Hinweise und Tipps für den Umgang mit Ihrer Trauer. Ein Anfänger-Ratgeber eben. Vielleicht möchten Sie ihn in den kommenden Wochen und Monaten an geeigneter Stelle griffbereit halten: auf dem Nachttisch, neben dem Telefon oder neben dem Messerblock zum Beispiel, damit Sie ihn zu Hand haben, wenn Sie ihn am meisten brauchen.

Es könnte sich als hilfreich erweisen, die Ratschläge mit Ihrem Arzt zu besprechen, Ihrer Familie und Ihren Freunden, aber vielleicht lesen Sie sie auch lieber ganz privat, um sich in Ruhe über falsch gesetzte Apostrophe und überstrapazierte Passivkonstruktionen aufzuregen. Im letzteren Fall empfehlen wir, sich durch Schnurrbartkritzeleien auf den Fotos ein wenig Luft zu machen. Wie Sie mögen. Hauptsache, es hilft.

Zuerst einmal stehen Sie möglicherweise unter Schock. Sie haben zwar geweint, als Sie die Leiche sahen, wie sie so kalt und gelb, mit herabhängenden Mundwinkeln und gebrochenem Blick vor Ihnen lag, können aber im Grunde gar nicht glauben, dass das alles Wirklichkeit ist.

Vielleicht sind Sie von Ihrer inneren Stärke überrascht, wenn Sie sich mit einem Kuss von der Leiche verabschieden und das Krankenhaus verlassen. Während Sie auf dem Parkplatz nach Ihrem verfluchten Auto suchen, denken Sie vielleicht sogar im Scherz, ohne den Verstorbenen und seinen Orientierungssinn seien Sie dazu verdammt, bis in alle Ewigkeit auf diesem Flecken Asphalt umherzuirren, und dann wären Sie ein Geist, genau wie er.

Wenn Sie am selben Tag zu Abend essen, staunen Sie vielleicht über Ihren Appetit, gönnen sich sogar ein Glas Rotwein, ein ganz kleines, um auf den Verstorbenen anzustoßen, und erzählen die Anekdote, wie er Frisky, das Lamm, im AGA aufwärmen wollte, als es krank war, und dann – und dabei strömen Ihnen Lachtränen über das Gesicht – ist das arme Ding in Panik aus dem viel zu heißen Ofen gesprungen! Sie wissen selbst nicht, wie Sie darauf kommen. Die Geschichte haben Sie seit Jahren nicht erzählt. Alle lachen herzlich mit.

Wenn Sie in den darauf folgenden Tagen nicht imstande sind zu weinen, nutzen Sie Ihre stoische Stärke für die folgenden Aktivitäten:

- das Begräbnis vorbereiten
- seine Kreditkarten kündigen
- den Facebook-Account des Verstorbenen in den Gedenkzustand versetzen

- den Notar konsultieren
- die *Antiques Roadshow* anschauen
- Vokabeln wie Nachlass, Begünstigte und Erbschaft lernen
- in aller Öffentlichkeit ausfällig werden
- sämtliche Kleidung des Verstorbenen aus dem Kleiderschrank räumen und am Ende des Gartens verbrennen
- außer das eine rote Hemd, Sie wissen schon, welches, das immer noch nach ihm riecht: das müssen Sie für immer behalten

An dieser Stelle sei auch darauf hingewiesen, wie schwierig das Begräbnis sein wird. Wenn Sie allerdings beschließen, keines abzuhalten – na dann, viel Glück.

Sobald der Schock abzuklingen beginnt – und das kann sehr lange dauern –, können starke Gefühlsschwankungen auftreten. Auf plötzliche Hochgefühle können tiefe Depressionen folgen, wie auf einer emotionalen Achterbahn. Sie werden vielleicht mehr Metaphern und Vergleiche benutzen als sonst. *Mir sitzt ein Knoten in den Eingeweiden. Ich ertrinke. Es ist, als hätte mir jemand das Herz rausgerissen und würde es mir vor die Nase halten und das Blut tropfte mir auf die Füße.* Solche Ausdrücke sind durchaus üblich.

Sehr wahrscheinlich werden Sie kurz nach dem Tod Ihres Angehörigen krank. Sie sind so lange stark geblieben, aber jetzt, da er tot ist, schwächelt Ihr Immunsystem wie nie zuvor. So ernst sich die Erkrankung auch anfühlt, handelt es sich vermutlich nur um einen grippalen Infekt oder einen mittelschweren Fall von Schlafstörungen. Auch Stuhlinkontinenz, ausgeprägte Akne oder ein, zwei Warzen treten gelegentlich bei Hinterbliebenen auf. Sollte es Ihnen so ergehen, dann machen Sie sich keine Sorgen; tragen Sie einfach die Cremes auf wie vom Arzt verschrieben.

Unter Umständen beginnen Sie sogar zu halluzinieren. Vielleicht ist es der Geruch seiner Zigarren, seine Hand auf Ihrer Wange, oder Sie sehen ihn sogar am Küchentisch sitzen und hinter dem Rücken Ihrer Mutter Fratzen schneiden, um die Stimmung aufzulockern. Nicht vergessen: Für solche Visionen zahlen manche Leute gutes Geld. Genießen Sie also den Trip.

Später

Trauern braucht Zeit. Das kann man nicht oft genug sagen. Trauern braucht Zeit.

Sie werden staunen, wie viel Zeit von der Trauer aufgebraucht werden wird.

Und immer wenn Sie denken, jetzt sei bald genug getrauert, löst irgendetwas einen Rückfall aus. Der Geruch von Heinz-Tomatensuppe. David Bowies *Starman*. Büroklammern. Die neue Staffel von *Doctor Who*. Verzweifeln Sie nicht, wenn es dazu kommt. Trauer kommt und geht. Sie ist ein notwendiger Teil Ihres Lebens.

Beschäftigen Sie sich mit Dingen, die Ihnen guttun. Gehen Sie spazieren. Treffen Sie sich mit Freunden auf eine Tasse Tee. Gestalten Sie ein Sammelalbum. Werden Sie total sexbesessen, weil Sex Ihnen wie »das Gegenteil von Tod« vorkommt. Beantragen Sie eine Trauerbegleitung. Trinken Sie viel, viel Alkohol, und erzählen Sie der Telefonseelsorge, dass Sie sterben möchten. Treffen Sie sich mit Freunden auf ein Stück Kuchen. Ritzen Sie sich mit einer Rasierklinge ein Kreuz in beide Oberschenkel. Gehen Sie schwimmen, wenn die Schnitte verheilt sind.

Vermutlich werden Sie wieder und wieder über den Verstorbenen sprechen wollen. Offen gesagt, könnten Sie in dieser Phase eine ziemliche Nervensäge werden. Bei der Gelegenheit wird sich erweisen, wer Ihre wahren Freunde sind. Ihre wahren Freunde werden Sie noch abholen kommen, wenn es draußen eiskalt ist, wenn Sie ungekämmt sind, Ihre Augen rotgeweint, und wenn Sie nur Bier trinken und erzählen wollen, wie sehr Sie sich einen Abschiedsbrief gewünscht hätten oder irgendein Andenken an den Verstorbenen.

Unglücklicherweise werden manche vermeintlichen Freunde sich als Ihre Feinde entpuppen. Sie werden Ihnen Vorwürfe machen, wenn Sie sich nicht melden, wenn Sie grundlos gereizt sind oder Verabredungen absagen, weil sie sich in die Hosen geschissen haben und sich nicht trauen, es zuzugeben. Sie werden Ihnen wütende E-Mails schreiben, Sie beschimpfen, Sie auf Twitter blockieren. Lassen Sie sich eins gesagt sein: Diese Leute brauchen Sie nicht. Die können sich gern verpissen.

Zudem können Sie auch neue Freundschaften schließen. Schließen Sie Freundschaft mit Leuten, die auch getrauert haben. Oder mit Leuten, die trauern. Schließen Sie Freundschaft mit Sterbenden. Schließen Sie Freundschaft mit dem Tod. Sie werden sich am Ende gut vertragen.

Irgendwann

Einen Satz werden Sie während des Trauerns häufig hören: Irgendwann wird es besser.

Manche Ihrer Freunde-die-auch-getrauert-haben werden ihn sogar so oft wie möglich wiederholen. Das Gute daran ist, dass Sie ihn Ihrerseits bald an andere weitergeben können, die noch am Anfang des Weges stehen. Es wird besser, werden Sie sagen und den anderen auf die Schultern klopfen, und dann werden Sie heimgehen und ein Schimpfwort in Ihr Schienbein ritzen, was bedauerlich ist, denn Sie dachten, über so was seien Sie hinweg, aber was soll's – es wird ja besser.

Manche Ereignisse werden weiterhin schwierig bleiben. Geburtstage, Weihnachten, der Vatertag, der Todestag. Letzterer ein ganz neuer Eintrag, der für immer in Ihrem Kalender stehen wird. An solchen schwierigen Tagen kann es helfen, sich mit Familienmitgliedern zu treffen. Sie könnten sogar ein Gedenkritual für den Verstorbenen erfinden, eine Kerze anzünden, eine Wunschlaterne aufsteigen lassen, aber achten Sie darauf, sich dabei nicht selbst anzuzünden, denn das tut Ihnen nicht gut.

Irgendwann wird das Aufwachen weniger schmerzhaft sein, und das Einschlafen auch. Irgendwann werden Sie feststellen, dass Sie solche Situationen auch ohne zwei Flaschen Wein, drei Valium oder ungeschützten Sexualverkehr mit einem Wildfremden überstehen. Die Welt wird wieder etwas realer erscheinen, und Sie fühlen sich wieder mehr wie Sie selbst.

Eines Tages werden Sie überrascht feststellen, dass Sie seit über einer Woche keine Metaphern und Vergleiche mehr verwendet haben, und Sie haben erstmals wieder das Gefühl, zurechtzukommen. Ungefähr zur selben Zeit wird Sie ein Brief von der Trauerbegleitung erreichen, in dem steht, dass Sie endlich oben auf der Warteliste angekommen sind und Ihren ersten Termin ausmachen können.

Gehen Sie hin. Unbedingt. Selbst wenn Sie glauben, die Trauer sei überstanden. Selbst wenn der Gedanke, dass Sie acht Monate auf dieser verfickten Liste standen, Sie zur Weißglut treiben sollte. Selbst wenn das wieder eine Metapher ist, was sich wie Rückschritt anfühlt. Gehen Sie zu diesem Termin.

Wenn die alte Dame mit dem Halstuch Ihnen drei A4-Zettel voller sehr persönlicher Fragen vorlegt, dann seien Sie ehrlich mit ihr. Wie nahe standen Sie der verstorbenen Person? Sehr. Ist die Trauer bereits bewältigt? Nein. Haben Sie sich seit dem Trauerfall selbst verletzt? Ja.

Am Ende des Termins sagen Sie mit tränennassem Gesicht, dass Sie auf die Toilette müssen. Die alte Dame gibt Ihnen einen Schlüssel, den Sie ihr danach im überfüllten Empfangsbereich wiedergeben. »Das hab ich ganz vergessen«, wird sie lauthals sagen, während sie den Schlüssel entgegennimmt. »Nicht dass Sie sich da drinnen ritzen!« Sie werden spüren, wie Ihre Wangen glühen. »Das können Sie sich gleich wieder abgewöhnen, Frollein!«, wird sie rufen und spaßhaft mit dem Finger drohen, während Sie zum Ausgang spurten.

Werfen Sie, wenn Sie zu Hause sind, den Brief von der Trauerbegleitung in den Müll. Rufen Sie die Telefonseelsorge an. Schauen Sie die *Antiques Roadshow*. Rufen Sie die Telefonseelsorge an.

Wenn Sie sich am selben Abend schlaflos im Bett herumwälzen, dann versuchen Sie mit aller Kraft diesen flüchtigen Gedanken zu fassen, der sich Ihnen immer wieder entzieht. Was war das? Fast haben Sie's. Ach ja, da ist er ja: Früher oder später passiert es uns allen. Und eines Tages wird, wenn Sie sich jemals darauf einlassen, geliebt zu werden, auch um Sie jemand trauern. Ganz recht, sogar um Sie.

Wärst du ein Kaffeetrinker

Da du also mein imaginärer Geliebter bist, will ich dir sagen, wie es laufen würde.

Wir lägen im Bett. Es wäre zehn Uhr, vielleicht elf. Die Sonne schiene durch die Jalousien. Ich läge an deinen Körper geschmiegt, der nach Kokos röche und nach Schlaf.

Ich wäre ziemlich kaputt, weil ich – wie ich mich kenne – am Abend ein, zwei Gläser zu viel getrunken hätte. Aber während ich vom Alkohol müde wäre, wäre ich auch vom Prozac aufgeputscht. Ich würde häufiger blinzeln als sonst, schniefen und mich kratzen, um Stress abzubauen, und verzweifelt mit mir kämpfen, dir nicht *wach auf wach auf wach auf* ins linke Ohr zu schreien. Aber sagen würde ich keinen Ton. Ich würde die Worte runterschlucken und stattdessen meine Atemzüge zählen.

Irgendwann könnte ich nicht anders, als dich anzufassen. Ich würde dir über den Rücken streichen, die Haut erkunden, mit der ich das Glück habe, die Matratze zu teilen. Je mehr ich berühre, desto mehr möchte ich berühren, und desto tiefer würdest du deinen Kopf in das Kissen vergraben und versuchen, das Gefühl meiner tastenden Hände von der Seligkeit deines Schlafes abzukoppeln.

Ich würde eine Weile brauchen, aber schließlich hätte ich kapiert, dass ich dir nur auf die Nerven ginge. Ich würde aufhören, dich zu streicheln – und warten.

Eine lange Weile passierte nichts.

In Gedanken würde ich am Ufer des Kelvin spazieren gehen oder für ein Wochenende nach Paris verschwinden oder Kreideherzchen auf den Gehweg malen oder Risse im Deckenstuck zählen, und du lägst immer noch da, dicht an mich geschmiegt, und wir gingen beide nirgendwohin, und wir träumten.

Eine halbe Stunde würde es dauern, bis du endlich erwachst. Ich stelle mir vor, dass »Hallo, Liebes« deine ersten Worte wären. Vielleicht aber auch »Du siehst toll aus« oder »Oh Mann, ich hasse den Morgen.«

Natürlich würde ich dich küssen – erst auf die Schläfe, dann auf den Mund – und höflich fragen, wie du geschlafen hättest. »Gut«, würdest du sagen und zurückfragen, und ich würde auch sagen, »gut«, und so wie wir uns die ganze Nacht herumgewälzt hätten, hätten wir beide gelogen.

Danach würde ich etwas fester als sonst deinen Arm ergreifen, etwas dringlicher als erwartet, und würde sagen, was ich am aller-allerliebsten tun würde, und zwar *genau jetzt*, das wäre, im Bett zu bleiben und uns was anzuhören. Musik oder ein Hörspiel oder den Klang unserer eigenen Stimmen, aber das Dritte würde ich nicht wirklich sagen, falls du es seltsam fändest.

Du würdest daraufhin nicken und sagen, das mit dem Radio wäre nett.

Und ich würde fast platzen vor Freude!

In dem Moment würde ich alles für dich tun. Wärst du Kaffeetrinker, würde ich dir einen Kaffee machen. Hättest du Lust auf Toast, dann machte ich dir einen Toast. Wolltest du den dicksten Kuss der Welt, würdest du ihn sofort bekommen. Aber weil du wahrscheinlich nicht durstig und nicht hungrig wärst und wie immer nicht zum Kuscheln aufgelegt, beließe ich es bei einem Lächeln.

Ich würde das Radio anschalten, würde ins Bett zurückschlüpfen, und einen Moment lang wäre ich enttäuscht, dass du nicht den Arm um mich legtest. Ich würde den Rücken durchdrücken, mir auf die Lippe beißen, und du würdest es bemerken und fragen, was los sei. Ich würde sagen: »Nichts, sei nicht albern, nichts«, und trotzdem würdest du dich fragen – während ich wieder aufstände und das Radio, *komm schon, du Scheißteil,* zum Laufen brächte –, ob nicht doch etwas mit mir los sei. Aber dann käme das Kratzen, Grummeln und Knarzen ernster Stimmen, und das Hörspiel finge an.

Wir würden verstummen. Uns aufsetzen, die Decke feststecken. Um dich. Um mich. Um uns beide, aber ohne Hautkontakt.

Ich stelle mir vor, das Hörspiel handelte von einem Pärchen. Ein Pärchen, das Krisen durchmachte, aber trotzdem unumkehrbar, bedingungslos, *rücksichtslos* zusammenhielte.

Ich würde meine Beine heimlich näher an deine schieben, an den traurigen Stellen die Luft anhalten, an den schmutzigen Stellen grinsen und alle fünf Sekunden aus den Augenwinkeln kontrollieren, dass du noch bei mir wärst.

Am Ende des Hörspiels würde natürlich etwas passieren, das das Pärchen auseinandertriebe, und ich würde vermutlich weinen. Was rede ich? Natürlich würde ich weinen. Aber ich weiß schon jetzt, dass du keine Träne vergießen würdest. Trotzdem würde ich seltsamerweise, wenn wir später im Bad drüber redeten, das Stück mit sieben von zehn bewerten, und du gäbst ihm eine acht. Denn so sind wir beide eben.

Anschließend würde ich eine Stunde brauchen, bis ich fertig wäre. Das ist suboptimal, wenn du nur T-Shirt und Hose anzuziehen brauchst, um der schönste Mann der Welt zu sein. Ich muss mir dagegen die Brauen zupfen, die Haare glätten, meinen Schwabbelbauch kaschieren, meine Arme je nach Laune und nach Zyklusstand verstecken oder zur Geltung bringen.

Weil ich gerade Zäpfchen gegen meine Hämorrhoiden nehme, müsste ich auch die aus dem Kühlschrank holen (ja, aus dem Kühlschrank) und mir eins davon einführen. »Hast du deine Pomedizin schon genommen?«, würdest du fragen, und wir würden beide lachen, und es wäre grauenvoll und intim und so was von schlecht, aber ich wäre froh, dass wir auch über solche Sachen reden könnten, die einen sonst in den Wahnsinn trieben.

Im Bad würde ich auch das schwarze Haar auszupfen, das immer an meinem linken Nippel sprießt, würde kontrollieren, ob diese eine Warze nicht wiederkäme, und überlegen, in wie vielen Tagen meine Blutung fällig sei. Dich würde all das nicht interessieren. Du würdest auf dem Sofa an deinem iPhone rumspielen, und eine vage Zufriedenheit breitete sich in dir aus.

Wenn ich endlich fertig wäre, würden wir Hand in Hand die Wohnung verlassen und überlegen, was wir unternehmen sollten. Du würdest ein Café im West End vorschlagen und ich einen Spaziergang am Kelvin oder einen Wochenendausflug nach Paris (nein, Scherz) oder Kreideherzchen-Malen auf dem Bürgersteig (Scherz, Scherz, Scherz, Scherz, oder nein, nicht wirklich ein Scherz, aber ja, doch, Scherz), und dann würden wir uns unfehlbar für das Café im West End entscheiden. Dort würden wir die Risse im Deckenstuck zählen und uns unterhalten.

Wir würden uns über die Vergangenheit unterhalten und über die Gegenwart, und es ist unwahrscheinlich, dass wir auch über die Zukunft reden würden, aber ich würde weiter die Daumen drücken, denn vielleicht wäre es ja heute so weit. Wir würden Muffins essen und Eier, und du würdest natürlich keinen Kaffee trinken, sondern Orangensaft und Tee, und ab und zu würden mitten im Satz unsere Blicke sich treffen und kleben bleiben … und dann würden wir weitermachen, als sei nichts passiert.

Du würdest mir erzählen, wie gut es bei der Arbeit liefe, und ich würde sagen, dass mein Chef mich sexuell belästige und ich Angst hätte, ihn anzuzeigen, und du würdest sagen, das sei dumm von mir, und ich wäre sauer deswegen, aber dann würdest du davon phantasieren, ihm mit einem Ziegelstein die Fenster einzuschmeißen, und ich wäre wieder versöhnt.

Vielleicht würde ich, wenn du nicht hinschautest, mein Top ein Stück runterziehen und hoffen, dass mein Ausschnitt dich in Wallung brächte. Ich würde mir über die Lippen lecken und mir schmutzige Gedanken machen. Aber vermutlich hätten wir erst vor fünf, sechs Tagen Sex gehabt, was in deinen Augen erst vor kurzem wäre, also würde ich es nicht zu sehr darauf ankommen lassen.

Nach dem Café käme noch ein Ausflug, um dir Fahrradflickzeug zu kaufen, und ein Moment, wo ich dächte, mein Portemonnaie sei weg, nur um es zwei Minuten später wiederzufinden, und ein Gespräch darüber, wie lange es dauern werde, bis wir uns wiedersähen, und wie früh es dunkel werde in letzter Zeit. Dann würden wir getrennte Wege gehen.

Du in deine Wohnung, ich in meine.

So einfach wäre das.

Und das ist so ziemlich der perfekteste Tag, den ich mir je vorstellen könnte.

Kaufen wir einen Schlüsselanhänger, damit wir uns immer dran erinnern

Ihr nackter Körper erinnerte mich an die Leiche meines Vaters.

Gelblicher Mund.

Blaue Flecke an den Armen.

Einstichstellen.

Schorf.

Wie wär's mit uns, Baby?

Ich hob meine Hand, drückte sie gegen die Scheibe und fragte mich, ob sie ihre Hand von innen auf meine legen würde.

Ihre Pupillen ruckten in meine Richtung. Sie schmiss ihre Brust raus. Schwarzes Haar schwang in fettigen Strähnen um ihren Kopf. Medusa.

Wie wär's mit uns, Baby?

Vielleicht hatte sie das gesagt. Vielleicht etwas anderes. Oder gar nichts. Wie sollte ich es wissen? Eine Glasscheibe trennte uns.

»Gretchen! Kommst du?«

Simons Stimme. Simon war hier. Wo waren wir?

»Gretchen, es ist unhöflich, so zu starren. Komm schon.«

Wiedersehen, zitterten meine Lippen.

Alle Fenster waren verschieden. Die Mädchen darin dick, dünn, braun, weiß, hässlich – und manche, manche waren schön.

Sie saßen, räkelten, wanden sich. Lockten, lächelten, schmollten. Aber keine glich meiner Medusa.

»Wir könnten uns die Condomerie ansehen«, sagte Simon. »Soll ganz witzig sein. Die haben da über dreihundert …«

»Okay«, sagte ich achselzuckend. »Gehen wir.«

Simon fuhr mit dem Finger über seinen Stadtplan. »Mal sehen … Wir sind hier … und da wollen wir hin …«

Ich zeigte auf eine der Kopfsteinpflasterstraßen. »Wir müssen *da* lang.« Die Vorstellung, mir noch einmal anhören zu müssen, wie Simon die Namen von Amsterdams verwinkelten Straßen verhackstückte, bereitete mir Migräne.

»Oh. Okay.« Er faltete den Stadtplan fein säuberlich in sechs Teile und verstaute ihn sicher in der Tasche seines Allwetteranoraks Wärmeklasse 50. Seine Hand streckte sich nach meiner aus.

Ich erschrak, wie klamm meine Hände waren. »Ich sollte was drüberziehen.«

»Wo wir hingehen, gibt es leider eine andere Sorte Überzieher.« Simon würgte ein Lachen heraus, also würgte ich eines zurück.

Auf dem Weg die Straße hinunter kamen wir an einem Schaufenster voller Kuscheltiere vorbei. Hunderte neonpinke Teddybären, und jeder hatte eine große pelzige Erektion. Darüber hing ein Schild: *Teddy Bear's Dicknic.*

Simon blieb stehen und knipste es mit seinem iPhone. »Großartig.«

Ich lief voraus und tat überrascht. »Ach, guck mal, da ist es ja.«

Der Laden war unverändert. Im Schaufenster hingen dieselben Kondome, wie nasse Socken an eine Leine gepinnt.

Eine Frau mit Basecap kam aus der Ladentür geschlurft.

»Das war super!«, rief sie über ihre Schulter. »Lass uns jetzt was essen gehen!«

Ein Mann mit Basecap schleppte ihr die Einkäufe hinterher. »Wolltest du nicht erst noch mal zum Souvenirladen, Schatz?«, keuchte er. »Und diesen Schlüsselanhänger holen?«

Die Antwort der Frau bekam ich nicht mehr mit, aber ich hoffte, sie würde wirklich den Schlüsselanhänger holen. Wie sollte sie sich sonst an Amsterdam erinnern? Die Kondome würden sich verbrauchen, wenn sie Glück hatte, und das leckere Urlaubsessen würde sie nie wiedersehen – jedenfalls nicht in souvenirtauglicher Form. Ein Schlüsselanhänger – davon hat man lange was. Wenn man in seiner immer gleichen Stadt die immer gleiche Haustür öffnet, kann man immer daran denken, wie man einmal weit, weit weg war und sich im Rotlichtviertel super amüsierte.

»Du träumst schon wieder.« Simon zog mich hinter sich her durch die Tür.

Es gab Kondome in jeder erdenklichen Form, Farbe und Geschmacksvariante. Es gab welche, die wie Tiere aussahen, wie Menschen, Fahrzeuge und Häuser, und es gab welche mit Punkten und Stacheln, mit harten und weichen Teilen. Aber alles ungefährlich und sauber und touristentauglich. Ich hätte nicht sagen können, ob dieselben Sorten dabei waren wie beim letzten Mal. Damals hatten sie mich nicht interessiert, und jetzt interessierten sie mich noch weniger.

Diesen disneyfizierten Nonsens konnte ich mit dem Eindruck von anderthalb Straßen weiter überhaupt nicht zusammenbringen. Ich musste mich unwillkürlich fragen, ob meine Medusa mal mit so einer Gummiversion von Schneewittchen oder Poseidon geknallt worden war. Oder ob diese Teile mit fünf Euro pro Stück für eine Rotlichtpussy zu kostbar waren.

Zu meinem neunten Geburtstag bekam ich eine Sindy-Puppe. Sie trug ein rosa Prinzessinnenkleid. Ein Kleid, das sie als echtes Mädchen in den Achtzigern zum Abschlussball an der Highschool hätte tragen können. Das heute zu einem dieser unfassbar hübschen, unfassbar durchgeknallten Elfchen gehören würde, über deren bleistiftdünne Arme sich filzstiftdicke Narben ziehen.

Für mich als Neunjährige war Sindy ein echter Ansporn. Sie war nicht so dürr wie ihre Cousine Barbie, deren Taillenumfang ein Zwanzigstel ihrer Oberweite ausmachte und die immer auf Zehenspitzen stand, so dass sie nur Stöckelschuhe tragen konnte. Sindy hatte flache Füße. Sie hatte eine stabile Taille und glaubwürdigere Brüste.

Zum zehnten kriegte ich noch eine Puppe: Paul. Er hatte weiße Zähne, biegbare Arme und ein glänzendes Jackett. Er war mit einer winzigen Pralinenschachtel ausgestattet.

Ich erinnere mich genau an die erste Begegnung von Sindy und Paul. Ich ließ Paul schön langsam auf Sindy zugehen. »Für dich«, sagte er mit einer tiefen, sexy Stimme und hielt ihr die Pralinen hin.

»Danke«, lispelte Sindy. Sie sah Paul tief in die Augen.

Ich legte die Pralinenschachtel auf dem Teppich ab. Ich öffnete den Reißverschluss an Sindys Kleid und zog es ihr über den Kopf. Dann zog ich ihr die flachen Schuhe aus.

Paul nahm ich das Jackett ab und zog seinen Hemd-und-Hosen-Ganzkörperanzug runter.

Ich presste beide aufeinander.

Ich ließ sie sich küssen wie Filmstars.

Ich ließ Paul auf den Boden fallen.

Irgendwie, fiel mir auf, hatte ich Sindy weniger lieb, seit ich Paul bekommen hatte. Ich nahm sie in beide Hände, starrte konzentriert auf ihre Plastik-Rundungen und fragte mich, ob so etwas irgendwann auch aus meiner Brust werden würde. Mit einem Schaudern hob ich Sindy zum Mund und nahm eine der Rundungen zwischen meine Zähne.

Im Hotel in Amsterdam legte ich mich mit einem Bier und einer Zeitschrift aufs Bett, während Simon erst einmal duschte. Ich war erledigt. Wir waren mit dem Rad gefühlt durch die halbe Stadt gefahren.

Eigentlich las ich gar nicht in der Zeitschrift, sondern starrte nur die Bilder an. Ich fragte mich, wie ich auf diesen Hochglanzseiten wirken würde. Ob man mich bemerken würde. Sehen würde, dass was nicht stimmte, dass die eine Frau kein echtes Model war. Es wäre wie bei *Wo ist Walter?* Und Walter wäre dann ich.

Natürlich würde man es bemerken. Ich war eins dreiundsechzig. Meine Oberarme wurden langsam wabbelig, und ich hatte zu viele Sommersprossen. Trotz aller Glättungsversuche hatte ich an den komischsten Stellen Wirbel auf dem Kopf, und ich hatte immer Augenringe.

Während ich auf eine Seite voller Handtaschen starrte, fragte ich mich, was wir abends unternehmen würden. Ich wollte mich betrinken. Simon wollte kiffen und eins dieser indonesischen 20-Gänge-Menüs probieren, die hier überall angepriesen wurden. So eins hatte ich schon bei meinem letzten Besuch gegessen und den Rest des Abends zu einem Ball gekrümmt zugebracht. Nur ich, mein empfindlicher Magen und eine Welt aus Schmerz.

Aber Simon sollte nicht wissen, dass ich hier gewesen war. Davon sollte überhaupt niemand wissen. Kurz nach dem Tod meines Vaters hatte ich einmal krankgefeiert. Ich hatte mich für drei Tage abgemeldet und war spontan hierhergeflogen. Ohne tiefergehende Gründe; es war einfach das billigste Online-Angebot gewesen. Weil das erste Kapitel im Reiseführer das Rotlichtviertel beschrieb, war ich da als Erstes hingegangen. Und weiter war ich nie gekommen. Monate später war ich wieder hier, und Simon versuchte mich aufzumuntern. Er wusste nur nicht, wie.

»Puh, jetzt geht's mir besser«, seufzte er, als er in ein nicht sehr flauschiges Hotelhandtuch gewickelt aus dem Badezimmer kam. »Gretchen«, sagte er plötzlich. »Hast du gerade …«

Ich sah mich selbst mit seinen Augen: auf dem Rücken liegend, beide Hände in der Hose, die Ratgeberseite der Zeitschrift aufgeschlagen. »Hey«, sagte ich, »was hältst du von einem Quickie?«

Simon zögerte, wägte wahrscheinlich das Für und Wider ab, dann riss er sich das Handtuch runter.

Ich schob meine Finger tief in mich rein und dachte an die neonpinken Erektionen der Teddybären.

»Du siehst so heiß aus«, keuchte Simon und ließ sich auf mich fallen.

Ich nahm meine Finger raus und zog mir die Hose runter.

»Ach ja, warte mal eben.« Er sprang aus dem Bett und kniete sich auf den Boden. Ich hörte Plastik rascheln und dann ein Geräusch, als würde eine Packung aufgemacht. Das konnte nicht wahr sein, oder? Oh Gott, bitte nicht. Bitte keine Pralinenschachtel.

»Tadaaa!«, rief Simon. »Na, was hältst du davon?« Auf seiner Eichel saß ein quietschgrünes Krokodil. Seine Knopfaugen starrten mich an.

»Das ist toll«, sagte ich, schloss die Augen und ließ ihn rein.

»Oh, fuck!«, stöhnte er. Simon fluchte immer nur beim Sex. Sonst hieß es »Herzchen« und »blödsinnig« und nur ganz selten »verdammt«.

Ich gab beim Sex mit Simon keinen Pieps von mir. Hielt mich schweigend und gehorsam an seinen Rhythmus und ließ ab und zu meine Augäpfel nach hinten rollen.

»Gottverdammich!«, brüllte er und stieß hektisch weiter vor. Dann stoppte er und stöhnte.

Simon war schneller als jeder andere, dem ich je begegnet war.

»Oh Babe«, keuchte er, zog sich schmerzhaft schnell zurück und legte sich neben mich. »Du bist so gottverdammt sexy.«

Ich zog die Hosen hoch. Das Krokodil hatte mir wehgetan. Ich glaube, es war nur zur Deko gedacht. »Ja«, murmelte ich und fuhr mit dem Daumen über seine biegbaren Arme. »Ja, du auch, Paul.«

Am nächsten Tag verfuhren wir uns und verbrachten drei Stunden länger auf den Rädern als geplant. Als wir endlich beim Anne-Frank-Haus ankamen, war der Tag schon beinahe rum. Das ärgerte mich besonders, weil ich beim letzten Besuch nicht so weit gekommen war. Nach einer Dreiviertelstunde in der Kassenschlange rannte ich fast zum Dachboden hoch.

Anne Franks Zimmer.

Ich verbrachte so viel Zeit wie möglich dort. »Sie wurde Annelies genannt«, sinnierte ich. »Ich wette, das wissen nur die wenigsten.«

Simon starrte auf seinen Stadtplan und versuchte den schnellsten Rückweg auszutüfteln.

Wie es wohl wäre, so eingesperrt zu sein, dachte ich immer wieder. So leise sein zu müssen, so stillzuhalten. Was man dann vorm Einschlafen für wilde geheime Gedanken wälzen würde. So abgeschnitten von der Welt. Ohne Fenster.

Als wir gingen, kaufte ich einen Schlüsselanhänger, um mich immer daran zu erinnern.

Und ich erinnere mich auch wirklich.

Auch meine Medusa habe ich nicht vergessen. In meinen Träumen nenne ich sie inzwischen Anne. Anne Frank mit Fenster.

Wenn ich mich dann berühre, weiß ich nie, an welche Anne ich dabei denke. Und noch weniger weiß ich, wie die eine oder die andere bei mir solche Gefühle auslösen kann.

Borderline

»Ich glaube, das hier hast du auch«, sagte Simon und gab mir ein Buch namens *Ich hasse dich – verlass mich nicht.*

»Was denn?«, fragte ich und rümpfte die Nase über das hässliche Cover mit der schlechten Typografie.

»Borderline-Störung. Die hast du, glaube ich.«

»Aha«, sagte ich und blätterte in dem Buch, ohne es zu lesen.

»Hab ich auf Amazon gefunden.« Er nahm mir das Buch wieder ab. »Ich dachte, das könnten wir zusammen lesen und mal sehen, ob es hilft.«

»Okay.« Ich schob die Decke ein Stück runter, damit er meine Brüste sah, und schnappte mir eine Handvoll seiner Haare. »Schläfst du mit mir?«

»Ich muss in zehn Minuten los«, sagte er und tätschelte meine linke Brust. »Um neun kommt der Internettyp. Und ich muss noch eine Menge Wäsche waschen.« Er wuchtete sich aus dem Bett, warf das Buch auf die Matratze. Als er ins Bad ging, fiel mir auf, dass er keine Erektion hatte. Die hatte er morgens schon länger nicht mehr, aber ich schaute für den Fall der Fälle immer nach.

Ich nahm das Buch und blätterte ein bisschen, bis mir eine Aufzählung unterkam. Angeblich gab es acht Kriterien, mit denen man die Borderline-Persönlichkeitsstörung diagnostizieren konnte. Mindestens fünf mussten zutreffen, hieß es, damit man die Diagnose bekam. Die Kriterien waren:

1. *Instabile, aber intensive zwischenmenschliche Beziehungen.*
2. *Impulsivität in potentiell selbstzerstörerischen Verhaltensweisen, zum Beispiel Drogenmissbrauch, sexuelle Promiskuität, Ladendiebstahl, riskantes Fahrverhalten, übermäßiges Essen.*
3. *Starke Stimmungsschwankungen.*
4. *Unangemessener, intensiver Zorn.*
5. *Wiederkehrende Selbstmordankündigungen, Selbstmordversuche oder Selbstverletzungen.*
6. *Fehlen eines konstanten Identitätsgefühls.*
7. *Chronische Gefühle der Leere und der Langeweile.*
8. *Verzweifelte Bemühungen, ein reales oder eingebildetes Verlassenwerden zu verhindern.*

Ich schmiss das Buch auf den Boden. Was wollte mein Freund mir damit sagen? Dass ich in die Klapse gehörte? Dass er mich hasste? Dass er sich von mir trennen wollte?

Er kam in Jeans und T-Shirt aus dem Bad zurück, seine Straßenschuhe in der Hand. Es versetzte mir jedes Mal einen Stich, wenn ich ihn seine Schuhe tragen sah.

»Bleib doch noch«, bettelte ich. »Mach mit dem Internettypen einen anderen Termin. Oder sag ihm, du kommst eine Stunde später, ja? Du kannst mir nicht einfach eine Störung diagnostizieren und dann gehen.«

»Behalt das Buch erst mal hier«, sagte er und band sich die Schuhe zu. »Und wenn am Wochenende gutes Wetter ist, können wir es in den Park mitnehmen und darüber reden.«

»Wie ein Baby«, sagte ich.

»Was?«

»Nichts.«

Er hob das Buch auf und legte es auf meinen Nachttisch,

ganz oben auf einen wackeligen Stapel Romane und Anthologien. Ich war mit allen Büchern halb durch und las keins zu Ende. Er küsste mich aufs Haar. »Bis Samstag dann.«

»Heute ist Donnerstag.«

»Wirst du aufstehen?«

»Weiß ich nicht.« Ich wickelte mich stirnrunzelnd wieder in die Decke. »Vielleicht bleibe ich auch liegen.«

»Okay, schönen Tag jedenfalls.« Ich hörte ihn seine Tasche holen. Die Wohnungstür klappte auf und zu.

Was für ein Arsch, dachte ich. *Was für ein mieser kleiner Arsch.*

Es dauerte ewig, bis ich mich dazu bringen konnte, aufzustehen. Die Sonne schien immer vorwurfsvoller zu mir herein, bis ich irgendwann nicht drumrum kam, mich ins Bad zu schleppen.

Aprovecha el momento, wie Simon sagen würde.

Ich zog den Schlafanzug aus und schrubbte mich mit dem Peelinghandschuh, besonders an den Schenkeln und dem linken Arm, wo die auffälligsten Stellen waren. Mein Körper sah schlimm aus in letzter Zeit. Schlecht gemachte Tattoos und dicke lila Narben, wo Rasierklingen ihre Spuren hinterlassen hatten. Ich duschte heiß und rieb mich mit einem teuren, vitaminhaltigen Hautöl ein, das die Narben wunderbar zum Glänzen brachte, aber kleiner wurden sie davon leider nicht. Es war alles so hoffnungslos, dass ich Lust kriegte, mich wieder zu ritzen, aber ich tat es nicht. Stattdessen schlüpfte ich in einen Trainingsanzug, denn für ein Kleid fühlte ich mich zu unansehnlich, setzte mich aufs Sofa und guckte aus dem Fenster.

Ich sollte irgendwas tun, dachte ich.

Mein Vater war vor fast einem halben Jahr gestorben. Ich

hatte meinen Job aufgegeben und zehrte von seinem Erbe, dem Geld, das ich für einen Hauskauf sparen sollte, für meine Hochzeit, eine Weltreise oder mein erstes Kind – und jetzt verbrauchte ich es für Heizkosten und Dosenbohnen und hörte der Zeit beim Vergehen zu.

Ich klappte meinen Laptop auf. Statt auf den Bildschirm zu schauen, sah ich erst mal den Leuten zu, wie sie sich vor dem Fenster von links nach rechts oder von rechts nach links bewegten. Dabei schoss mir plötzlich eine Frage durch den Kopf. Eine kleine, bohrende Frage, die mich fast täglich verfolgte.

Wie fühlt es sich an, normal zu sein?

Irgendwann sah ich doch auf den Bildschirm. Ich könnte vielleicht nach einem Spiel süchtig werden. Wie das eine Mal nach meinem Alter Ego Jake. Damit ließen sich ein paar Tage rumbringen.

Aber auch das tat ich nicht. Ich öffnete ein neues Dokument und legte eine Liste an.

Epilierer
Weißkohl
Reiswaffeln
Ulysses
Lidschatten

Ich schrieb gern Listen, besonders Einkaufslisten. Am schönsten fand ich, einen Punkt nach dem anderen abzuhaken, bis alles erledigt war. Manchmal setzte ich eine spezielle Zweifach-Technik ein. Erst kreuzte ich die Punkte an, um zu markieren, dass ich damit anfangen wollte, und wenn ich fertig war, strich ich sie durch. Es war sehr befriedigend, dieses viele Erledigen. Kreuz, Strich, fertig. Kreuz, Strich, fertig.

Mit der Liste fühlte ich mich schon besser. Den Epilierer brauchte ich für meine Achseln und Beine, als Alternative zum Rasierer, weil Simon die Klingen aus meiner Wohnung verbannt hatte. Den Weißkohl (jede Menge davon) für eine neue Diät, die ich ausprobieren wollte. Reiswaffeln zur Sicherheit, weil die Kohlsuppendiät so widerlich klang. *Ulysses*, weil es mir peinlich war, mich als Englisch-Absolventin zu bezeichnen, wenn ich James Joyces Hauptwerk nicht gelesen hatte. Und Lidschatten, weil ich mitgehört hatte, wie jemand sagte, lila Lidschatten zu blauen Augen mache richtige »Kulleraugen«. Ich wollte auch richtige »Kulleraugen«. Wenn ich »Kulleraugen« hätte, vielleicht würde Simon dann mit mir schlafen.

Nach einer Stunde Nichtstun und Liste-Ausdrucken, Teetrinken und An-den-Füßen-Pulen ging ich los.

Als ich alles eingekauft hatte und meine Liste voller Kreuzchen und Striche war, ging ich auf Umwegen nach Hause. Die Sonne schien noch, und ich fühlte mich leicht. Ich ließ die Einkaufstüten baumeln, lächelte den lächelnden Passanten zu und vermied die Blicke derer, die besorgt aussahen. Ich kaufte mir einen Schokoriegel, einfach so zum Spaß, um das Gefühl noch zu verstärken. Dann kaufte ich eine Flasche Wein und malte mir aus, wie schön es wäre, zu Hause das Fenster aufzumachen, Musik zu hören und zu trinken. Vielleicht auch ein bisschen zu tanzen.

Und das tat ich dann auch. Bloß dass draußen immer wieder eine Autoalarmanlage heulte, so dass ich das Fenster zumachen musste, und dann hatte ich den Wein zu schnell getrunken, oder die Kohlsuppe war keine gute Grundlage, denn um vier war ich schon ziemlich besoffen. Trotzdem hatte ich großen Spaß. Ich tanzte zu Neunzigerjahre-Grunge auf dem Tisch, kicherte ab und zu darüber, wie brillant das alles war, sah den Leuten zu, wie sie von links nach rechts liefen und von rechts nach links, und staunte, dass sie nie auch nur ahnen würden, wie es sich anfühlte, ich zu sein, so euphorisch, so glücklich mit der Welt und mit allem.

Wie fühlt es sich an, normal zu sein? Mir doch egal!

Um acht Uhr weinte ich ein bisschen und klingelte fünfmal vergeblich bei meinem Liebsten an, bis ich mir schließlich die Zähne putzte und schlafen ging. Im Bett wälzte ich noch kurz Selbstmordgedanken, dann schlief ich ein.

Am nächsten Tag war ich früh wach. Ich hatte dieses gehetzte Gefühl, das ich morgens nach dem Trinken kriege: schnellen Herzschlag, hibbelige Beine, ein panisches Pulsieren im Bauch. So fühlte ich mich fast jeden Morgen.

Ich drehte mich auf die Seite und sah mir die Bücher auf dem Nachttisch an. *Ulysses* war dick. Unlesbar dick. Das Geisteskranken-Buch, *Hass mich nicht – ich verlasse dich* oder wie es noch mal hieß, war das dünnste im gesamten Stapel.

Das wird mein Tagesziel, sagte ich mir. *Ich lese heute dieses Buch.*

Aber zuerst, beschloss ich, würde ich aufstehen und mir einen guten, starken Kaffee kochen. Erstmal den Kater besiegen.

In der Küche kam mir noch eine bessere Idee. Ich sah nach meinem Handy und entdeckte eine SMS von Simon von halb zehn am Abend davor, in der er sich dafür entschuldigte, nicht erreichbar gewesen zu sein. Und dann noch eine von zehn Uhr, in der er fragte, ob alles in Ordnung sei. Ich rief ihn an.

»Morgen!«, sagte ich. »Ich hoffe, ich hab dich nicht geweckt.«

»Schon okay, ich war halt ziemlich lange auf, um den Track fertig zu kriegen.« Er klang heiser; ich hätte ihn am liebsten in den Arm genommen.

»Ich mache Pfannkuchen!«, quiekte ich. »Magst du herkommen?« Ich rührte ein bisschen Teig zusammen, das Telefon mit der Schulter festgeklemmt.

Er hustete. »Ich glaube, ich schlaf lieber noch ein bisschen«, sagte er. »Ich hab nachher Spätschicht.«

»Und wenn ich eine Stunde warte? Und den Teig in den Kühlschrank stelle? Er wird dann sowieso besser.«

»Wie spät ist es?«

»Halb neun. Fast Viertel vor.«

Er stöhnte. »Ich rufe in 'ner Stunde zurück«, sagte er. »Hab dich lieb.«

»Ich dich auch.« Ich legte auf und sah, was für ein Chaos ich angerichtet hatte. Leise schimpfend ging ich ins Schlafzimmer zurück und legte mich wieder ins Bett.

Dann passierte etwas Großartiges. Ich nahm das Buch und begann zu lesen. Wobei ich sagen muss: Wenn ich gestresst bin, bin ich nicht sehr gut im Lesen. Ich kann zwar Wörter lesen, sogar Sätze, aber nicht linear. Oft schlage ich ein Buch irgendwo in der Mitte auf, lese den letzten Absatz auf der Seite, springe einen Absatz zurück und lese dann erst von vorn. Ich weiß nicht, warum ich das mache. Gegen Stress hilft es sicherlich nicht; es steigert ihn eher noch.

An dem Tag jedenfalls schlug ich das Buch in der Mitte auf, blätterte zurück, bis ich wieder bei den Diagnosekriterien landete, und las mir den letzten Punkt noch einmal durch.

8. *Verzweifelte Bemühungen, ein reales oder eingebildetes Verlassenwerden zu verhindern.*

Ich begriff nicht, was das heißen sollte. Verlassenwerden? Dazu stellte ich mir ein neugeborenes Kätzchen vor, das zitternd am Straßenrand hockte. Was hatte das bitte mit mir zu tun? Mich hatte nie jemand verlassen. Meine Eltern hatten für mich getan, was sie konnten. In all den 28 Jahren meines Lebens hatte nicht mal jemand mit mir Schluss gemacht. Meine Freundinnen sagten manchmal, es würde mir gut tun, einmal richtig amtlich abgesägt zu werden. Mal zu merken, wie das ist. Aber ich hatte nie jemandem die Chance dazu gegeben. Jede einzelne meiner Beziehungen hatte ich rechtzeitig selbst beendet. Manchmal allerdings im gegenseitigen Einvernehmen, aber den Impuls hatte ich gegeben. Wie oft hatte ich also schon Schluss gemacht? Zwanzigmal? Dreißig? Vierzig? Vielleicht öfter. Und das waren nur die richtigen Beziehungen, die Leute, die ich öffentlich als »meinen Freund« vorstellte. Oder »meine Freundin«, aber so weit war es irgendwie nie gekommen.

Ich blätterte ein paar Seiten weiter und las:

In der Promiskuität drückt sich häufig das Bedürfnis nach konstanter Liebe und Aufmerksamkeit von anderen aus, um ein positives Selbstgefühl aufrechtzuerhalten.

Dann wieder ein Stück zurück:

Längere Phasen der Zufriedenheit sind dem Borderline-Patienten fremd. Chronische Leere nagt an ihm, bis er sich gezwungen sieht, mit allen Mitteln davor zu fliehen.

Danach gab es kein Halten mehr. Ich blätterte wild vor und zurück.

Da Borderline-Persönlichkeiten ein grundlegendes Identitätsgefühl fehlt, erleben sie häufig eine schmerzliche Einsamkeit, die sie antreibt, die »Löcher« irgendwie zu füllen.

Der Borderline-Betroffene leidet an kultureller Amnesie; seine Vorräte an angenehmen Erinnerungen (mit denen sich die meisten von uns in schlechten Zeiten behelfen) sind gähnend leer. Das verurteilt ihn dazu, immer neue Qualen zu leiden, ohne Verschnaufpausen, ohne konkrete Erinnerungen an bessere Zeiten, die ihm über schwierige Phasen hinweghelfen könnten. Unfähig, aus seinen Fehlern zu lernen, ist er dazu verdammt, sie zu wiederholen.

Mein Telefon klingelte. »Simon.«

»Babe. Tut mir leid wegen vorhin. Ich war ziemlich kaputt. Hast du Lust auf was zu essen?«

»Klar. Pfannkuchen?«

»Wir könnten auswärts essen, habe ich gedacht. Es ist sowieso schon fast Mittag.«

»Oh. Okay.« Ich erinnerte mich an den Zustand meiner Küche und war froh, die Tür erst mal zulassen zu können.

»Im Café Rio in 'ner halben Stunde?«

»Ist gut.« Ich steckte das Buch in meine Handtasche, duschte, epilierte meine Beine und Achseln und malte mir dicke lila Balken auf beide Augenlider.

Mit Kleid und Make-up fühlte ich mich toll, als ich das Café betrat, und konnte kaum glauben, wie gutaussehend Simon war. Er saß da mit seinem ungekämmten Haar, in einem engen blauen Pullover, eine Zeitung vor sich aufgeschlagen, und wartete auf mich. Das war die Liebe meines Lebens. Das war der Mann, für den ich alles geben würde.

»Wie geht es dir?«, fragte er, als ich mich setzte.

Ich sah runter auf meine Hände. Ich versuchte, »gut« zu sagen, aber plötzlich war irgendetwas komisch. Ich saß mit dem Rücken zum Raum. Die Sonne übergoss mich mit

Licht. Meine Augen fühlten sich bescheuert an. Hatte ich jetzt »Kulleraugen«? Wer wollte so was überhaupt? Ich kannte mal eine Frau mit Schilddrüsenproblemen; *die* hatte richtige Kulleraugen.

»Ich hab Riesenhunger«, sagte Simon.

Er bestellte *Eier Benedict* und ich die vegetarische Variante. Er bestellte Orangensaft und ich Kaffee.

»Sollen wir Plätze tauschen?«, fragte er, als wir an den Tisch zurückkamen. »Ich weiß, dass du lieber in den Raum reinguckst beim Sitzen.«

Ich nickte, bedankte mich und fühlte mich langsam wieder besser. »Erinnerst du dich an meine eine Erzählung?«, fragte ich und nahm seine Hand. »Die ich nach unserem Streit geschrieben hatte? Als wir ein Hörspiel im Radio gehört hatten, und dann haben wir uns gestritten und du bist nach Hause gegangen?«

»Die mit dem imaginären Geliebten?«

»Genau die. In der Geschichte hören er und ich ein Hörspiel, wie du und ich im echten Leben, aber in der Geschichte streiten wir uns nicht, sondern duschen und ziehen uns an, und dann gehen wir zusammen in ein Café.«

»Ja, das weiß ich noch.«

»Als ich die geschrieben habe, habe ich mir dabei dieses Café hier vorgestellt.«

»Das Café Rio?«

»Genau.«

Unsere Getränke kamen, und wir ließen unsere Hände los. Simon sah mich über seinen Becher hinweg an. »Hast du schon in dem Buch gelesen, das ich dir gegeben habe?«

»Moment mal, ich war dabei, dir was zu sagen«, protestierte ich.

»Tut mir leid, hab ich nicht gemerkt. Erzähl weiter.«

»Jetzt weiß ich es nicht mehr. Keine Ahnung. Irgendwas mit dieser Geschichte und mit uns und unserem gemeinsam verbrachten Tag. Ich schätze, die Geschichte sollte eine Art Entschuldigung sein.«

»Wofür?«

»Für den Streit.«

»Verstehe.« Er nahm einen Schluck Saft, und ich wusste, dass er gar nichts verstand.

»Na, jedenfalls«, sagte ich, als die Eier serviert wurden, »in dem Buch habe ich gelesen. Ich habe es dabei.« Ich nickte zu meiner Handtasche hin.

»Was denkst du darüber?«

»Ich denke, dass du das Asperger-Syndrom hast«, antwortete ich. Das war nicht die Antwort, die ich mir vorgenommen hatte. Es war ein Gedanke, den ich seit ein paar Monaten hegte und der mir in dem Moment einfach rausgerutscht war.

»Asperger? Warum denn?«

»Na ja«, sagte ich gedehnt. »Meine Schwester hat es. Ich glaube, Dad hatte es auch. Und ich glaube, du hast es.«

»Sagst du das, weil dich das mit dem Buch geärgert hat?«

»Ich sage es, weil du so in deinem Kopf feststeckst. Weil du von deiner Musik total besessen bist. Du bist manchmal ganz schön taktlos und hast keine Ahnung von sozialen Konventionen.« Ich spürte, wie meine Wangen brannten. Vor Ärger schmeckten die Eier plötzlich schlecht.

»Ich glaube nicht, dass ich Asperger habe«, sagte er. »Aber wir können gern weiter darüber reden. Vielleicht morgen im Park, wenn wir auch über deine Verfassung reden. Die Aussichten sind gut.«

»Welche Aussichten?«, fragte ich schwachsinnigerweise und schwieg dann für den Rest des Essens.

Je länger ich schwieg, desto sicherer war ich, dass diese Beziehung nicht halten würde. Mit einem dermaßen gedankenlosen Menschen konnte ich mir einfach keine Zukunft vorstellen. Wie kam er überhaupt dazu, mir ein Buch über Borderline-Störung zu geben? Wofür hielt er sich, für einen Psychiater? Von *denen* hatte ich mehr als genug kennengelernt in meinem Leben – allesamt eine sinnlose Verschwendung von Atemluft. Außerdem hatte keiner von denen was von Borderline gesagt.

Nach dem Essen legte ich mein Geld auf den Tisch und ging. Simon bezahlte und lief mir nach. »Hör mal«, sagte er. »Es tut mir leid, wenn ich dich verärgert habe. Können wir nicht darüber reden?«

»Verpiss dich«, sagte ich. »Es ist vorbei.«

»Ich will wirklich mit dir darüber reden«, sagte er. »Heute muss ich noch mal ins Studio. Diesen Track mastern. Das Album ist fast fertig, weißt du. Aber für morgen stehst du im Kalender. Wir können den ganzen Tag zusammen sein.«

»Morgen ist es zu spät«, zischte ich. »Lass mich allein.«

Und das tat er, und ich hasste ihn nur umso mehr.

Zu Hause packte ich meine Fitnessstudio-Tasche. Ich rannte zehn Kilometer auf dem Laufband und kriegte Seitenstechen, kein Wunder, so kurz nach dem Essen. Dann ging ich wieder heim und ließ mich aufs Sofa fallen. Ich bin armselig, sagte ich mir. Ich weiß überhaupt nicht, was ich tue.

Ich aß die gesamte Kohlsuppe auf, dann alle Reiswaffeln, dann trank ich einen Viererpack Bier. Ich hinterließ Simon sieben Nachrichten: vier wütende, zwei zerknirschte, eine hasserfüllte. Dann schrieb ich meinem Exfreund eine SMS, dass ich gerade masturbierte. Er reagierte nicht darauf.

Um halb acht rief Simon an und fragte, ob ich in ein Konzert gehen wollte.

»Wo warst du den ganzen Tag?«, fragte ich.

»Im Studio, wie ich gesagt habe. Da ist so schlechter Empfang.«

»Ist das auch wahr?«

»Ja, natürlich ist das wahr. Also, was denkst du? Sie spielen Brahms.«

Ich kaute auf meinen Fingernägeln und sah mir im Spiegel meine Haare an: eine Katastrophe. »Wann fängt es an?«

»Um acht. Treffen wir uns da in zwanzig Minuten?«

»Okay.«

Ich machte mich in drei Minuten fertig und ging mir Brahms anhören.

Wahrscheinlich war ich ein bisschen betrunken, aber die Musik langweilte mich. Sie gab mir nicht das erhebende Gefühl, das ich bei Rachmaninow kriegte, und nicht das Prickeln, das mir von der ersten Begegnung mit Debussy in Erinnerung geblieben war. Die Musiker hieben auf ihre Geigen, als ginge ihnen einer ab dabei, und ich hatte rein gar nichts davon. Ich ballte eine Hand zur Faust.

Simon sah während des Konzerts zu mir rüber und blinzelte. Ein-, zwei-, dreimal. Den Trick hatte ich ihm beigebracht: einen Katzenkuss, wie ich es nannte. Meine Schwester und ich hatten manchmal damit unsere Gefühle ausgedrückt, ohne uns zu berühren. Blinz-blinzeli-blinz. Simon versuchte mir zu sagen, dass er mich liebte, und ich saß da mit geballter Faust.

Die Musik war zu Ende. Auf dem Weg ins Foyer fragte Simon, wie mir das Konzert gefallen habe. »Ich gebe ihm eine sieben von zehn«, sagte ich. »Und du?«

»Fand's ganz gut«, sagte er, aber ich hatte das Gefühl, dass er sich meinetwegen zurückhielt.

»Sollen wir was trinken?«, fragte ich.

»Klar.«

Wir gingen in den Pub gleich gegenüber der City Halls, bestellten uns Bier, und ich entspannte mich wieder ein bisschen. Sie spielten gerade einen meiner Lieblingssongs, einen Electronica-Track mit romantischen Lyrics.

Kurz vor Ende meines zweiten Pints sagte ich: »Es tut mir leid, Simon. Ich glaube, wir leben in verschiedenen Welten. Wenn du Brahms hörst, denkst du an Taktarten, Tonarten, Chromatik und was weiß ich alles. Aber weißt du, woran ich gedacht habe?«

»Nein. Woran?« Er legte mir eine Hand aufs Bein und ließ sie ein Stück nach oben gleiten. Es war keine Absicht.

Ich legte meine Hand auf seine, damit er sie nicht wieder runter gleiten ließ. »Ich habe an *Clockwork Orange* gedacht. An eine dieser ultrabrutalen Szenen, wo zu einer Schlägerei klassische Musik gespielt wird, und überall spritzt Blut.«

Er sah auf den Tisch runter und dann wieder zu mir hoch. »Das war Beethoven, nicht Brahms«, sagte er.

Wir tranken aus und gingen zu ihm, in die Wohnung, die bis zur Trennung unsere gewesen war, und ich legte mich zu ihm ins Gästezimmer. Nicht in das Zimmer, in dem wir immer geschlafen hatten, das ich für uns neu gestrichen hatte, wo wir uns ein Bett gebaut hatten – *das* Zimmer hatte er an einen Kollegen untervermietet. Wir lagen im Gästezimmer auf dem Einzelbett eng aneinander, meine Stirn an die Wand gepresst, und es wurde mir ein bisschen zu viel. Um drei Uhr morgens ging ich heim.

Am nächsten Tag trafen wir uns wie verabredet im Park. Diesmal ließ ich den Lidschatten weg, aber ein Kleid zog ich trotzdem an. Ein weißes mit Bändern am Kragen. Es war ein *Verzeih-mir*-Kleid, unschuldig und naiv. Ich wollte, dass er mich für einen netten Menschen hielt, denn das war ich im Grunde ja auch.

»Ich habe das Buch dabei.« Ich setzte mich neben ihm ins Gras. »Sollen wir darüber reden?«

»Na ja«, sagte er. »Ich war noch mal auf Amazon und hab ein paar Rezensionen gelesen. Das Buch, das ich dir gegeben habe, ist aus den Achtzigern. Es ist ideologisch manchmal einfach ein bisschen ... altmodisch. Hier, diese zwei haben die meisten Sterne gekriegt.«

Er gab mir zwei neue Bücher mit langweiligeren Titeln. Sie sahen so ernst aus. So gar nicht zu mir passend.

»Und das hier hab ich auch bestellt.« Er gab mir ein drittes Buch: *Alles über Asperger.* »Ich lasse mich gern belehren«, sagte er mit einem Lächeln. Es war sogar ein richtig schönes Lächeln. Ich küsste ihn auf den Mund.

Er zog sich zurück. »Lass uns anfangen«, sagte er und schlug das dickste Buch auf.

In diesem Buch gab es *neun* Kriterien für die Borderline-Diagnose. Das neu hinzugekommene lautete:

> *9. Vorübergehendes, stressbezogenes paranoides Denken oder schwere dissoziative Symptome.*

Dann wurde dieses sogenannte DSM-IV zitiert, die vierte Auflage eines Lehrbuchs namens *Diagnostisches und Statistisches Manual Psychischer Störungen*:

> *Das Hauptmerkmal der Borderline Persönlichkeitsstörung ist ein tiefgreifendes Muster von Instabilität in zwischenmenschlichen Beziehungen, im Selbstbild und in den Affekten sowie von deutlicher Impulsivität. Sie beginnt im frühen Erwachsenenalter und zeigt sich in verschiedenen Situationen.*

»Was meinst du?«, fragte Simon. »Kommen dir diese Symptome bekannt vor?«

»Ein bisschen, schätze ich. Die meisten. Na ja, alle eigentlich.«

»Auch das mit dem paranoiden Denken?«

»Mh-hm.«

»Welches sagt dir am meisten?«

»Keine Ahnung«, sagte ich. »Ich meine, das ist schließlich keine scheiß Einkaufsliste, oder? Es ist kompliziert.« Ich ließ meinen Blick die Liste hinunterwandern, kreuzte im Kopf jedes Kriterium an und strich es anschließend durch. Kreuz, Strich, fertig. Kreuz, Strich, fertig.

»Also gibt es keins, das besonders auf dich zutrifft?«

»Ich weiß nicht, vielleicht das mit den instabilen Beziehungen. Unsere läuft ja nicht gerade rund. Aber es ist so viel passiert, seit wir zusammen sind. Meine Schwester versucht sich dauernd umzubringen. Mein Dad ist gestorben. Mum ist durchgedreht. Da würde es jedem schwerfallen, stabil zu bleiben.«

»Stimmt.«

»Jeder halbwegs denkende Mensch würde unter den Umständen schwere Depressionen kriegen und Medikamente brauchen wie ich.«

»Vielleicht.«

»Und dann hat das Haus gebrannt, und ich hatte posttraumatisches Stresssyndrom. Man müsste *beschränkt* sein, um davon nicht krank zu werden.«

»Und als du dann mein Tagebuch gelesen hast und was ich über andere Frauen geschrieben hatte …«

Simon nahm mich in den Arm und streichelte sanft meine Stirn. Das tat er immer, wenn ich mich aufregte, und es beruhigte mich jedes Mal. »Tut mir leid«, flüsterte er. »Ich will dir doch helfen.«

Ich atmete tief durch und schmiegte mich in seinen Arm. »Das muss für dich alles noch viel schwerer sein als für mich«, sagte ich. »Was ich alles getan habe und so.« Dann gingen wir das Buch Absatz für Absatz zusammen durch.

Simon zeigte auf eine Seite. »Das hier ist interessant. Borderline-Betroffene haben weniger ausgeprägte Ich-Grenzen als andere. Das kann dazu führen, dass sie unglaublich offen und ehrlich sind, bis hin zu einem überwältigenden Geständnisdrang.«

»Das habe ich aber nicht, oder?«

»Und hier. Hier steht, dass Menschen mit BPD zur ›Spaltung‹ neigen, also auf alles eine Schwarz-Weiß-Sicht haben. Sie sehen andere als entweder gut oder böse und wechseln manchmal ziemlich plötzlich hin und her.«

»Helden und Schurken.«

»Manche idealisieren einen bestimmten Menschen, von dem sie weniger befürchten, verlassen zu werden, oft ein Familienmitglied. Jemand, auf den sie sich in schlechten Zeiten verlassen können.«

Ich rupfte Grashalme ab und streuselte sie auf mein Knie. Weiter unten am Hang war eine Familie, die gerade Frisbee spielte. Ein endloser Kreislauf aus Werfen und Fangen. Mutter, Vater, Sohn, Tochter. Die perfekte Kernfamilie. Ich wünschte, ich hätte ein Baby. Ich wünschte, ich könnte fangen.

»Und? Identifizierst du dich damit?«

»Vielleicht«, sagte ich.

»So war es doch mit deinem Dad.«

Ich zog die Augenbrauen hoch.

»Als er gestorben ist, hat er dich verlassen.«

»Das hat er ja wohl kaum mit Absicht gemacht«, sagte ich, streuselte noch mehr Gras auf mein Knie und bemerkte, dass meine Stimme höher und kindlicher wurde.

»Also *deshalb* hast du so schlimm getrauert!« Simons Augen leuchteten auf. »Ich glaube, jetzt verstehe ich dich.«

Ich wischte mir die Grashalme vom Knie. »Wann fangen wir mit dem Asperger an? Es wird langsam spät.«

Simon legte das Buch weg, nahm mich wieder in den Arm und strich mir über die Stirn. »Wir kommen damit schon klar.«

»Du weißt nicht mal, ob ich es habe«, sagte ich. »Das ist alles Spekulation. Ich könnte ganz was anderes haben. Oder gar nichts. Du bist kein Arzt.«

»Gehst du dann zu einem Arzt?«

»Weiß nicht.«

»Versuchst du's?«

»Vielleicht.«

Kurz darauf liefen wir Arm in Arm zu mir nach Hause. Ich fühlte mich so entspannt wie lange nicht mehr, besonders, weil ich wusste, dass wir noch den ganzen Abend vor uns hatten und dass er morgens beim Aufwachen neben mir liegen würde. Es klingt vielleicht pathetisch, aber wenn ich seinen Herzschlag spürte und die Wärme seiner Haut, gab es mir das Gefühl, lebendig zu sein.

An dem Abend kochten wir Spaghetti, und dann schliefen wir miteinander. Es war guter Sex, sehr normal, erst mit mir obenauf und dann Missionarsstellung, und ich wollte diesmal nicht, dass er mich festhielt oder dass er mir wehtat oder sonst irgendwas. Es gefiel mir, dass alles so friedlich war, so sinnlich und liebevoll.

Danach schauten wir einen Woody-Allen-Film. Es war ein Pseudo-Dokumentarfilm über einen Mann, der sich optisch und im Verhalten verwandeln konnte, um sich seiner Umgebung anzupassen.

»Das machst du auch so ein bisschen«, sagte Simon und streichelte mir immer noch den Kopf. Ich begann mich zu fragen, ob das eine Art medizinischer Kunstgriff war, den er im Internet gelernt hatte, ob er irgendeinen bestimmten Hirnlappen stimulierte, einen Knoten oder einen Teil des Kortex, der mich prompt gefügig machte.

»Was denn?«, fragte ich mit meiner Kleinmädchenstimme.

»Du änderst dich, je nachdem, mit wem du zu tun hast.«

»Das machen alle«, sagte ich, und wir ließen es dabei.

Als der Film vorbei war, versprach ich Simon, einen Arzt zu besuchen. Ich wusste nicht, ob dabei irgendwas rauskommen würde, sagte ich, und ich wusste nicht, ob ich dieses Syndrom wirklich hatte, und wenn ja, überlagerte es sich vielleicht mit lauter anderen Sachen, und vielleicht hatte ich auch ein bisschen Asperger, und vielleicht war ich bipolar, und vielleicht hatten wir *beide* eine Spur von allem, und vielleicht alle anderen auch, vielleicht war das einfach in der westlichen Gesellschaft so verankert, oder in jeder Gesellschaft, und selbst wenn ich eine Borderline-Störung hatte, machte mich das ja nicht zu einem schlechten Menschen, und die Störung hatte auch ihr Gutes, die Entgrenzung zum Beispiel und die Offenheit für Neues. Aber meine Güte, es gibt da wirklich ein paar Verhaltensmuster, die ich mein Leben lang immer, immer wieder wiederhole, die mir unfassbar viel Schmerz und Schaden bereitet haben, und danke, dass du so viel Verständnis dafür hast, und bitte hasse mich nicht, und bitte verlass mich nicht, und …

Kurz bevor Simon am nächsten Tag losging, holte er etwas aus seiner Tasche. »Hier«, sagte er, und ich spürte dieses schreckliche Gewicht in meiner Hand. Was war es diesmal? Schizophrenie? Histrionie? Zwangsstörungen?

Alles falsch. Es war eine CD.

»Es ist fertig«, sagte er. »Mein Album. Ich hoffe sehr, dass es dir gefällt.«

»Wow, danke.«

Er gab mir einen Kuss. »Letzte Nacht war toll«, sagte er mit einem Grinsen. »Das werden wir nicht so schnell vergessen, was?«

Ich begriff erst verzögert, dass er vom Sex redete, und lächelte zurück. »Tja.«

»Ich lese jetzt das Asperger-Buch«, sagte er. »Da können wir Dienstag drüber reden.«

»Dienstag. Geht klar. Ich rufe heute einen Arzt an«, sagte ich. »Und vielleicht lese ich noch *Ulysses*.«

Dann verschwand er durch die Tür.

Ich hätte gern die Tür wieder aufgerissen, wäre ihm durchs Treppenhaus nachgerannt und hätte gebrüllt, dass ich ihn liebte. Aber ich tat es nicht. Und beim Arzt rief ich auch nicht an. Ich lief direkt zu meinem Laptop, legte die CD ein, knipste meine Lautsprecher an und wartete.

Ich hörte mir das Album von vorne bis hinten an, und dann noch ein zweites Mal, und konnte es einfach nicht fassen. Jeder einzelne Song handelte von uns.

Simon sang darüber, was er meinetwegen durchmachen musste, wie sehr er mich liebt, wie traurig ich ihn manchmal mache, wie sehr er sich Sorgen macht, wie viel er von sich opfern musste, um mit mir zusammen zu sein.

Ich weinte, als ich es zum erstenmal hörte, aber beim zweitenmal ging es mir anders. Ich war euphorisch. Vollkommen, wahnsinnig euphorisch, weil er es endlich geschafft hatte, alles rauszulassen.

Für alle, die meine Freunde werden wollen

Wenn du überlegst, dich mit mir anzufreunden, gibt es ein paar Dinge, die du wissen solltest.

Ich mag den Frühling, Tanzen, Heidelbeeren und Linguistik.

Was ich nicht mag, sind Frösche, Styroporkugeln, Friseurläden und Lügen.

Ich habe einmal in Musik eine Auszeichnung bekommen.

Und einmal passierte das hier.

Es war Heiligabend. Ich arbeitete bei *Our Price*, falls ihr das noch kennt. Einmal hatte mich ein anonymer Kunde mit 27% bewertet. »Nett, aber völlig ahnungslos«, schrieb er. Damit konnte ich gut leben.

Heiligabend also. Wir mussten den ganzen Tag Feiertagsmusik anhören und Großmüttern helfen, die mit langen Listen von Bandnamen aufkreuzten, mit denen sie nichts anfangen konnten. »Napalm Death? Für Ihren Enkel?«, fragte ich dann. »Natürlich, die Dame, hier entlang.« Die Alte folgte mir dichtauf mit ihrem Gehgestell, und Noddy Holder quäkte aus den Lautsprechern auf mich herab.

Am Ende eines anstrengenden Arbeitstags ging ich eine Freundin besuchen. Wir redeten schon seit einer Weile übers Lesbischsein (das Ganze hatte mit betrunkenen Geständnissen auf dem Klo des *Wetherspoon's* begonnen), und ich fragte mich, ob ich sie heute endlich küssen würde. Nicht dass ich sie so toll gefunden hätte, aber wenn man lange genug über eine Sache redet, kommt irgendwann der Zeitpunkt, wo man sie tatsächlich will.

Wir tranken in ihrem Zimmer Wodka. Zogen unsere roten *Our-Price*-Pullis aus und schielten aus den Augenwinkeln auf unsere Unterwäsche, während wir uns ausgehfertig machten. Ich zog einen Minirock, eine Netzstrumpfhose und ein mit Glitzerschrift selbstdesigntes schwarzes T-Shirt an – ich hatte in Silber *broken wings* quer über die Schultern geschrieben. Mein fliederfarbenes Haar gelte ich zu ordentlichen Spitzen, legte noch mehr schwarze Schminke auf, als ich bei der Arbeit trug, schraubte meine Piercings fester, und schon liefen wir raus in die Nacht.

Ich war gerade mal achtzehn, zu jung, um eine Jacke zu tragen. Es war unter Null, aber der Alkohol half.

Wir gingen in einen Pub in Buckingham und tranken eine Menge Whisky. Dann in noch einen Pub mit noch mehr Alkohol. Ich weiß nicht, ob ihr schon mal in Buckingham gewesen seid, aber die Stadt ist nicht gerade für ihre kulturelle Vielfalt bekannt. Überall Hausfrettchen, SUVs und Reiterhosen. Der »Punk Look« fällt da auf. Es kam schon mal vor, dass Leute Sachen nach mir warfen, mir ins Gesicht spuckten oder mir Obszönitäten nachriefen. In dem besagten Pub fingen wir uns Bemerkungen von einer Gruppe am Billardtisch ein, also gingen wir woanders hin. Um da noch mehr Whisky zu trinken.

Es wurde langsam ganz schön spät, und wir waren ganz schön betrunken, aber geküsst hatten wir uns immer noch nicht. Ich beschloss, es anzusprechen. »Was hältst du davon, wenn wir uns küssen, gleich hier an diesem Tisch?«

Sie sah sich benebelt um: nach den Jungs, die ihre Handys betatschten, den Mädchen, die in Handtäschchen kramten, und der rotgesichtigen, drängelnden Meute an der Bar.

Dann musterte sie mich.

Ich muss sagen, dass sie zu küssen nicht so aufregend war wie gehofft. Klein und warm und nicht anders als jeder andere Mund, in den ich meine Zunge gesteckt hatte. Ich konnte nicht mal ihr Lippenpiercing spüren, also spürte sie meins vielleicht genauso wenig.

Nach ein paar Sekunden Knutscherei klatschte eine Hand auf meine Schulter.

»Hey, Mädels«, lallte jemand, dessen Gesicht aus meiner Erinnerung verschwunden ist. »Kommt doch mal mit uns mit.« Er wies auf einen Typen im Rugby-Shirt neben ihm.

Betrunken und neugierig standen wir auf und folgten Hand in Hand dem Mann und seinem Freund.

Es gab nur eine Kabine in den Männerklos. Ich weiß noch, dass ich das komisch fand, aber Männer machen sich wahrscheinlich nichts draus, wenn sie nicht gerade scheißen müssen. Wir vier zwängten uns hinein, und die Männer schlossen die Tür ab und sagten, wir sollten uns wieder küssen. Wir fühlten, wie sie ihre Hände wandern ließen, unter unsere Tops griffen, unsere Hintern packten.

Von nebenan hörte ich die Stimme von Noddy Holder. Denselben Song, den ich schon den ganzen Tag bei der Arbeit angehört hatte.

So here it is …

Mit einem einzigen scharfen Ruck wurde meine Strumpfhose runtergerissen, und ein hartes, nasses Stück Fleisch wurde in mich reingedrückt.

Everybody's having fun …

»Beug dich vor«, raunzte jemand, und ich wurde auf den Spülkasten runtergedrückt. Ich griff nach der Klobrille, um mich festzuhalten, und er griff nach meiner Glitzerverzierung, zerriss meine *broken wings*.

Nach den Geräuschen zu urteilen, wurde meine Freundin gegen die Kabinentür geknallt.

Ungefähr an der Stelle wird meine Erinnerung sehr, sehr vage.

Ich weiß noch, dass mir auffiel, dass ich dort nicht sein wollte, und ich erinnere mich verschwommen an das Meer von Gesichtern, die über die Kabinenwand lugten: mindestens ein Dutzend, und sie stanken nach Bier und Schweiß und Aftershave. Und grölten.

Währenddessen spritzte der Schwanz in mir ab.

Dann spritzte noch ein Schwanz in mir ab.

Und noch einer.

Die Gesichter über der Kabinenwand tauschten Plätze, und wir wurden von einem Mann nach dem anderen gefickt. Meine Klamotten rissen. An meinen Schenkeln troff das Sperma runter.

»Raus hier!«, schrie eine Stimme – eine weibliche Stimme – irgendwo außerhalb der Kabine. »Was glaubt ihr denn, was ihr da macht? Verpisst euch gefälligst! Ihr habt Hausverbot!«

Ich wusste nicht, wer genau jetzt Hausverbot hatte, weil wir ja so viele waren, aber mir war klar, dass ich den Pub nicht noch mal betreten würde. Ich hielt den Blick auf den Teppich gesenkt und wankte durch die überfüllte Bar zur Tür.

Mir war jetzt so kalt wie noch nie. Alles an mir brannte. Meine Freundin und ich wechselten kein Wort. Wir krallten unsere Hände ineinander und eierten den Bürgersteig entlang zu ihr.

»Hey, wartet!« rief jemand hinter uns. »Wollt ihr nicht auf Weihnachten trinken?«

Wir blieben stehen.

Zwei Männer waren uns gefolgt. Es war schwer zu sagen, ob sie mit uns in der Klokabine gewesen waren oder nicht. Mein Gedächtnis funktionierte in dem Moment nicht gut.

Meine Freundin ließ meine Hand los. »Ich könnte was zu trinken gebrauchen«, sagte sie.

Sie lief mit einem der Männer voraus; der andere ging neben mir. Sie führten uns in eine Gasse.

»Warte«, sagte der Mann neben mir. Er presste mich gegen eine Mülltonne. Es war ein kurzer, unbeholfener Fick, und er gab keinen Ton von sich, außer dass er mich danach eine »dreckige Fotze« nannte.

Wir holten die anderen wieder ein.

»Hier ist mein Auto«, sagte der eine. »Steigt ein.« Meine Freundin und ihr Typ stiegen vorne ein, ich und meiner hinten. Es gibt keine anständigen Worte für das, was dann passierte.

Die fickten. Wir fickten.

Die Männer tauschten die Plätze und wir die Ficks.

Meine Freundin kroch zu mir nach hinten, und die Männer befahlen uns, einander zu lecken. Sie setzte sich auf die Bank, und ich – keine Ahnung, wie ich das schaffte – drehte mich irgendwie über Kopf, und ich leckte sie und sie mich in der Senkrechten.

Dann fuhren wir zu einem Haus.

Ich legte mich in ein Bett, in einem anderen Zimmer als meine Freundin. Ich hielt so still wie möglich, bis es vorüber war, und dann dämmerte mir, welches Datum wir immer noch hatten. Ich rief ein Taxi.

»Wo willst'n hin?«, fragte der Mann.

»Nach Hause«, sagte ich.

Zwanzig Minuten später stolperte ich aus dem Taxi und

stand wankend vor dem Gartentor. Dort erwartete mich meine Mutter.

»Hi, Mum.«

»Wo zur Hölle warst du?«, schrie sie. »Ich hab schon die Polizei gerufen!«

»Unterwegs. Alles okay.«

»Warum hast du deine Strumpfhose um den Hals?«

Ich sah an mir runter und bemerkte meine nackten Beine. Die Netzstrupfhose war um meinen Hals gewickelt. »Bin in 'ne Pfütze gefallen«, lallte ich.

»Sofort rein mit dir.«

Das Letzte, was mir durch den Kopf ging, bevor ich einschlief, war, dass meine Unterhose fehlte.

Um sechs Uhr morgens kam meine Schwester ins Zimmer gerannt. »Weihnachteeeen!«

Ich zog mir die Decke über den Kopf.

Wir saßen im Wohnzimmer, um die Geschenke auszupacken: Lottie, ich, meine Mum und mein Dad. Mum sah mir stirnrunzelnd zu. Ich musste mich immer abwechselnd bedanken und ins Bad rennen, um zu kotzen, und registrierte kaum die Haarspangen, Socken und Parfümflaschen, die ich geschenkt bekam.

Um sieben setzten wir uns ins Auto und traten die zweistündige Fahrt zu meinem Onkel an. Wir wollten ihn dieses Jahr besuchen, weil er allein war und Parkinson hatte. Auf der gesamten Fahrt lauschte ich Noddy Holder im Radio und hielt die Übelkeit zurück.

It's only just begu-hu-hun …

Als wir da waren, rannte ich ins Bad und kotzte. Ich legte mich ins Bett und verpasste das Weihnachtsessen.

Meine Großeltern waren auch bei meinem Onkel. Als ich

endlich aufstand, lachte Opa und zwinkerte mir zu. »Ich hab gehört, du hättest dich gestern amüsiert.« Ich nickte, fuhr mir durch das fliederfarbene Haar und hoffte, dass mein Deftones-Kapuzenpulli die blauen Flecke verdeckte. Ich ging in die Küche, um ein Glas Wasser zu trinken und zu weinen.

Wir setzten uns ins Wohnzimmer, aßen Cracker mit Käse und sahen uns Sitcom-Wiederholungen an. Mein Onkel trank seinen Wein mit dem Strohhalm, weil nur ein Viertel seines Gesichts funktionierte.

Irgendwann an diesem Abend kriegte ich eine SMS.

Frohe Weihnachten Paul

Ich konnte mich nicht erinnern, meine Nummer rausgegeben zu haben.

Als Paul mich ein paar Tage drauf zu einem Date einlud, sagte ich zu. Ich dachte, das könnte die Dinge geraderücken. Es könnte die eine Nacht tilgen, wenn wir uns gut verstanden. Wir plauderten ein bisschen: Er war einundzwanzig, arbeitete im Supermarkt, mochte Snooker, hasste Zahnärzte. Wir sahen uns im Kino *Road Trip* an und fuhren zu ihm. Ich musste die Treppe hochrennen, damit seine Mitbewohner mich nicht bemerkten. Wir hatten Sex. Trockenen, schwierigen Sex, und dann stand ich auf, um zu gehen. Bevor ich ging, fragte ich ihn noch nach meiner Unterhose.

Er holte sie aus seinem Nachttisch, sagte aber, er wolle sie behalten.

»Wozu?«, fragte ich.

»Zum Dranriechen.«

Ich riss sie ihm aus der Hand. Zu Hause nahm ich sie aus meiner Jackentasche und starrte sie entsetzt an. Schwarzes Satin, silberne Herzchen, weiße Flecken. Ich schob sie nach tief unten in den Küchenmülleimer. Dann löschte ich Pauls

Nummer von meinem Telefon. Endlich ging es mir ein bisschen besser.

Und meine Freundin – es ist komisch, aber ich kann mich nicht erinnern, wie es mit ihr weiterging. Wir müssen uns irgendwann mal SMS geschrieben haben, vielleicht hatten wir bei der Arbeit auch mal wieder eine gemeinsame Schicht, aber ich habe es ganz ehrlich komplett vergessen. Überhaupt hatte ich alles komplett vergessen, bis es mir Jahre später mit einem dermaßen brutalen Schock wieder einfiel, dass mir fast die Luft wegblieb.

Aber nach jenem Heiligabend tat ich noch andere Dinge.

Ich fickte einen, der bekennender Nazi war, ich fickte einen auf dem Badezimmerboden, während er davon schwärmte, eine Dreizehnjährige »geknackt« zu haben, ich fickte einen, der mir dabei von seiner schönen Frau und den Kindern erzählte, ich pisste beim Ficken auf einen drauf, ich fickte einen, dessen Vater mich mit Ketamin versorgte, ich fickte einen, der einen Roman schrieb, in dem ich die grausame Heldin war, fickte einen, der mich mit Chlamydien ansteckte, und ritt mich immer wieder und immer tiefer in die Scheiße, weil das alles war, was ich konnte.

Heutzutage habe ich braunes Haar und kleine Einstichstellen, wo die Piercings waren.

In meinem Kleiderschrank gibt es keine Glitzerschrift. Ich züchte Kräuter und höre Jazz und trinke Kräutertee und lese Bücher über das Weltall und arbeite hart und lache über Wortspiele und träume von einem eigenen Haus, von Kätzchen, von einer Nähmaschine, die ich auch bedienen kann, und von Reisen in schöne Länder. Ich mag den Frühling und Tanzen und Linguistik.

Wenn wir Freunde werden, koche ich dir ein Essen mit

frischem Koriander drin. Ich lege Thelosius Monk auf und mache dir einen Tee aus Pfefferminz. Ich rede mit dir über Haustiere und das Universum. Ich erkläre dir die Zusammenhänge zwischen Heidelbeeren und Amnesie, wenn du freundlich danach fragst.

Aber von dem anderen erzähle ich wahrscheinlich nichts.

Und doch werde ich ab und zu, wenn wir gerade in der Sonne sitzen, wenn ich gerade über eins deiner Wortspiele lache oder von den schönen Ländern erzähle, die ich bereisen will, plötzlich innehalten –

– und auf meine nackten Beine runtersehen.

Und dann spüre ich immer noch die Netzstrumpfhose um meinen Hals.

Ich dachte, das solltest du wissen.

Stell dir vor, so schnell könntest du rennen

Neulich in der Tram nach Manchester saß so ein kleiner Junge nicht weit von mir.

Guck mal, wie schnell wir sind, sagte er zu seinem Dad. Er summte leise vor sich hin, dann tippte er mit seinen kleinen grauen Handschuhen dem Vater auf die Schulter. *Ich wette, so schnell könnte ich rennen*, verkündete er, und gleich darauf: *Ich wette, ich könnte noch schneller rennen als so.*

Dieser Gedankengang brachte mich zum Lächeln, als ich ihn hörte, denn der Junge war nur ein Junge, und die Tram war die Tram, und Menschen können nicht so schnell rennen wie Maschinen.

Jeden Morgen bin ich kurz vor neun an der Haltestelle. Ich bin immer später dran, als ich vorhatte, und ich höre immer Musik, um zu verdrängen, wie spät dran ich bin. Je nach Laune höre ich eine von zwei Playlists rauf und runter. Die eine heißt *Musik von außerordentlicher Schönheit.* Die zweite heißt *Musik mit extra viel Soße.* Die Listen habe ich selbst so genannt. Mir wird ein bisschen schlecht von ihren Namen.

Manchmal sehe ich auf dem Weg zur Arbeit in der Tram aus dem Fenster. Bei Deansgate gibt es eine digitale Werbetafel. Darauf ist ein Truthahn abgebildet. Am Dienstag stand über diesem Truthahn: *In sechs Tagen kochen wir.* Ich schätze, an dem Dienstag waren es sechs Tage bis Weihnachten. Und ich glaube, es soll auf *In Gott vertrauen wir* anspielen. Irgendwie ist der Truthahn Gott, und Kochen ist unsere Religion.

Ich bin Atheistin.

Normalerweise komme ich um 9.36 Uhr bei der Arbeit an. Ich versuche zu verschiedenen Zeiten da zu sein, aber es wird fast immer 9.36 Uhr.

Bei der Arbeit gehe ich als Allererstes in die Küche. Schenke mir einen Kaffee ein, den die festen Mitarbeiter im Scherz Raketentreibstoff nennen. Die befristeten trinken so viel davon, dass es wehtut.

Drei der sieben befristet Beschäftigten sind untergewichtig. Ich bin nicht untergewichtig. Aber ich bin befristet.

Auf dem Weg zur Arbeit frage ich mich manchmal: Was, wenn das alles ist? Was wenn *das hier* die ganze Welt ist? Der Streifen Raum, den ich auf dem Weg zur Arbeit und auf dem Weg von der Arbeit nach Hause sehen kann – was, wenn das alles ist, was es gibt? Das da die einzigen Straßen, die einzigen Cafés, die einzigen Jobvermittler, die einzigen Gastropubs am Kanal, die einzigen Kirchen. Und das hier die einzigen Menschen.

Meistens finde ich den Gedanken tröstlich.

Gestern war Mittwoch. Auf der Werbetafel stand: *In fünf Tagen kochen wir.*

Vor dem Mittagessen schredderte ich 53 Blatt Papier. Nach dem Mittagessen druckte ich 95 Blatt aus. Ich grüßte acht Menschen. Ich bekam zwei E-Mails über Diäten, die mein Leben ändern würden. Ich aß ein Käsesandwich aus einer Tupperdose. Ich bekam keine einzige SMS.

Zu Hause gehe ich als Allerserstes in die Küche. Ich schenke mir ein Glas Wein ein, nur eins, aus dem normalerweise zwei Gläser werden und dann fünf. Der Raketentreibstoff hilft immer gegen den Kater.

Zweimal die Woche treffe ich mich mit einer verheirateten Frau. Wir reden über ihren Mann und die Kinder und dass sie sich selbst nicht mehr denken hören kann. Wir reden davon, wie viel besser das Leben war, bevor es so wurde wie jetzt. Wir reden über alles, was wir bereuen. Über alles, was uns traurig macht. Am Ende geben wir uns Abschiedsküsse.

In vier Tagen, heißt es, kochen wir.

Wenn ich mich mit der Frau getroffen habe, rieche ich am nächsten Morgen ihr Parfüm auf meiner Haut. Dann fühle ich mich beschämt. Und erregt.

Ich wünsche mir oft, an Gott zu glauben.

Heute Morgen stand ich wartend vor der Kaffeemaschine und dachte an den Jungen in der Tram, den mit den grauen Handschuhen. *Ich wette, so schnell könnte ich rennen*, hatte er seinem Vater verkündet. *Ich wette, ich könnte schneller rennen als so.*

Ich erinnerte mich daran, wie ich über seine Worte gelächelt hatte. *So ein Blödsinn*, hatte ich gedacht, *zu glauben, er könnte so schnell rennen. Er könnte noch schneller rennen als so.*

Heute, bei meiner vierten Tasse Raketentreibstoff, dachte ich ganz anders über diesen kleinen Jungen. Ich war enttäuscht. Enttäuscht, weil ich dreißig Jahre alt bin und mich nicht mal mehr erinnern kann, wann ich zum letzten Mal dachte, ich könne schneller rennen als irgendwas.

Die Schneekrake, die Angst im Dunkeln hatte

Dies ist die Geschichte von einer Krake aus Schnee. Nein, wartet, ist sie nicht. Die Geschichte von dem Haifisch und dem Fußball. Einer Schwimmbrille und einem Diamantring.

Ich weiß was Besseres. Noch mal von vorn.

In Nordkorea regnete es seit fünfzehn Jahren.

Harry ist doppelt so alt wie ich, aber halb so glücklich. An seine Wände hängt er Schaubilder giftiger Spinnenarten. Ich habe sie nie gesehen, weil ich nie in seiner Wohnung gewesen bin. Das ist einer der Hauptgründe, warum wir immer noch Freunde sind: Wir haben nie miteinander geschlafen. Einmal haben wir es versucht, wenn ich ehrlich bin, um Mitternacht an einem See. Aber wir waren besoffen, sind eingeschlafen und um vier Uhr morgens, die Hosen um die Knöchel, zitternd nebeneinander aufgewacht.

Harry ist Schauspieler. Hat zwei gescheiterte Ehen und eine gescheiterte Karriere hinter sich. Er geht gern mit älteren Frauen und mit jüngeren Männern aus. Er sammelt Spiegelbilder seines Geistes, Spinnendiagramme zum Beispiel.

Manchmal spult Harry stundenlang die Details seiner erotischen Begegnungen ab. Die Beschreibung einer dieser Begegnungen, ist mir aufgefallen, dauert exakt so lange wie für mich ein Pint. Wenn wir Wein trinken statt Bier, werden die Beschreibungen schneller. Harry wiederholt sich nie. Er hat für den Rest seines Lebens genug Begegnungen gehabt.

Ich weiß nicht, ob alles wahr ist, was er mir erzählt.

Diese Frau war deshalb so traurig, fühlte sich so schrecklich unbehaglich in ihrer Haut, weil sie nie einen Hund besessen hatte.
Seit ihrem zehnten Lebensjahr, seit sie »Hund« auf den Weihnachtswunschzettel geschrieben und einen Tennisschläger bekommen hatte, sehnte sie sich nach einem Golden Labrador. Einmal spielte sie in Wimbledon, aber selbst das bedeutete ihr nichts.

Harry hat ein Problem mit Kokain. So sind wir alle in unserem Freundeskreis. Wir haben alle irgendwas.

Probleme mit Koks, Probleme mit Sex, Probleme mit Aggressionen, mit Zucker. Manche Probleme sind unproblematischer als andere. Ein Freund zum Beispiel, der Colin heißt, ist süchtig nach Spielautomaten. Das hat ihn bemerkenswert reich gemacht. Er ist schon immer ein Glückspilz gewesen.

Harrys Problem mit dem Kokain ist ernst. Es verwandelt ihn in ein Arschloch und beschert ihm schlimme Durchhänger. Einmal habe ich gesagt, ich hätte einen neuen Dealer klargemacht, und ihn zwei Tage mit Talkumpuder versorgt. Sein Nasenbluten hat der Sache ein Ende gesetzt.

Heute hat Harry Den–Schlimmsten-Durchhänger-Aller-Zeiten. Wir haben ihn in einen Pub im West End geschleift. Aber heute will Harry nicht von Begegnungen erzählen. Heute heult er sich nur die Augen aus.

Richard der Hase mochte Poker. Er mochte es nicht nur. Er liebte es. Jeden Freitagabend besuchte er seine Freundin Rachel, und dann spielten sie zusammen. Einmal hatte er so eine Pechsträhne, dass er seinen Schwanz hergeben musste.
Und das kam so.

Wir sitzen an einem Picknicktisch vor der belgischen Bar in der Ashton Lane. Es ist rappelvoll mit Studenten und Künstlernasen, die Importbier aus Plastikbechern trinken und von Filmen reden, die sie gerade drehen, von Sängerinnen, die sie vögeln, Aufsätzen, die sie schreiben, und von Teilen der Welt, die sie erobern werden.

Ich trinke ein Delirium Tremens, stelle meine Tattoos zur Schau und fühle mich heute mal zugehörig.

Colin ist ein Grafikdesigner, der in seiner Freizeit oft Batman liest. Er hat Geschichtenwürfel mitgebracht. Falls ihr je mit einem Comic-Nerd befreundet wart, kennt ihr die wahrscheinlich schon. In der Packung sind sieben Würfel, und auf jedem ist auf jeder Seite ein Bild. Macht zweiundvierzig Bilder. Macht ganz schön viele Kombinationen. Die Regeln: Man muss würfeln, die Würfel in eine Reihe legen und eine Geschichte erfinden, in der man die Bilder der Reihe nach verwendet.

Colins Freundin Jen ist Malerin. Sie hat ein Problem mit Aggressionen, also lassen wir sie am längsten reden. Sie erzählt eine Geschichte von einem Schiff in stürmischer See. In ihren Geschichten geht es immer im weitesten Sinne um Schiffe in stürmischer See.

Harry hört halb Jen zu, und halb starrt er auf sein Telefon und heult sich die Augen aus. Ich tippe unter dem Tisch an seinen Fuß. »Noch 'nen Drink?«

Das Schiff ächzte und schwankte hin und her. Die Männer schlitterten von Backbord nach Steuerbord und von Steuerbord nach Backbord und klammerten sich verzweifelt an der Reling fest. Nach der Vorhersage sollte sich der Sturm erst Tage später legen.

Ich gebe Harry einen Gin und nehme mir das nächste Delirium vor. Eins der Mädchen am grasbewachsenen Hang sieht zu mir herüber. Sie trägt ein Maxikleid, und ich frage mich, ob sie Narben an den Beinen hat wie ich. Ich frage mich, ob sie gern andere Mädchen küsst. Ob sie sich gern auf einen Berggipfel stellt und schreit.

»Harry«, flüstere ich, um Jen nicht aus dem Konzept zu bringen. »Ich glaube, ich hab eine Persönlichkeitsstörung.«

Zum erstenmal an diesem Tag sieht Harry hoch und lächelt. Seine Schneidezähne sind grau. »Wir haben alle gestörte Persönlichkeiten, Süße.«

»Nein«, sagte ich leise. »Das Borderline-Syndrom. Ich glaube, das habe ich.« Ich lege meine Hand auf seine. »Was sie letzten Herbst auch bei dir rausgefunden haben.«

Hinter Harrys Augen verschiebt sich was, und er starrt wieder auf das Telefon. Wir haben alle unsere Diagnosen, wir sind alle sensibel, wenn es darum geht, wir hassen sie, und wir wollen sie alle ganz für uns allein.

»Das willst du nicht haben«, sagt er zu seinem Samsung Galaxy. »Nein, nicht BPD. Hab lieber was anderes.«

Ich bin derzeit die mit der langweiligsten Diagnose. Schwere Depression. Ich brauche was Aufregenderes.

Bei Nacht war der Schlaufuchs sorgenfrei. Er wühlte in Tonnen, warf den Fähen Luftküsse zu und pirschte mit gefletschten Zähnen um die Hühnerställe.

Aber bei Tag, diese endlosen hellen Stunden, das war reine Folter für ihn. Es waren die einsamsten Stunden seines Lebens.

»Hier«, sagt Harry und gibt mir sein Telefon. Auf der Website, die er aufgerufen hat, steht *Prominente mit BPD*. »Lies vor«, sagt er.

»Okay.« Ich drehe das Display von der Sonne weg.

»Adolf Hitler«, lese ich. »Toll, Harry, vielen Dank.«

»Lies weiter.«

»Na gut. Adolf Hitler, Janis Joplin, Syd Barrett, Jim Morrison, Marilyn Monroe, Christina Ricci, Zelda Fitzgerald, Prinzessin Diana, Vincent van Gogh, Susanna Kaysen, Al Pacino, Kurt Cobain …«

»Und?«

»Was, und?«

»Gut, vergiss Hitler, aber die meisten sind große Künstler, das sind Leute, die der Gesellschaft wirklich was gegeben haben.«

»Die Hälfte von denen hat sich umgebracht.«

»Aber siehst du nicht, was ich meine?«

»Hier unten steht, dass die Liste nicht bestätigt ist. Die hatten gar nicht unbedingt die Diagnose.«

Harry nimmt mir das Telefon wieder ab. »Der Punkt ist doch aber – wer sagt denn, dass du wegen bestimmter Eigenschaften gleich *psychisch krank* sein musst? Ich spiele die besten Rollen, wenn ich völlig verzweifelt bin. Vielleicht bist du eine Künstlerin, Gretchen.«

Ich trinke mein Bier zu schnell und versuche einen Schluckauf zu unterdrücken.

»Die brillantesten Menschen der Welt haben alle hin und wieder diese dämonische, irre Energie ausgestrahlt«, fährt er fort und sieht so froh aus wie lange nicht mehr. »Und genau dann werden sie schöpferisch, wegen dieser Intensität. Davor hat die Mehrheit der Gesellschaft Angst, aber sie ist auch dankbar dafür.« Harry schenkt mir einen so mitfühlenden Blick, wie ich ihn noch nie von ihm gesehen habe. Bestimmt hat er diesen Blick an seiner Schauspielschule gelernt. »Hey, du hast echt was durchgemacht in letzter Zeit. Du brauchst dir kein Etikett anzuheften.«

Ich sehe in den Himmel, in dieses reine, vollkommene

Blau, und frage mich, was ich mit dem Rest meines Lebens machen soll.

»Spielt ihr beiden noch mit?«, fragt Jen mit zornroten Wangen.

Alle Musiker des Orchesters hatten plötzlich das Spielen verlernt. Die Violinisten ließen ihre Bögen sinken, und der Pianist hatte seinen Kopf auf die Tasten gelegt. Im Parkett herrschte drückende Stille.

Harry verliert das Interesse an seiner Geschichte und spricht mich an. »Hey, was ist eigentlich mit Simon?«

Ich pule am Tisch rum, grabe meine Nägel ins Holz, und ein Splitter schiebt sich mir unter den Daumennagel. »Wir haben uns getrennt. Hat nicht funktioniert. Ich habe mir wohl gewünscht, dass er einen normalisierenden Einfluss auf mich hat.« Ich schiebe den Splitter weiter rein, bis es blutet. »Mir ist klar geworden, dass es mir nichts ausmacht, nicht normal zu sein.«

Harry lächelt, dann bricht er in Tränen aus. »Ich will nach Hause.«

Jen sammelt die Würfel ein. »Oh Mann, das war eine schlechte Idee.«

»Wir könnten Sushi essen gehen«, schlägt Colin vor. »Nur du und ich.«

Jen grinst. »Okay.«

Ich schaue zu dem Mädchen im Maxikleid rüber und frage mich, ob ich sie beim Gehen ansprechen soll. Ich hätte gern ihren Namen gewusst. Aber ich bin zu betrunken, und mir zittern die Hände, also lasse ich es heute lieber. Heute gehe ich nur noch nach Hause. Trinke noch ein bisschen im Schutz meiner eigenen vier Wände. Verschicke ein paar peinliche SMS. Schreibe ein paar unverzeihliche Tweets. Logge mich auf OKCupid ein und füge meinem Profil ein Tittenbild hinzu.

Colin und Jen umarmen mich, und Harry klappt zwischen ihren Schultern zusammen, als sie ihn nach Hause schleifen. Ich gehe in die andere Richtung.

So verwöhnt die Tochter der Königin auch war, sie bekam doch nicht immer, was sie wollte. Zwar schenkte man ihr Kleider aus feinster Seide, mit zartestem Taft umsäumt, und dazu die strahlendsten Diademe, aber was sie wirklich wollte und was sie nie wirklich bekam, war mehr Zeit mit ihrem Vater, dem König. Und ein bisschen Gelassenheit im Königreich. Etwas Gelassenheit könnte echt nicht schaden.

Bis zum Rand voll Delirium Tremens logge ich mich auf OKCupid ein, um mein Tittenbild zu posten. Während ich den Upload abwarte, öffne ich ein neues Fenster und google »Künstlerpersönlichkeit«. Ich lande auf folgender Seite:

Typische Merkmale des *Künstlerischen Persönlichkeitstyps*:

1. *Stimmungsschwankungen.* Künstlerisch Veranlagte reagieren oft schneller und stärker als andere Menschen.
2. *Kreativität.* Sie befassen sich häufig mit bildender Kunst, Musik oder Literatur. Ihren kreativen Ansatz wenden sie in den verschiedensten Lebensbereichen an.
3. *Isolation.* Sie neigen dazu, viel Zeit allein zu verbringen.
4. *Extraversion/Introversion.* Künstlerische Persönlichkeiten alternieren typischerweise zwischen Extremen der Geselligkeit und der Verschlossenheit.
5. *Impulsivität.* Sie neigen zum Hedonismus und treffen Entscheidungen eher intuitiv statt aufgrund rationaler, logischer Erwägungen.

6. *Produktivität und Lethargie.* Künstlerische Persönlichkeitstypen können extrem produktiv sein und über lange Zeiträume große Projekte verfolgen. Allerdings gönnen sie sich ebenso häufig lange inaktive Erholungsphasen.
7. *Sensibilität.* Meist sind bei diesem Typus die fünf Sinne besonders geschärft, und er reagiert besonders stark auf die entsprechenden Stimuli.
8. *Aggressivität.* Künstlerpersönlichkeiten werden unter Umständen leichter erzürnt als andere.
9. *Freundlichkeit.* Wenn sie ruhig und zufrieden sind, können sie erstaunlich mitfühlend sein.

Vielleicht liegt es daran, dass ich bei der Lektüre besoffen bin. Vielleicht, dass ich mir Sorgen um Harry mache. Vielleicht, dass ich mir Sorgen darum mache, dass sich um mich keiner Sorgen macht.

Aber egal, woran es liegt: Als ich jetzt so darüber nachdenke, finde ich, Harry hat recht. Ich muss mir kein Etikett anheften. Meiner Schwester sind genug angeheftet worden: psychotisch, neurotisch, schizophren, autistisch, depressiv, zwangsgestört, verrückt. Aber für mich ändert das alles nichts. Lottie ist immer noch meine Schwester. Und ich bin immer noch ich.

An jenem Morgen wachte die Schneekrake später als üblich auf, verkatert und schlimm paranoid.
Sie hatte das Gefühl, sich in letzter Zeit nur noch zu betrinken. Das tat sie, weil sie Angst im Dunkeln hatte.
Heute, beschloss sie, wollte sie endlich etwas dagegen tun.
Sie wollte eine Taschenlampe kaufen.

Der Arzt sagt, es hörte sich an, als hätte ich eine Borderline-Störung.

Das kommt natürlich wenig überraschend.

Er überweist mich für einen Beratungstermin an eine psychiatrische Pflegerin. Warnt mich vor, dass sie in der Klinik nur selten die Diagnose BPD vergeben, selbst wenn sie glauben, dass man es hat, weil sie so stigmatisierend ist. Ich finde, das klingt bescheuert. Aber ich rege mich nicht darüber auf. Ich sage zu ihm, das sei okay, denn der Name ist mir ehrlich gesagt egal. Ich brauche nur ein bisschen Unterstützung im Moment.

Ich verdanke Google Maps mein Leben

Er ist da drin, irgendwo. Sitzt fest wie eine Puppe im Puppenhaus.

Jedes Mal, wenn ich den Computer hochfahre, überlege ich mir ein neues Szenario für ihn.

Einmal stelle ich mir vor, wie er *The Archers* hört und überm Mülleimer seine Nägel schneidet. Dann, wie er bei *Farmville* seine virtuelle Ernte einfährt. Dann wieder schimpft meine Mutter mit ihm, weil er seine leere Whiskyflasche in den Schrank zurückgestellt hat. Ein andermal bringt er meiner Schwester bei, auf Deutsch »Schild-krö-te« zu sagen, während sie zu seinen Füßen sitzt und stickt. Besonders gern male ich mir aus, wie er an einem langen, komplexen Stück Programmcode sitzt mit zwei Tassen voll lauwarmem Kaffee neben sich, und im Hintergrund läuft leise *Desert Island Discs* auf BBC.

Aber diesmal, beschließe ich, als ich wieder den Computer anschalte, diesmal soll es ganz was anderes sein.

Kennt ihr diese Träume, wo ihr nur mit den Fingern zu schnipsen braucht, und die Zeit steht still? Wo alles auf der Welt außer euch wie eingefroren ist?

Und ihr schlängelt euch

hier und dort hindurch

unbemerkt

so lange ihr wollt

und dann schnipst ihr mit den Fingern …

und die Zeit läuft wieder weiter wie zuvor?

Ihr kennt das aus dem Fernsehen und dem Kino. In *The Twilight Zone* gibt es ein frühes Beispiel zu sehen, in einer Folge von 1961, die *Eine Art Stoppuhr* heißt. Der Protagonist McNulty besitzt eine Stoppuhr, mit der er die Zeit anhalten kann. Kürzlich wurde es auch in Tim Burtons *Big Fish* eingesetzt, als Ewan McGregor der Liebe seines Lebens begegnet.

Und in Büchern habt ihr vielleicht auch schon mal davon gelesen. Da gibt es zum Beispiel *Der neue Beschleuniger* von H. G. Wells, über eine Droge, die den Konsumenten so sehr beschleunigt, dass alles andere stillzustehen scheint.

Und genau diesen Zeitstillstands-Effekt kenne ich aus eigener Erfahrung.

Als ich mich das erste Mal dort hinbegab, war es aus Heimweh. Vielleicht sogar mehr als das. Aus Trauer. Auch die tat allerdings weh.

Ich rief Google auf, tippte die Postleitzahl ein und betrachtete die Karte. Ich zoomte und zoomte noch weiter, bis ich es schließlich vor mir sah: das Ivy Cottage. Vierundzwanzig Jahre hatte meine Familie da gelebt, und ich kannte jeden Fleck auf dem Mauerwerk.

Es war ein strahlend klarer Tag. Die meisten Bäume trugen schon Laub, und die Sonne stand hoch am Himmel. Die

Schubkarre war seitlich an die Hauswand gelehnt, und es hing Wäsche an der Leine, die ein kräftiger Wind zum Flattern brachte. Alles in allem ein schöner Frühsommertag.

Ich bog in die Seitenstraße ein, um den Vorgarten besser sehen zu können. Als Erstes entdeckte ich die Milch auf der Schwelle, die noch niemand hereingeholt hatte. Dann die alte Gartenliege – nur das Gestell ohne Auflagen –, die dort auf dem Rasen stand.

Das verriet mir etwas Entscheidendes.

Dad war noch nicht gestorben.

Wann auch immer diese Bilder aufgenommen worden waren – zu dem Zeitpunkt hatte der Krebs noch nicht seine Wirbelsäule befallen. Das wusste ich, weil er, als es so weit war, als Erstes die Liege auf der Terrasse hinter dem Haus aufbaute. Er benutzte dann seine Gehhilfe für den Weg vom Bett zur Hintertür und setzte sich auf die Liege, um etwas frische Luft zu schnappen.

Ich begann nach weiteren Hinweisen zu suchen. Die Fenster waren dunkel, aber ich zoomte trotzdem jedes einzelne heran. In den ersten beiden fand ich nichts. Aber als ich mir das dritte näher ansah, das Fenster oben rechts, erkannte ich den Umriss eines Schmuckkästchens auf der Fensterbank.

Zu dem Zeitpunkt dieses Bildes lebte Lottie also noch zu Hause. Das war über drei Jahre her. Und das hieß, dass meine Schwester noch nicht mit Rob zusammen wohnte, und das hieß, dass sie noch nicht verlobt war mit ihm, und das hieß, dass sie noch nicht probiert hatte, sich im Bad die Pulsadern aufzuschneiden.

Ich bewegte mich ein Stück weiter die Straße entlang, bis ich die Einfahrt sehen konnte. Ein silbernes und ein rotes Auto. Also waren in dem Moment, wo diese Bilder aufgenommen wurden, beide zu Hause, Mum und Dad.

»Hallo!«, rief ich. »Mum? Dad? Lottie! Seid ihr da?«

Ich hätte am liebsten den Computer geschüttelt, bis sie rausgepurzelt kämen.

Natürlich stößt der Zoom bei Google Maps irgendwann an seine Grenzen. Aber je länger ich mein Haus anstarrte, aus jedem Blickwinkel, aus dem ich es betrachten konnte, desto müheloser konnte ich mir vorstellen, einfach die Tür zu öffnen und hineinzugehen. Als wäre ich wirklich dort, und das Haus wäre wirklich dort, nur die Zeit wäre stehengeblieben.

Ich versuchte mir jedes Mitglied meiner Familie vorzustellen: in welchem Zimmer sie waren, was sie taten, als jemand diese Aufnahmen machte.

Mum war wahrscheinlich im Wohnzimmer, lag auf dem Sofa und guckte *Mord ist ihr Hobby*. Oder sie kochte, weil Mittagszeit war, in der Küche Pastinakensuppe und war genau in dem Moment zu einem Filmstill erstarrt, als der Holzlöffel ihre Lippen berührte. Ich konnte es beinahe schmecken.

Lottie würde am ehesten in ihrem Zimmer sein. Dort verkroch sie sich meistens und machte auf dem Teppichboden Handarbeiten. Ich sah es vor mir, wie sie mit dieser seltsamen, traurigen Dunkelheit im Blick einen Filzfrosch mit Watte füllte.

Und Dad? Na, Dad war im Arbeitszimmer, keine Frage. Wenn die Kamera auch die Rückseite des Hauses aufgenommen hätte, könnte ich ihn am Computer sitzen sehen, wo er zwischen den Buchstaben »a« und »n« festgefroren wäre. Ja, Dad war ganz sicher da.

Meine ganze Familie war in diesem magischen Bild.

Es wurde dann eine Art Angewohnheit, könnte man sagen. Eine Sucht. Ich kehrte jeden Tag zu dem Haus zurück und stellte mir vor, was alle taten. Erinnerte mich.

An den Mottenkugelgeruch im Vorflur. Die Gummistiefel an der Hintertür. Die Krümel im Brotkasten. Die Mohnblüten auf den Badezimmerfliesen. Die Glühlampe über der Treppe, die nie ausgewechselt wurde.

Diesen Ort, an dem mein Vater nicht im Sterben lag.

Wo er und meine Mum keine Angst hatten, sich zusammen in denselben vier Wänden aufzuhalten. Wo meine Schwester nicht in die Psychiatrie eingewiesen worden war und wo es allen ganz okay ging und uns nie etwas wirklich Schlimmes zugestoßen war.

Eines Tages, als ich wieder die Sonnenliege rangezoomt habe, erlaube ich mir, ein neues Szenario durchzuspielen.

Was, wenn Dad heute mal was ganz anderes macht?

Heute, denke ich, schreibt er mal einen Brief an mich. Auf seinem Bildschirm steht so was in dieser Richtung:

Meine liebe Tochter,
das hier wird der schwerste Brief, den ich je geschrieben habe. Aber ich will dir, bevor ich sterbe, noch sagen, wie viel du mir bedeutest. Seit dem Tag deiner Ge

Und genau in diesem Moment, dem Moment, als er nur für mich eine Nachricht schrieb und Google mit dem Kameraauto einen Weiler in Buckinghamshire beehrte, ist mein Dad mitten im Satz steckengeblieben.

Ich stehe auf der Schwelle, beobachte ihn und will, dass er wieder zum Leben erwacht und den Brief endlich fertig schreibt.

Aber ich weiß, dass das nicht geht.

Selbst wenn er zum Leben erwachte, würde er den Brief nicht beenden. Er würde tief seufzen, sich die Tränen abwischen und die Backspace-Taste drücken, bis der Cursor den ganzen Bildschirm leergefressen hätte. Dann würde er sich wieder dem langen, komplexen Programmcode zuwenden, weil das so viel einfacher, so viel weniger schmerzhaft wäre.

Ich schleiche auf Zehenspitzen davon.

Wisst ihr, bei all diesen Beispielen, in diesen Büchern und Filmen, in denen die Zeit stillsteht, gibt es immer unerwünschte Nebenwirkungen. Im *Neuen Beschleuniger* schlägt von der Droge das Herz so schnell, dass man jeden Moment daran sterben kann. In *Big Fish* läuft die Zeit, nachdem sie stehengeblieben ist, extra schnell, um wieder aufzuholen. Und in der *Twilight-Zone*-Folge, vielleicht die beängstigendste Geschichte, geht McNultys Stoppuhr kaputt, und die Zeit bleibt für immer eingefroren.

Ich sehe mir noch einmal die Liege im Vorgarten an, dann zoome ich raus. Von der dicken gelben Verkehrsader neben dem Haus zoome ich noch ein Stück zurück. Dann noch weiter. Und weiter. Bis ich aus dem Weltall auf die Erdkugel blicke.

Ich denke an Partikel und Wellen und Bewegung und Energie, an all die Dinge, von denen Dad mir erzählt hat, als ich noch ein Mädchen war. Wenn im Weltall alles stillstünde, denke ich, dann gäbe es kein Licht.

Also atme ich tief durch und fahre den Computer runter …

und die Zeit läuft wieder weiter wie zuvor.

Mögliches Thema für einen zukünftigen Roman

»Hab dein Buch gelesen«, ruft Steve aus dem Badezimmer. Dann Stille, bis auf das Plätschern seines steten Pissestrahls.

Seine Wohnung ist kleiner, als ich erwartet hätte. Offene Küche, mit dem Wohnzimmer im selben Raum.

»Die erste Geschichte war scheiße«, fährt er fort. »Kindisches Geseier.«

Ich versuche mich an den Anblick der Dinge zu gewöhnen. Eine Friedenslilie, die ihre Blätter in die Spüle fallen lässt, eine Gänsefeder auf dem Kaminsims, ein geblümtes Küchenhandtuch an der Ofentür. Spuren der Frau, die ich nie kennenlernen werde.

Ich stöbere in den Schränken und denke an Steves Pissestrahl. Wie heiß er sein muss, wenn er austritt. Ob er dampft, bevor er in der Schüssel landet.

»Weißte was«, ruft er, »lass uns ferngucken.«

Er hat mich zum ersten Mal hierher eingeladen. Normalerweise treffen wir uns im *Pret a Manger*. Einmal waren wir in einem Hotel. Gevögelt haben wir nie. Darum geht es bei uns nicht.

»Okay«, sage ich leise, zu leise, als dass er es im Badzimmer hören könnte, und gehe durch die Flügeltür auf den Balkon.

Es ist März und selbst dafür ganz schön kalt. An der Ecke des Hauses gegenüber ist ein Regenrohr, und ich frage mich, ob ich weit genug springen könnte, um mich daran festzuhalten, vier Stockwerke runterzuklettern und in die Nacht zu verschwinden.

»Da bist du.« Steve schlingt mir den Arm um die Hüfte, und ich rieche seinen Knoblauch-Mundgeruch. »Im Frühling ist der Ausblick schöner. Siehst du den Baum da?«, Er zeigt auf ein trauriges kleines Gewächs mitten auf der Straße. »Da wachsen Kirschen dran. Schon mal Kirschen gepflückt?«

Beim Anblick des Baums kriege ich Nierenschmerzen. Er erinnert mich an Krankenhäuser. Sein Stamm steckt in einem Käfig, und zu beiden Seiten davon ist der Asphalt aufgerissen. Hat ihn jemand gepflanzt, nachdem der Asphalt gerissen ist? So ein winziger Baum kann wohl nicht so große Wurzeln haben, dass davon die Straße aufreißt.

»Weißte, in Japan gucken sie zu, wie die Kirschblüte nordwärts wandert, von Okinawa bis Tokio. Drei Monate dauert das. Von Süden bis Norden. Süden bis Norden, Baby.« Jetzt tut er es wieder, immer derselbe Trick: erst beleidigen, dann umso netter sein. Ich muss an seine Frau denken. Wie es ihr wohl geht, wenn sie an ihrem Lapsang Souchong nippt und sich fragt, wie lange die Blüten sich noch halten, bis sie auf Manchesters Straßen zu Matsch zerrieben werden.

»Wenn du das Ding rausbringst, werden so viele Schleimscheißer dir an die Wäsche wollen«, raunt Steve. »So ein verflucht versautes Buch.« Seine Hand wandert meinen Schenkel entlang, schiebt den Rocksaum ein Stück hoch. »Dann kriegst du, was du verdienst. Dann geben sie's dir richtig, Mädel.«

»Vielleicht will ich das gar nicht«, sage ich schaudernd. »Lass uns reingehen.«

Ich aß gerade ein Räucherlachs-Sandwich, als wir uns zum ersten Mal trafen. Es war elf Uhr vormittags, zu früh fürs

Mittagessen eigentlich, aber das machte nichts, denn er war schon besoffen.

»Ein Riesenhaufen Scheiße«, lallte er und schob eine Ausgabe der *Metro* zur Seite, so dass sie zwischen uns zu liegen kam. »Katastrophe hier, Riesenpleite da. Es ist alles so verflucht beschissen.«

Ich ließ mein Buch sinken, einen schlüpfrigen Henry-Miller-Roman, und lächelte, weil ich mich so nihilistisch fühlte.

»Steve«, sagte er und glättete mit tattrigen Händen sein Jackett. »Bisschen verkatert.«

Ich nickte, aß weiter und sah den Tauben zu, die in den Picadilly Gardens umherstolzierten. Ich spürte, dass Steve mich musterte. Er verzog das Gesicht, als mir Krümel auf die Tischplatte fielen.

»Bist bestimmt so 'ne Cappuccinotante«, sagte er schließlich und zeigte auf meine Tasse. »Ich trink guten alten Kaffee, schwarz. Kein Cappuccino und keine scheiß *Romane.*« Er zeigte auf das Buch in meiner Hand.

Ich hatte mir vormittags eine Ausstellung zu radikal feministischer Kunst angesehen, war dann am Kanal entlangspaziert und hatte mich auf ein bisschen Räucherlachs und Henry Miller in das *Pret a Manger* gesetzt. Er hatte recht. Was für ein prätentiöser Haufen Scheiße.

»Und, was ist los mit dir?«, fragte er. »Woher diese Trauerfresse?«

Ich lächelte wieder. So weit war es also schon gekommen. Dass der Alki mit Kotzeflecken am Kragen *mich* fragte, was mit mir nicht stimmte.

»Lass mich raten«, sagte er, ohne meine Antwort abzuwarten. »Unter dem Lack deiner kuschligen Mittelschichtsexistenz gammelt ein schlimmes Geheimnis. Was könnte es sein? Vaterkomplexe? Immer an den Falschen geraten? Oder, warte … Probleme, mit der Diss fertig zu werden?«

Seine Worte trafen mich. Einen Moment lang genoss ich den Schmerz. Dann atmete ich durch und sagte: »Das war das alte Gretchen. Das neue hat nur Probleme, mit dem Tag fertigzuwerden.«

»Wer ist Gretchen?«, fragte Steve.

»Das bin ich«, seufzte ich. »Ich habe von mir selbst in der dritten Person geredet.«

»Dritte Person«, lachte Steve. »Is' klar.« Wenn er lachte, wirkte er beinahe nett. Ich fragte mich, was er beruflich machte. Irgendeinen Bürojob wahrscheinlich. Rechtsanwalt. Nein. Vertriebler.

»Und du?«, fragte ich, »Was ist mir dir los?«

»Meine Frau ist eine Schlampe«, sagte er und sackte ein bisschen in sich zusammen. Die Kaffeemaschine war so laut, dass er fast schreien musste. »Aber ich kann sie nicht verlassen!«

»Warum nicht?«, rief ich zurück.

Steve verdrehte die Augen. »Schon mal betrogen worden?«, schrie er.

Ich musste an Leon und Mum denken. Wahrscheinlich war es nie wirklich passiert, aber bei dem Gedanken wurde mir schlecht. Dann fiel mir ein, wie oft ich andere betrogen hatte. Davon fühlte ich mich schuldig, aber übel war mir nicht. Ich schüttelte den Kopf.

Die Kaffeemaschine hörte auf, Bohnen zu mahlen, und Steve sagte leise: »Ich muss es ihr irgendwie heimzahlen.«

»Wie denn?«

Er sah auf mein Buch runter und bemerkte erst jetzt das erotische Cover. »Ich wette, du stehst auf dieses *Fifty-Shades*-Ding«, sagte er grinsend und beugte sich zu mir rüber. »Ich wette, du magst es *hart*.«

Ich hob meine Kaffeetasse. Das ist so ein Problem, das Schriftsteller haben. Ich hätte aufstehen und gehen sollen, aber ich war viel zu sehr damit beschäftigt, die Begegnung in gedruckte Worte zu transformieren. »Warum denkst du das?«, fragte ich.

Steve atmete mir schalen Whisky ins Gesicht. »Nur so ein Gefühl, Miss Cappuccino.«

Ich stellte die Tasse auf dem Buch so ab, dass sie die Brüste der nackten Frau verdeckte. »Erzähl mir von der Affäre deiner Frau«, sagte ich.

Er erzählte, und ich hörte zu, und das tat ich von da an jedes Mal, wenn wir uns trafen.

Bei keinem dieser Treffen ließ ich durchblicken, dass ich guten alten schwarzen Kaffee trank.

Steve schenkt uns einen Kahlua ein. »Der einzige Sprit, den sie nicht vermissen wird. Noch von Weihnachten. Schmeckt nach Babykotze«, sagt er und reicht mir ein großes Glas. »Runter damit.«

Ich sitze auf dem Sofa, trinke und lasse meine Knie eine Handbreit auseinanderkippen. Beim zweiten Treffen hat er mir gesagt, dass ihm das gefällt. Das hier ist das elfte Treffen. Ich kenne mich langsam aus.

Er macht den Fernseher an, und der Ton fährt zwischen uns. *Man vs. Food*. Eine Show über den widerlichsten Mann der Welt. In jeder Folge isst er einen deprimierend ähnlichen Haufen Brot, Fleisch, Schmonz und Käse, und zwar immer im Wettlauf mit der Zeit. Heute feuert ihn das Publikum dabei an, wie er das größte BLT-Sandwich der Welt in Angriff nimmt. Steve und ich sitzen nebeneinander und starren auf ein Riesenbrötchen, aus dem Remoulade quillt.

Schließlich dreht er sich zu mir um. »Du musst das in der

dritten Person erzählen«, sagt er. »In deinem Buch. Sonst denken alle, das handelt von dir.«

»Steve«, sage ich, ohne den Blick von dem fetten Mann im Fernsehen abzuwenden, »es *handelt* doch von mir.«

Er nimmt die Fernbedienung und drückt auf den roten Knopf. Unser Spiegelbild ist auf dem Schirm zu sehen. Mir fällt zum ersten Mal auf, dass Steve viel älter aussieht als 48. Ich frage mich, ob er über sein Alter gelogen hat. Ich habe das jedenfalls. Habe gesagt, ich sei 21. Jede Begegnung ist eine Gelegenheit, sich selbst neu zu erfinden.

Auf einem Korbsessel in der Ecke liegt ein handbesticktes Sofakissen. Ich frage mich, ob das ein Geschenk gewesen ist. Versuche mir das Gesicht von Steves Frau vorzustellen, als sie das Geschenkpapier aufgefaltet und den Stoff an die Brust gepresst hat. »Ich weiß nicht mal, wie sie heißt«, sage ich unvermittelt. »Dabei bin ich bei ihr zu Hause.«

»Trink deinen Kahlua«, sagt er. »In einer Stunde musst du hier raus.«

Steve ist jetzt erregt. Das merke ich genau. Im Hotel ist das auch schon passiert, als wir Gin aus der Minibar tranken und er davon redete, wie kaputt sie sei. Janine. So werde ich sie nennen. Passt zu ihr.

Ich will sagen, dass ich besser gehen sollte, dass ihm das hier nicht helfen wird, über die Affäre hinwegzukommen, dass diese klägliche Sparversion von SM mir nicht mehr wirklich was gibt. Aber er knallt sein Glas auf den Tisch und packt mich, dass mir der Kahlua auf die Strumpfhose schwappt. »Weiber«, knurrt er und knetet meinen Rücken. Ich glaube, er versucht mich zu streicheln. »Weiber sind so scheiße.« Es hört sich an, als ob er weint. »Ich liebe sie, Gretel. Was soll ich denn tun?«

Nach genau viereinhalb Minuten – ich kann das auf der

Uhr auf dem Kaminsims ablesen, gleich neben der Gänsefeder – hört er auf. Stürzt seinen Rest Kahlua runter. Wie ein Zehnjähriger, der vor dem Einschlafen seinen heißen Kakao ausschlürft und am Ende ordentlich rülpst.

»Bist du fertig?«, fragt er und starrt auf meine Brust.

Ich presse die Knie aneinander und schlage vor, noch ein bisschen *Man vs. Food* zu gucken, aber er sagt Nein. Er schnappt sich meine Hand und nimmt mich ins Schlafzimmer mit. Dort wühlt er auf Knien in einer Ecke des Kleiderschranks, die offensichtlich nicht seine ist.

Das Schlafzimmer ist behaglich eingerichtet. Mit zueinander passenden Kiefernmöbeln. Ordentliche Qualität, kein IKEA-Billigzeug. Neben dem Fenster sind Audrey-Hepburn-Postkarten an die Wand gekittet. Ein rotes Seidentuch hängt über dem Spiegel auf der Kommode. Auf dem Nachttisch liegt ein Stapel Biografien. Ich mag diese Frau. Steve hat recht; wir haben eine Menge gemeinsam.

Endlich ist er mit dem Herumwühlen fertig. »Zieh das hier an«, sagt er und drückt mir ein rosa Nachthemd in die Hand. Zumindest war es einmal rosa. Jetzt ist es grau-rosa verwaschen, wie die Innenseite einer Muschel. Auf dem Schild steht »St. Michael, Größe 10«. St. Michael hieß die Hausmarke bei Marks & Spencer, bevor sie Marks & Spencer hieß; dieses Hemd muss über zehn Jahre alt sein. »Zieh das an und komm ins Bett.«

»Steve. Du weißt doch, dass wir das nicht machen wollten. Darum geht es bei uns nicht.«

Er starrt mich angewidert an. Derselbe Ausdruck, der mich überhaupt erst dazu gebracht hat, mit ihm zu reden. »Okay«, murmele ich. »Ich gehe ins Bad.«

»Den Flur runter, ganz hinten.«

»Ich weiß. Ich hab dich pinkeln hören.«

Der Klositz ist hochgeklappt, und Steve hat nicht gespült. Seine Pisse ist ganz schön gelb für diese Tageszeit. Wahrscheinlich trinkt er zu wenig.

Ich ziehe meine Strickjacke aus, Hemd, Rock und Strumpfhose, und werfe alles auf einen Haufen. Dann streife ich das Nachthemd über, das nach Mottenkugeln riecht. Sie hat es lange nicht getragen. Vielleicht passt ihr Größe zehn nicht mehr. Mir passt zwölf. Das Hemd spannt über der Brust und schnürt sich am Bauch zu einer wenig schmeichelhaften waagerechten Falte.

Ich spritze mir Wasser ins Gesicht. Nehme mein Haarband raus. Lasse mein Haar ungekämmt auf die Schultern fallen. Schaue mich im Spiegel an. Die Falten, tiefer als sie es mit dreißig werden sollten. Ringe unter den Augen, Pickel vom vielen Feiern, irrer Blick. Ich öffne den Badezimmerschrank. *Lacôme. Clinique. Neal's Yard*. Ganz schön ehrgeiziges Zeug. So würde es bei mir aussehen, wenn ich pro Stunde fünf Pfund mehr verdienen würde. Und wenn es mir nicht so egal wäre.

Ich stelle mir vor, Janine zu sein, und lasse meine Finger über die Flaschen gleiten. Ich habe einen harten Arbeitstag hinter mir, meine Fußballen bringen mich um, mein Ehemann ist ein Arschloch, ich habe trockene Haut. Ich entscheide mich für *Clinique* und reibe große Kleckse davon auf meinen Hals, meine Schultern, meine Oberschenkel. Stelle mir vor, ich wäre ein dickes Stück Fleisch. Wir sind bei *Man vs. Food*, und ich reibe mich selbst mit Remoulade ein. Nur dass ich nicht nach Remoulade rieche, sondern nach … ich weiß nicht … Lavendel, Seeigel oder was. Als ich mir die Schenkel eincreme, mache ich mir noch mal bewusst, dass Sex nicht vorgesehen ist.

»Du willst bestimmt auf dem Boden rumkriechen, oder?«, fragte Steve, lockerte seine Krawatte und schenkte uns Gin aus der Minibar ein. »Mir den Dreck von den Stiefeln lecken und so.«

»Ich weiß nicht«, sagte ich. »Ein Gin tut es eigentlich auch.«

»Mit wie vielen Fremden bist du schon ins Hotel gegangen? Mit fünfzig? Hundert?« Er setzte sich neben mich aufs Bett.

»Mit ein paar«, sagte ich, genoss das ganz neue Gefühl, mit Steve in einem Hotelzimmer zu sein, und hoffte gleichzeitig, dass er sich zu nichts hinreißen lassen würde. Als wir uns die ersten paar Mal trafen, hatte ich an seinen Beleidigungen Spaß gehabt. Steve sagte Dinge, die ich selbst über mich dachte, und es war befreiend, sie endlich laut ausgesprochen zu hören. Mit der Zeit war ich dann aber unsicher geworden. Ich hatte nicht das Gefühl, dass dieses Rollenspiel uns beiden weiterhalf. Außerdem war Steves Frau genauso wenig eine Schlampe wie ich. Ich hätte nichts dagegen gehabt, zur Abwechslung mal als Heldin bezeichnet zu werden. Oder zumindest als Mensch.

Ich streifte leicht seine Hand. »Steve«, sagte ich. »Ich möchte, dass du dir mein Buch ansiehst.«

Ihm blieb der Mund offen stehen. Ich hätte genauso gut sagen könne, ich sei vom Mars.

»Es ist nur ein Entwurf. Es ist noch nicht fertig.«

»Warum denn ich?«, fragte er. »Ich hasse Bücher.«

»Weil ich weiß, dass du ehrlich sein wirst«, sagte ich, was allerdings gelogen war. Eigentlich wollte ich, dass er mich verstand. Natürlich war das ziemlich illusorisch.

Er stand auf und lief im Zimmer auf und ab. Berührte die abwischbaren Gardinen, fummelte an dem Kabel des Wasserkochers, nahm die Bibel in die Hand und warf sie auf das Sesselpolster. »Okay«, sagte er schließlich. »Ich lese dein Buch, wenn du für mich auch was tust.«

Ich starrte auf die Brandfall-Anweisungen an der Tür. »Und was?«

»Ich will, dass du mit zu mir kommst. Dir anguckst, wo die Schlampe schläft. Ich will dich bei mir zu Hause eine Schlampe nennen. Am besten in meinem Bett. Das wird mir helfen. Ehrlich.«

Ich schloss die Augen. Fragte mich, was Steve zu meinen Texten sagen würde. Ob sie ihn irgendwie überraschen könnten. Ihn erregen. Ob er Reue zeigen würde. »Okay«, sagte ich und setzte mich ein Stück auf.

Steve setzte sich wieder zu mir aufs Bett, diesmal etwas näher neben mich, und begann von »der Schlampe« zu reden. Manchmal verlor ich den Faden und wusste nicht mehr, ob er von mir sprach, von seiner Frau oder von der Frau im Allgemeinen.

Ich starre in die Kloschüssel, als stünde da die Zukunft geschrieben. Setze mich auf den Boden, um genauer hinzusehen. In der Pisse schwimmen zwei graue Haare. Ich spüre den Drang, meinen Finger reinzustecken, aber dann höre ich Steve im anderen Zimmer ungeduldig auf und ab marschieren.

Meine Sachen lasse ich auf dem Boden liegen und gehe ins Schlafzimmer, wo Steve auf ihrer Seite an der Bettkante steht. Er ist nackt.

»Steig rein«, sagt er und zeigt auf die Decken. Ich habe ihn noch nie ohne Kleidung gesehen. Es ist nicht schön. Ich steige ins Bett. Er sieht mich eine Weile schweigend an. »Deine Titten sind zu groß. Deine Titten sind verkehrt.«

Ich ziehe die Decke bis zum Kinn und spüre, wie mir die Röte den Hals hochkriecht.

»Du bist eine Nutte, Margaret.«

Margaret, das muss *sie* sein. Janine. »Nicht schlagen«, sage ich, was albern klingt, weil er mich noch nie geschlagen hat und weil ich vielleicht ganz gern mal geschlagen werden würde, nur ein bisschen, um die Leere loszuwerden.

»Sag, dass es dir leidtut«, sagt er.

»Es tut mir leid.«

»Sag, dass du es nie wieder tun wirst.«

»Ich werde es nie wieder tun.« Das ist schon besser; das ist das Skript, dem wir folgen sollten.

»Du Schlampe!«, platzt er heraus. »Du verfluchte Schlampe, Margaret.« Steve kriegt einen Ständer. Ich höre es an seiner Stimme, noch bevor ich es sehe.

»Ich werde dich nie wieder betrügen«, sage ich wenig überzeugend. »Ich schwör's.«

Seine Erektion bringt mich aus dem Konzept. Sie ist widerwärtig.

»Steve«, sage ich, weil ich plötzlich an den Tag unserer ersten Begegnung denken muss, als er Kotze am Kragen hängen hatte. »Hat sich beim Lesen deine Meinung über mich geändert?«

Steve sieht einfach durch mich durch. »Sag, dass du ein gutes Mädchen sein willst«, sagt er und wichst. »Sag, du bist eine weise alte Frau.«

Ich sage, dass es mir langsam reicht mit dieser ganzen Nummer.

»Sag, du bist eine Prinzessin«, stöhnt er. »Ein Supermodel. Sag, du bist meine Mama.«

Ich sage, ich muss jetzt los.

Er bricht auf dem Bett zusammen und weint. Diesmal versucht er es nicht mal zu verstecken. »Bitte schreib das nicht in dein scheiß Buch, Gretel«, winselt er.

»Grausamkeit und Schwäche sind so oft ein und dasselbe«, sage ich sanft, als sei das irgendwie eine Antwort, und gehe ins Bad. Dort ziehe ich meine Klamotten wieder an, pinkle auf seine Pisse obendrauf und spüle.

»Mach's gut, Steve!«, rufe ich.

»Ciao, Miss Cappuccino«, schluchzt er, und ich schließe die Tür.

Auf der Treppe kommt mir eine Frau entgegen. Sie hat kurzes schwarzes Haar und eine gerunzelte Stirn. Ob sie trockene Haut hat, kann ich nicht erkennen. Ich streife leicht ihren Jackenärmel, ohne dass sie es merkt.

Zum ersten Mal stelle ich mir die Frage, was Janine eigentlich in ihm sieht. Vielleicht ist sie dumm. Vielleicht ist sie traurig. Vielleicht hat sie Angst. Es ist nicht mein Leben, schätze ich. Ich muss das nicht verstehen.

Also höre ich auf, über ihr Leben nachzudenken, und denke stattdessen an meins. Nicht alles, was ich tue, braucht ein mögliches Thema für einen zukünftigen Roman zu sein. Ich muss mich nicht in peinliche Nummern versteigen, weil dabei die besten Sätze fallen.

Ich kann meine eigene Titelheldin sein. Aber auch in die dritte Person umschalten.

Auf der Straße, auf dem Weg in die Stadt, lausche ich dem Geräusch meiner Schritte auf dem Asphalt und schaue zu, wie vor mir die Straße aufreißt.

Begrenzte Träumer

Das war eine der Phrasen, die sie in der Stiftung gelernt hatten. Irgendjemandes Vorstellung von irgendjemand anderem.

Überforderte Mütter, die zu Burger King gehen und ihre Töchter wie Prinzessinnen kleiden. Die sich *Wer wird Millionär* ansehen – wenn die Kinder verdammt noch mal endlich schlafen – und die Antworten rauskrakeelen, als müssten sie nur laut genug schreien, und die dreißigtausend Pfund gingen an sie. Die jeden Juli eine Pauschalreise nach Marbella buchen und sich sagen: »Nächstes Jahr probieren wir es mal mit Griechenland«. Aber das tun sie nie.

Solche Leute nennt man begrenzte Träumer, und solche Leute gibt es nicht.

Die Mädchen hatten nur sehr kurz bei der Stiftung gearbeitet, von einer vielversprechenden Agentur dorthin vermittelt und mit Wochenfrist wieder entlassen.

Beide hatten ungewöhnliche Namen. Einer war eine Obstsorte. Der andere war deutsch; er verhedderte sich an der Zunge wie ein Mundvoll Häkelspitze. Am zweiten Tag nach dem Rausschmiss trafen sie sich in einer Bar. Sie wollten sich über ihre Meldung beim Arbeitsamt, über Steuergutschriften und Wohngeld unterhalten, über Dinge, die ihnen beiden Angst einjagten. Aber sobald sie sich sahen, wehte das alles aus ihren Köpfen davon.

Stattdessen tauschten sie Bücher, tranken Kaffee, malten mit Filzstiften seltsame Bilder und unterhielten sich über Drachen und Zungenküsse und die Vor- und Nachteile eines Neubeginns in Seattle. Sie redeten über Tarot-Karten und übers Filmemachen und darüber, wie viel Makellosigkeit man bei den Zähnen eines 35-Jährigen noch erwarten könne. Sie redeten über ihre bisherigen Freunde und die Freunde, die sie füreinander werden wollten.

Es war erst ihr drittes Gespräch. Beim ersten, in der Kantine, hatten sie die Idee verhandelt, für Geld ihre Körper zu verkaufen, vielleicht auch nur ihre Slips oder Strümpfe, aber nur, wenn es als feministisch zählte und im Namen der Kunst geschah.

Das zweite Mal war bei einem Literaturevent mit dem amerikanischen Kultautor Tao Lin. Alle Autoren bei dem Event schrieben nur im Präsens und benutzten ständig Markennamen. Sie erzählten von einer allgemeinen Leere, und manchmal war diese Leere lustig, und manchmal war sie schlimmer als traurig, nämlich einfach leer.

Die Mädchen hatten das Event ein bisschen gehasst. Sie saßen ganz hinten und stöhnten, und die eine trat aus Versehen Tao Lin in den Hintern, weil er direkt vor ihnen saß.

Sie hatten es aber auch ein bisschen gemocht, und das hatte sie notgeil und ruhelos gemacht.

Heute waren sie froh, ihre Filzstifte dabei zu haben. Schreibwaren waren ohne Schuld. Schreibwaren waren präverbal. Sie waren Prä-Liebesbriefe und Prä-peinliche-Zeichnungen-von-der-eigenen-Hand. Sie waren Prä-Lass-uns-doch-die-Bücher-und-CDs-mit-unseren-Initialen-kennzeichen und Prä-Ich-hab-auf-der-Rechnung-mal-alle-Telefonnummern-unterstrichen-die-ich-problematisch finde Prä-Warum-ich-Schluss-machen-will-Traktate und Prä-Aufzählung-von-allem-was-du-mir-angetan-hast.

Jeder schien jeden für autistisch zu halten in letzter Zeit.

Die Mädchen unterhielten sich also über Freundschaft, und dann über den *Magic Pixie Dream Girl*-Artikel, den sie beide gelesen hatten. Männer, hieß es darin, verliebten sich in Zauberfeen-Traumfrauen: in Frauen, die an Zooey Deschanel erinnern, die Cupcakes backen und durch den Regen tanzen und Fahrräder mit Weidenkörben spazieren fahren, die BHs mit Eingriff tragen und beim Kirschkernweitspucken gewinnen. In solche Frauen verlieben sich Männer, weil sie sich in ein Ideal verlieben, eine Figur aus einem Film oder Roman, nicht in eine echte Frau, so eine mit einer Warze, die sie nach sieben Jahren immer noch nicht wegbekommen hat, eine Frau, die immer kurz vor dem Einschlafen einen fahren lässt, die eine Liste ihrer Fickbegegnungen führt, in der steht, wie schlecht sie waren, und die jemanden dreimal ins Gesicht geschlagen hat, der nur Hallo sagen wollte.

Die Mädchen redeten über Ananas und Avocados und über ihre Lieblingsversion der Farbe Blau und ob man sie besser Teal oder Cyan nennen sollte, und wie man Teal und Cyan voneinander unterscheiden konnte. Sie redeten über Kate Zambreno und Sheila Heti und Miranda July, und wie toll sie es fanden, dass Sheila Heti und Miranda July befreundet waren, und wie toll es erst mal wäre, selbst mit Sheila Heti und Miranda July befreundet zu sein. Oder mit Kate Zambreno. Sie redeten über Polyamorie. Und sie redeten über alles, einfach alles andere außer Meldungen beim Arbeitsamt, Steuergutschriften, Wohngeld und wie es in der echten Welt weitergehen sollte, wenn dieser Tag vorüber war.

Das Mädchen mit dem Obstsorten-Namen – nennen wir sie Banane – kritzelte auf einem Magazin, das sie herausgab: grellorange Filzstiftblasen neben einem collagierten weiblichen Torso.

Die andere, die mit dem deutschen Namen – sagen wir, sie heißt Schmidt –, war die Schweigsamere der beiden. Ihr Hirn vollführte Achter-Loopings. Es war ihr zweiter Tag auf Antidepressiva, und die Achter waren besser, als was ihr Hirn ohne Medikamente vollführte. Sie malte mit Lila ein Brainstorming-Diagramm, und der Titel lautete: »Was ich von meinem Leben erwarte«. Sie war noch nicht weiter gekommen als »einen Bademantel«, und jetzt befühlte sie ihren Gaumen mit dem Finger und stellte sich vor, wie ihre Freundin nackt aussähe.

»Das Beste an dem Ganzen ist doch«, sagte Banane und drückte mit dem Filzstift so fest auf, dass sie ein Loch in die Seite bohrte, »dass wir alle Zeit der Welt haben. Keine Grenzen.«

Schmidt überlegte, wie lang sich zwei Jahrzehnte anfühlen mochten, und dass sie mit fünfzig so gut wie tot sein würde. Sie fragte sich, womit sie den Rest ihres Lebens verbringen sollte. Es fühlte sich an, als sei sie schon angekommen, wo auch immer sie hingewollt hatte, und sie hatte keine Ahnung, was als Nächstes kommen sollte, bis auf diesen dämlichen Bademantel.

Trotzdem nickte sie, und dabei fiel ihr ein Tag im Pfadfinderlager vor zwanzig Jahren wieder ein – *so* fühlen sich also zwei Jahrzehnte an –, wo alte Frauen ihr angelaufenes Silber mitbringen durften, und manche Teile waren so alt, dass man nichts machen konnte; es war unmöglich, ihren Glanz hervorzupolieren.

Drei Stunden nach ihrer Ankunft brachen sie auf.

Schmidt hatte einen Arzttermin, und nach all dem Gerede über Freundschaft lag es nahe, gemeinsam hinzugehen. Sie gingen zu Fuß zu der Praxis, und Schmidt erzählte der Freundin von ihrer Schwester. Sie sagte, ihre Schwester sei vor sieben Wochen eingewiesen worden, und jedes Wort klang verkehrt, und dann wurde Schmidt ins Sprechzimmer gerufen.

Als sie wieder gingen, lief Schmidts Schwester in einer Zwangsjacke neben ihnen her, kickte Steine durch die Luft und drohte sich umzubringen.

War es zu früh gewesen, die eingewiesene Schwester zu erwähnen? Banane hatte auf dem Ellbogen einen Geist eintätowiert. Schmidt hoffte, dass das ein gutes Zeichen war.

Irgendwann fiel Schmidts Schwester hinter ihnen zurück, kam nicht mehr nach, und die Mädchen suchten sich einen neuen Ort zum Reden, eine neue Bar mit einem Tisch davor, perfekt für neue Filzstiftbilder, und auf einem Schild stand »frische Limonade«.

Sie setzten sich neben einen verlassenen Roller und eine Spielzeugpistole. Schmidt streckte die Arme und fragte sich, ob in der Sonne ihre Sommersprossen wiederkämen. Banane witzelte über den Müllhaufen hinter ihr, sagte, er passe zu ihr, sie sähe wie Stig von der Müllkippe aus, und sie lachten.

»Entschuldigung«, sagte eine Kellnerin, ungefähr in ihrem Alter, mit einem Lippenpiercing und einem Ausdruck im Gesicht, als hätten sie in einem anderen Leben, unter anderen Umständen Freundinnen sein können. »Nach fünf darf hier keiner mehr draußen sitzen. Möchtet ihr vielleicht rein?«

Banane starrte auf die Spielzeugpistole und sagte: »Wir gehen woanders hin.«

Die Kellnerin ging. Sie trug keine Tattoos, schleppte keine Geister hinter sich her. Die Mädchen schwiegen.

»Ich glaube, ich sollte nach Hause«, sagte Banane. »Mein Mann fragt sich bestimmt schon, wo ich bin.«

Schmidts Hirn vollführte einen panischen Achter.

Sie liefen zur Straßenbahnhaltestelle und redeten über Bananes Mann, was er beruflich machte und wie seltsam es war, dass sie ihre Jobs nicht mehr hatten. Sie beschlossen, nächstes Mal, wenn sie sich trafen, über das Arbeitsamt zu reden, über Steuergutschriften und Wohngeld. Sie versicherten einander, es würde *sich schon was ergeben*, sie hätten *jede Menge Zeit*.

Vor dem Morrissons, hinter dem Haltestellenhäuschen, sagte Banane, sie bekäme gerade einen dicken Eiterpickel. Schmidt sagte, sie sei froh, jetzt in Manchester zu wohnen, sie vermisse Glasgow inzwischen nicht mehr so sehr, und sie bräuchte für den Abend noch einen Kasten Bier.

Sie umarmten sich und küssten die Luft neben ihren linken Ohren. Die Luft, die geküsste, zischte oder knallte nicht. Sie blieb einfach nur Luft, die Luft, die sie beide seit jeher kannten, und sie waren keine Magic Pixie Dream Girls, und alles hatte seine Grenzen, auch sie selbst, und sie gingen beide ihrer Wege.

Wie werde ich alkoholkranker Schriftsteller

Eine Anleitung in zwölf Schritten

1. Stecke dir Ziele

So viel steht fest: Alkoholkranker Schriftsteller wird man nicht über Nacht. Dazu braucht es vollen Einsatz und die Bereitschaft, beträchtliche Mengen Zeit und Geld zu investieren.

Ich heiße Gretchen, und ich bin eine alkoholkranke Schriftstellerin.

Das zu erreichen hat viel Übung gekostet. Es begann mit dem ersten Drink, mit meinem Dad auf dem Wohnzimmersofa, soweit ich weiß, als ich noch ein Baby war. Meine Eltern behaupten, mein erstes Wort sei »Bier« gewesen. Und mein zweites »mehr«. Dann war da, mit sieben, der Fingerhut Wein zum Sonntagsbraten. Mit zwölf folgte Gin, in Limoflaschen umgefüllt und vor der Mathe-Doppelstunde im Schulklo weggenuckelt. Mit fünfzehn: Southern Comfort hinter dem Schreibwarenladen. Mit siebzehn Jahren, allein, so allein, trank ich White Lightning und schrieb Gedichte im Stil von Silvia Plath.

2. Kenne die Trinkgewohnheiten deiner Vorbilder

Jeder Schriftsteller pflegt beim Trinken seinen eigenen, unverwechselbaren Stil. Besonders für den Anfänger ist es lohnend, von den Großen zu lernen.

Nehmen wir Hemingway, der gesagt haben soll: »Schreibe

betrunken, überarbeite nüchtern.« Die Leber ragte ihm aus dem Bauch heraus. Oder Dorothy Parker, die ihren Scotch in stetigen kleinen Schlucken trank, die selten betrunken und noch seltener nüchtern war. Raymond Chandler, der Alkohol mit der Liebe verglich: erst magisch, dann intim, dann Routine. Beim Abschluss der *Blauen Dahlie* ernährte er sich von Alkohol und Glukose-Injektionen. John Berryman, der einen Roman über den Entzug schreiben wollte, dann aufgab und von einer Brücke sprang. Raymond Carver, der den Alkohol aufgab und ein Jahr lang nichts schreiben konnte – was er mit Bingo und Donuts kompensierte. Stephen King, dessen Familie ihm Einhalt gebot. Und Dylan Thomas, der einmal prahlte, er habe achtzehn Whiskys hintereinander weggekippt. Fünf Tage später war er tot.

3. Ein guter Trinker trinkt jeden Tag

Es bringt nichts, sich ein-, zweimal zu beschwipsen und dann doch lieber wieder im Einkaufszentrum abzuhängen, einen Tennisball gegen die Wand zu werfen oder für das Klavierexamen zu üben. Wer ernsthaft alkoholkranker Schriftsteller werden will, braucht die richtige Einstellung, und zwar von Anfang an.

Brillenträger zu sein erleichtert die Sache. Ähnlich förderlich sind verhasste Sommersprossen, Angst vorm Essen in der Öffentlichkeit oder eine Haarfarbe, die genau der falsche Braunton ist. Was auch immer dir das Gefühl gibt, anders zu sein, was dich dazu treibt, zu behaupten, deine Lieblingslektüre sei »eine Mischung aus *Der Fänger im Roggen* und *Der Fremde*«. Was dafür sorgt, dass du neben der Lüftung in der Rückwand der Personalkantine Haikus schreibst, in denen jemand lebendig begraben ist, und als Wasser getarnten Whisky säufst, während deine Kolleginnen sich über Brad Pitt und Slim Fast unterhalten.

Deren Leben ist nichts für dich. Schreib du deine Haikus, und nach jedem 5-7-5 trink einen ordentlichen Schluck. Einen Schluck, der dir im Magen brennt und das Kreischen in deinem Kopf auf ein grimmiges Flüstern runterdimmt.

4. Trink morgens

Kurz nach dem Aufstehen ist die Fähigkeit zur Selbstkritik am schwächsten ausgeprägt, und das macht den Morgen zu der idealen Tageszeit, um den Weinkarton unterm Bett hervorzuholen. Nimm ihn mit in die Dusche. Keine Ahnung, was letzte Nacht gelaufen ist? Kein Problem. Du hast ja jetzt den Karton.

5. Trink spontan

Es ist wichtig, beim Trinken einen Rhythmus zu entwickeln. Trinke zum Beispiel zwei Stunden am Vormittag, spaziere zum Getränkeladen, trink nachmittags wieder drei Stunden, schlingere zum Getränkeladen, verbringe abends fünf Stunden mit Trinken, torkle zum Getränkeladen, versuche ein bisschen zu schreiben und kollabiere. Hin und wieder ist es aber auch hilfreich, das Schema aufzubrechen. Lass deine Komfortzone hinter dir und trink auch dann, wenn du nicht in der Stimmung bist. Dabei können interessante Ergebnisse zustande kommen. (Keine Sorge, man kann auch im Sommer lange Ärmel tragen.)

6. Trink, was du kennst

Dieser Merksatz wird in Ratgebern überstrapaziert, ist aber nach wie vor wiederholenswert: *Trink, was du kennst.* Hol dir täglich auf dem Rückweg von der Arbeit eine Flasche Fairtrade-Merlot. Er ist nicht ganz billig – £5,49 kostet er –, schon von daher wird dich niemand verdächtigen, ein Alkoholproblem zu haben.

- Er passt so gut zum Abendessen.
- Er ist für dich und deinen imaginären Geliebten.
- Du hast ihn dir verdient, weil der Tag (mal wieder) so stressig war.
- Es ist das letzte Mal, und dann machst du reinen Tisch, ganz bestimmt.
- Nur noch diese eine Flasche (und ein paar Dosen Stella), dann bist du endlich mit deiner verdammten Geschichte durch.
- Trinken steigert die Kreativität.
- Es baut deine Hemmungen ab.
- Es ist heilsam für dich.
- Es ist fairtrade.
- Es ist quasi eine gute Tat.

7. Trinken heißt weitertrinken

Du hattest genug? Aber nicht doch. Trink weiter. Trink noch mal von vorn, bis du im Hinterzimmer der Bar dein Schlafanzugoberteil mit Ale vollkleckerst und den (sicher ganz unbedeutenden) Brief von der Bank mit spinnengliedriger Prosa überschreibst.

Spüre, wie das Genie dein Schreibgerät durchströmt.

Stephen Hawking zufolge bedeutet es, wenn sie ins Weltall fliegt, dass bei ihrer Rückkehr ihr Sommerflieder bessere Chancen hätte auszutreiben als sie. Ihr wunderschöner lila Sommerflieder wird wie eine schwerkraftbeschwerte Pflanze aus der Zukunft sein … VERDAMMTE AXT, jetzt reicht es mit dir und deinem GELIEBTEN SOMMERFLIEDER. Wir wissen, dass dich das alles einen Scheiß interessiert. Wir wissen, dass du genug Gelegenheiten hattest, auszubreiten, wie WICHTIG dir jeder einzelne VERSCHISSENE SCHMETTERLING ist, der je diese BEKACKTE PFLANZE angeflogen hat.

Es ist das Beste, das du je geschrieben hast. Es ist … Sperrstunde.

Dieser Hauseingang sieht gemütlich aus. Ganz schön kalt hier draußen. Da kommt so ein Typ im Trainingsanzug auf dich zu.

8. Trinke wie kurz vor der Deadline

Ein bisschen Druck hat noch niemandem geschadet. Das Zuhause verlieren, deinen Dad verlieren, gefeuert werden, im Feuer eingeschlossen sein, Freunde verprellen, die Promotion vergeigen, eine Borderline-Diagnose kriegen, keine bessere Diagnose abbekommen, ein Selbstmordversuch deiner Schwester, ein Nervenzusammenbruch deiner Mum, noch jede Menge Briefe von der Bank – das alles sind Dinge, die dir beim Schreiben und beim Trinken auf die Sprünge helfen. Aber denk daran, so verletzlich du dich auch fühlen magst:

9. Lerne mit Kritik umzugehen

Mit Kritik müssen wir alle leben. Und je mehr du trinkst – je mehr du damit an die Öffentlichkeit gehst –, desto wahrscheinlicher wird es, dass dir früher oder später Kritik entgegenschlägt. Das Gute ist, dass es dich nur dazu anspornen wird, noch mehr und noch zielstrebiger zu trinken. Eine schlechte Blog-Rezension kann zum Beispiel einen dreitägigen Absturz zur Folge haben. Ein Verriss in der überregionalen Presse führt direkt in die Notaufnahme. Auch von der überregionalen Presse ignoriert zu werden kann mitunter in die Notaufnahme führen.

10. Meide Klischees

Meide sie wie die Pest.

Jeder alkoholkranke Schriftsteller geht seinen eigenen, individuellen Weg. Du bist eine Schneeflocke, die einzige deiner Art, nur du weinst um vergossenen Cider und offene Stromrechnungen. Dein letzter Text ergab keinen Sinn, und auf Twitter hast du allen gesagt, dass du sterben willst. Lass dich nicht beirren. Die Erlösung kostet nur £ 5,49. *Es ist fairtrade!*

11. Pass auf, dass du nicht den Faden verlierst

Ich heiße Gretchen. Und ich bin eine alkoholkranke Schriftstellerin.

In letzter Zeit habe ich den Faden verloren, fürchte ich. Ich bin zu meiner Ärztin gegangen und habe gesagt, dass ich nicht mehr schreiben kann. Sie fragte, wie lange das schon so sei. Zu welcher Tageszeit es mir am schlechtesten gehe. Ob ich Freunde hätte. Seit wann ich trinke.

Sie verließ den Raum und kam in Begleitung einer rothaarigen Frau zurück. »Ich bin Debbie«, sagte die Frau. »Ich bin von der Alkoholberatungsstelle.«

Debbie und ich gingen eine Liste von Fragen durch.

Ihr erster Drink?

Keine Ahnung.

Keine Ahnung?

Ich habe schon immer getrunken.

Schon immer?

Mein erstes Wort war »Bier«.

Wirklich, Gretchen?

Ja, Debbie. Ganz im Ernst.

[Debbie macht sich Notizen.] *Wie viel trinken Sie?*

Keine Ahnung. Zu viel.

Glauben Sie, dass Sie aufhören könnten?

[Tränen.] Nein, bitte, nicht aufhören, bitte.

Sie gab mir ein Selbsthilfebuch für Alkoholiker. Es war mit Bildern von Drinks illustriert. Die Drinks hatten alle Gesichter. Einige grinsten. Andere grinsten nicht. Sie waren alle total bekloppt.

Debbie bat mich, ein Trinktagebuch zu führen, um »einen Anhaltspunkt zu kriegen, wie ernst es ist«. Die empfohlene Maximaldosis Alkohol lag für Frauen bei 14 Einheiten in einer Woche. Ich bemühte mich, wenig zu trinken, und kam in der Woche danach auf 67,3.

Das Tagebuch war mein erster lesbarer Text seit langer Zeit.

Seitdem trinke ich keinen Alkohol mehr. Ich bin seit dreiundvierzig Tagen trocken. Meine Drogen sind momentan Milchshakes und Cashewkerne und Cola Light und Räucherstäbchen und Rumhüpfen und Käse. Und neue Tattoos. In den Miesen bin ich immer noch.

Alle zwei Wochen muss ich in die Klinik. Manchmal nehme ich im Therapiezentrum an Selbsthilfegruppen teil. Ich schlucke täglich sechs Tabletten, die gegen die Entzugserscheinungen helfen sollen. Ich kriege Durchfall davon. Aber helfen tun sie. Ein bisschen.

12. Lerne die Regeln … und dann lerne, sie zu brechen

Das Tolle an dem Dasein als alkoholkranker Schriftsteller ist, dass du irgendwann nicht mehr trinken musst, um deinen Status zu behalten. Einmal alkoholkranker Schriftsteller, immer alkoholkranker Schriftsteller. Es sei denn, du hörtest auf zu schreiben.

Aber auch wenn etliche Schriftsteller seit Jahren nüchtern sind, ist Abstinenz alles andere als ein Kinderspiel. Da wären zum Beispiel die Entzugserscheinungen und die Reaktionen der Kollegen, wenn du ihnen sagst, dass du nicht mehr trinkst.

Kann sein, dass du Freunde verlierst. Dass du Angst kriegst, dich eingesperrt fühlst in deinem Kopf, dass du Ausgehen hasst und Zuhausebleiben scheiße findest und den Menschen verachtest, zu dem du geworden bist. Kann sein, dass es wie ein Vortrag klingt, wenn du mit deinen Freunden redest. Als gäbe es wirklich zwölf Schritte, die dich hingeführt haben, wo du jetzt bist, und als seist du irgendwie qualifiziert, allen anderen den Weg zu weisen.

Aber wenn du tatsächlich alkoholkranker Schriftsteller bist und es tatsächlich schaffst, trotzdem nüchtern zu bleiben, dann kannst du vielleicht, nur vielleicht, wieder ganz werden, kannst schreiben – und *richtig* üblen Durchfall kriegen – und kannst noch eine Weile weiterleben.

Und wenn dann doch alles schiefläuft, wenn du rückfällig wirst, deine Leber zerstörst, deine Wohnung, deine Freunde, deinen Verstand verlierst, dann denk daran, was der Regisseur immer sagte, wenn du damals in dem Stück von Sarah Kane den Text durcheinanderbrachtest. Vergiss es und mach weiter. Mehr ist dazu nicht zu sagen. Vergiss es und mach weiter.

Wie jeder andere

Dieser Mund ist wie jeder andere. Er flüstert süße Nichtigkeiten, erzählt schreckliche Lügen, knutscht an betrunkenen Samstagabenden Menschen, die ihm nichts bedeuten. Dieser Mund ist bei seinem Eheschwur hackevoll. Er atmet Whiskydunst, stottert und stammelt, er stockt, wenn er etwas versprechen soll, das er sowieso nicht halten kann. Es ist der Mund meines Vaters. Am Hochzeitstag sagt er das Wort »Liebe«. Und trotz allem ist das so gemeint.

Dieser Mund ist wie jeder andere. Er singt Schlaflieder und er schreit. Er hat eine Narbe auf der Oberlippe, weiß aber erst seit kurzem, wie sich echter Schmerz anfühlt. Er singt mit vor Trauer spröder Stimme die Songs der Dire Straits. Er knutscht an betrunkenen Samstagabenden Menschen, die ihm nichts bedeuten. Dieser Mund ist auf Rache aus. Es ist der Mund meiner Mutter. »Ich habe nichts verbrochen«, erklärt mir der Mund am Telefon auf der Rückfahrt nach Süden. »Erzähl es nicht deinem Vater.«

Auch dieser Mund ist wie jeder andere. Er lacht und er wird von Tränen überströmt. Er nennt Menschen »böse«, und er sagt: »Hast du das gehört? Was ist damit? Du glaubst, ich hab mir das ausgedacht, oder? Werde ich jetzt verrückt?« Er redet kindlich, um seine Wut zu verbergen. Er sagt manchmal die schönsten Dinge, die man sich überhaupt vorstellen kann. Dieser Mund, der von allen auf der ganzen Welt meinem Mund am ähnlichsten ist, der Mund meiner Schwester, sagt »tot«.

Dieser Mund, selbst dieser hier, meiner, ist wie jeder andere Mund. Er rülpst und rezitiert Gedichte. Er flucht in der Gegenwart von Kindern und er benutzt zu viele Verstärker-Worte, obwohl er weiß, wie nutzlos sie sind. Er sagt *absolut widerlich* und *total unfair* und *so gemein*. Er hat im Lauf der Zeit fünf Zahnspangen getragen, darunter einen Außenbogen, und hat sich nie so ganz davon erholt. Er küsst viel öfter nachts als am Morgen. Er sagt wieder und wieder und wieder »Es tut mir leid«. Er sagt »Nie wieder«. Er sagt »Oops«. Er sagt »Tut mir leid«. Oops. Tut mir leid.

Ihr wisst schon, was kommt: Dieser Mund ist auch nicht anders als die anderen. Es ist der Mund des großen Bruders, den ich nie hatte. Er gibt mir Ratschläge, wie sie nur große Brüder geben können. Er sagt Sachen wie: »Keine Sorge, deshalb bist du noch lange kein schlechter Mensch.« Und »Rate mal, wer dich am Wochenende besuchen kommt?« Und »Fahr mit mir in die Berge, du siehst aus, als bräuchtest du 'ne Pause.« Ab und zu, spät abends, nach dem dritten Glas Wein, sagt er: »Ich habe dein Buch gelesen. Dad wäre so beeindruckt. Ich bin ganz schön stolz auf dich.« Wenn ich, wie so oft, meine Flucht vorbereite, sagt er: »Pass auf dich auf, kleine Schwester. Wir sehen uns wieder, im nächsten Leben.«

Das sagen nämlich alle Münder, wenn man nur ganz genau hinhört. Wir sehen uns wieder, im nächsten Leben. Bis dann, wir sehen uns wieder.

Wie (wenn) du

Wenn du nur den richtigen Soundtrack hast, ist der Heimweg im Regen nicht schlimm. Selbst im November, selbst nach einem flauen Arbeitstag, wenn du hungrig und müde bist und frierst. Selbst wenn das Loch in der Sohle deines linken Schuhs allmählich Wasser zieht. Vielleicht ist das sogar genau das, was du brauchst, um zu merken, wie sehr du am Leben hängst.

Na komm, dreh die Musik ein bisschen auf!

Wenn du am Pub an der Ecke vorbeispazierst, dann riech die Pommes, die Scampi, den Essig und das schale Bier. Schau dir die Besoffenen an, die für eine schnelle Kippe in der Kälte lungern. Gönn dir einen Schluck verrauchte Luft und sei überrascht, wie gut sie dir tut.

Nimm die Abkürzung über den Campus. Stell dir vor, du seist Akademikerin mit einem langen, gestreiften Halstuch und einer altmodischen Frisur. Sei erleichtert, dass das hinter dir liegt. Bemerke, wie der Himmel sich zuzieht; die Wolken sind beinahe violett. Auf dem Weg am Englisch-Institut vorbei denkst du an dieselbe Zeit vor einem Jahr. Erinnerst dich, wie schlecht du dich fühltest. Als seist du mit allem am Ende. Als könntest du nicht mal mehr gehen, weil du verlernt hättest, wie man sich bewegt.

Und nun sieh dich heute. Nein wirklich: Sieh hin. Sieh deine Hände, wie sie an deinen Seiten herunterhängen. Balle sie zu Fäusten. Und lass locker. Sieh, wie deine Beine vorwärts schreiten: links, rechts, links, rechts, so zielgerichtet.

Stoß einen bedeutungsvollen Seufzer aus.

Mach Platz und lass ein junges Paar vorbeispazieren. Beobachte, wie eng sie sich aneinanderschmiegen. Sie werden lange, lange zusammen bleiben. Oder nicht. Probier's mit einem Lächeln.

Dreh nach links ab.

Denk an deine frühere Wohnung am Ende dieser Straße, dieses hässliche Loch unterm Dach mit dem dunklen, versifften Teppich und der lärmenden Lüftung, derentwegen du kaum in die Küche gegangen bist. Erinnere dich, wie du an deinem Schreibtisch von einer Seilbahn phantasiert hast, die vom Schlafzimmerfenster in das Krankenhaus gegenüber führen sollte. Lache darüber. Das ist fast drei Jahre her. Vom Fenster deiner neuen Wohnung schaust du auf eine Bushaltestelle.

Geh geradeaus weiter, am Friseur vorbei, dem Kiosk und dem Tiefkühlshop. Auf deinem Player folgt auf einen deiner Lieblingssongs ein weiterer Lieblingssong. Sieh hoch. Sieh, wie die Antennen sich auf den Dächern zusammendrängen. Denk an die gewaltigen Informationsmassen, die jede von ihnen durchströmen. Und denk daran, wie sehr du Dinge wie Antennen vermissen wirst, wenn du einmal nicht mehr bist.

Was sollst du zum Abendbrot essen?

Vor dem Leihhaus telefoniert jemand. Frag dich, wer er ist und was ihn treibt. Geh weiter. Sieh auf die Uhr an der Fassade der Bibliothek. Sie zeigt dieselbe Zeit wie sonst, ist für immer auf Viertel vor sechs hängengeblieben. Freu dich: Das ist wunderbar. Die tatsächliche Uhrzeit ist zwanzig nach fünf.

Bieg nach rechts in eine feierabendvolle Straße ein. Fass in die Tasche und regle an deinem Player die Lautstärke hoch. Nicke mit dem Kopf, wenn der Gitarrenpart beginnt. Spüre, wie dein Herz sich vor Freude weitet.

Geh an Tesco vorbei.

Vor dem Postamt weint ein Mädchen. Ein Mann im Dufflecoat zieht ihr eine Grimasse. Fühle einen scharfen Schmerz und sehne dich nach einem Gespräch mit deinem Vater. Leg den Kopf zurück und spür die Regentropfen auf deinem Mund.

Denk an die Nacht zurück, als du eine halbe Flasche Schlaftabletten genommen hast. Sie waren pflanzlich und haben überhaupt nicht müde gemacht. Im Gegenteil – sie waren mit Saccharose überzogen, und du kriegtest davon einen Zuckerflash, der dich stundenlang nicht schlafen ließ. Pass auf, dass du nicht vor dem Heimwerkerladen über eine Leiter stolperst. Der Lieblingspart deines Lieblingssongs beginnt. Schau durchs Fenster auf eine Dose Lack. Fühle eine plötzliche Welle der Zärtlichkeit für Lackgebinde.

Tritt in diese Pfütze, einfach nur so.

Am Ende dieser Straße liegt dein Haus. Überlege, rechts davon den kleinen Seitenstraßen zu folgen, um zu sehen, wohin sie dich führen. Befürchte dann aber, deine Stimmung könnte kippen. Stell dir vor, auf dem Wohnzimmerboden zu liegen, den Mantel noch an und die Kopfhörer im Ohr, und an die Decke zu starren. Geh weiter. Bolognese zum Abendbrot. Schau mal, da läuft ein Hund.

Versuch an der Ampel zu erraten, in wie vielen Sekunden sie auf grün umspringt. Vertue dich. Zweimal. Geh rüber.

Greif in deine Tasche, um die Schlüssel rauszuholen. Bevor du aufschließt, halt inne.

Sieh auf den Weg zurück, den du gekommen bist. Merk

dir alles, von den Dachantennen bis runter zum Gehwegpflaster. Frag dich einen Moment lang, warum die Menschen mit den Regenschirmen am unglücklichsten wirken. Dann sieh nach oben, genau in dem Moment, wo dein Lieblingssong verklingt. Lausche auf die Leere zwischen den Songs. Denk daran, wie wenig du sterben willst.

Und atme.

Atme, als seien Atemzüge unerschöpflich. Als gingen sie dir niemals aus.

Du bist schön

In der Woche, in der ich beschloss, meine Wut rauszulassen, platzte in meinem Auge ein Blutgefäß.

> Wir wollten uns nur mal melden, weil da diese Kristalle waren und uns an dich erinnert haben.

Das mit dem Blutgefäß war mir bis dahin noch nie passiert. Anfangs tat es weh, dann hatte es etwas Befriedigendes, und dann war es ein perfekter Anblick, wie das Rot meinen Augapfel überwölkte.

> Wir wollten uns nur mal melden, weil wir ein paar Cashewkerne zu Eiscreme machen wollen und dachten, du hättest vielleicht Lust auf einen Snack.

Zweimal hatten wir zusammen getanzt, in den ruhigsten Phasen unseres Kurses – unsere Körper aneinandergepresst, glitschig vom Schweiß, tastende Hände und Atemzüge wie das Meer. Nach dem zweiten Mal gingen wir in ein vegetarisches Café. Helmut nahm die Suppe, weil sie als einziges Gericht auf der Karte spirituell unbedenklich war. Ich nahm eine Flasche Wasser, weil ich fürchtete, meine Auswahl könnte meinen Charakter verraten.

Wir wollten uns nur mal melden, um dir zu sagen: Du bist schön, und du wirst geliebt.

Helmut war an dem Morgen auf einen Berg gestiegen. Er hatte seine Engel mitgenommen, sagte er, sich auf einen Stein gesetzt und sich mit ihnen unterhalten.

»Du meinst, es gibt Engel?«

»Man muss nur fest genug daran glauben«, sagte er und zwinkerte mir zu. Er aß seine Suppe mit geschlossenen Augen.

Im Bett zogen wir sofort unsere Klamotten aus. Helmut hatte gebräunte Haut und dunkle Brustwarzen. Seine drei langen Halsketten hingen beim Küssen auf mich herab, und er leckte meinen Körper wie ein Tier, das eine Wunde reinigt. Über ihm funkelte meine Lichterkette.

»Ich habe Angst«, sagte er und rückte von mir ab. »Ich habe Angst, mit dir zu schlafen.«

Ich sah ihm in die Augen, erblickte sein inneres Kind und sagte: »Es ist okay. Du bist schön.«

Fließen *ist nur da, um reinzukommen. Nervosität und Verlegenheit, weil du plötzlich stocknüchtern mit diesen vierzig Fremden im Gemeindesaal stehst. Angst vor Berührung, Angst, alles falsch zu machen.*

Jeder Mensch, in jeder Form und jedem Alter, kann bei einem Fünf-Rhythmen-Tanzkurs tanzen. Keine Bewegung ist hier verboten, dem Körper sollte nichts verweigert werden, was er zum Ausdruck bringen will. Hör auf die Musik, die bis in dein Herz vordringt. Lass die Rhythmen sich in dir bewegen.

Deine Beine sind zu dick.

Deine Arme sind zu lang.

Deine Schultern sind verspannt.

Lass diese Gedanken wirbeln, dann fliegen sie vielleicht davon.

Lass deinen Körper Wurzeln schlagen, sich in den Boden drehen und sich erden. Folge deinen Füßen. Experimentiere mit dem Tempo. Spüre, wie die feminine Energie dich durchströmt. Entspanne deine Knie. Entspanne dein Gesicht. Du fließt.

»Nein«, flüsterte Helmut. »Ich habe Angst um dich.«

»Wie meinst du das?«

»Ich habe Angst, dass du dich in mich verliebst, wenn wir miteinander schlafen.«

In mir brachen sich die Wellen. Hitze stieg mir vom Bauch in die Wangen. Hier war ich doch schon mal.

Im Schrein haben wir heute Wiesenblumen und Porzellanteetassen. Im Schrein haben wir heute ein Gemälde mit einem Bison drauf. Im Schrein haben wir heute Tofu und ungeschälten Reis.

»Vielleicht verliebst *du* dich ja in *mich*«, kicherte ich. Dieses Kichern, das zu meinem Erkennungsmerkmal geworden war und sich so wenig nach mir anfühlte.

»Ich liebe jemand anderen«, sagte Helmut zu der Zimmerdecke. »Du bist schön. Sag mir, was du möchtest. Was wünschst du dir in diesem Moment?«

»Funkenregen«, sagte ich, und er zog sich ein Kondom drüber.

Wir wollten uns nur mal melden, um dir diese CD zur Emotionalen Reinigung zu geben.

Während er sich in mir bewegte, betrachtete ich das Weltall-Foto über meinem Bett und träumte vor mich hin. Er unterbrach sich, bevor einer von uns kommen konnte. »Was ist dein dunkelstes Geheimnis?«, fragte er und löste sich von mir.

Ich habe Probleme, mein Herz ruhig und meinen Mund geschlossen zu halten. Also flüsterte ich ihm ins Ohr: »Ich bin mit achtzehn gruppenvergewaltigt worden.«

Das Weltall-Foto über meinem Bett wurde im Jahr meiner Geburt aufgenommen. Da konnte man mich noch kaum als Teil dieses Universums bezeichnen, aber jetzt war ich hier. Hier war ich doch schon mal.

Wir wollten uns nur mal melden, um zu sagen, wie herausfordernd die letzte Woche war.

»Ich weiß, dass du missbraucht worden bist«, sagte er und fuhr mir durchs Haar. »Das spüre ich immer, wenn ich mit einer Frau schlafe. Das bringt so eine Art *Missbrauchsenergie* in mir hoch. Als könnte ich dich gleich jetzt und hier problemlos vergewaltigen, wenn ich wollte.«

Ich verstaute diese Worte an einem sicheren Ort. Ich fragte mich, ob es cool und lässig war, mit einem Helmut zusammen zu sein, der drei Halsketten trug und sagte, er könnte mich gleich jetzt und hier problemlos vergewaltigen. Ob das Teil einer schamanistischen Reise war. Ob wir uns gerade in etwas verwandelten. Oder aus etwas heraus. Ob es Teil von etwas Größerem war, das uns beide überragte.

»Natürlich bin ich ein netter Kerl«, fügte er hinzu. »Also werde ich dich nicht vergewaltigen.«

Wir wollten uns nur mal melden, um zu sagen, das macht dann fünf Pfund fünfzig, bitte sehr.

***Staccato**, das ist emotionaler Schluckauf. Lust. Furcht. Zorn. Das sind Fehlstarts und kleine Rückschläge. Das ist der missglückte erste Fick, die plötzliche Sucht nach Schmerzmitteln, nach Tarotkartenlegen durch Fremde, nach vorgetäuschtem Engelglauben und Mantras, die du selbst nicht verstehst. Das ist, wie sich rostige Reißzwecken in die Fußsohlen stechen. Das ist Frustration. Ausgesetztsein. Spring.*

Atme durch die Schultern ein und durch die Knie wieder aus.

Wo sind deine Hüften?

Schüttle dich.

Erschrick, wenn nicht dabei rauskommt, was du erwartest. Spring. Fühl die siedende Energie, die Flammen, die an dir hochzüngeln, während das Gefühl immer größer wird. Schüttle dich. Lass die männliche Energie sich entladen.

Ich packte ihn zu hart an der Schulter. »Was ist dein dunkelstes Geheimnis?«

Er lachte.

Im Schrein haben wir heute Buddha und einen Tennisball. Im Schrein haben wir heute Pornohefte und Zigarrenasche. Im Schrein haben wir heute einen grauen Stein.

»———«

Wir wollten uns nur mal melden, um zu schauen, ob du schon deinem Ärger Ausdruck gegeben hast.

Selbst Götter haben ihre Schwächen. Helmut war ein Mensch.

»Ich bin das Wunschkind eines berühmten Malers«, gestand er mir.

Ich schaute in die Luft um seinen Kopf herum und begann sie mit senfgelben Pinselstrichen auszumalen wie das ölige Licht in Van Goghs *Caféterrasse am Abend.*

»Der berühmte Maler, übrigens der Sohn eines berühmten Psychoanalytikers, kam manchmal zum Tee zu uns«, fuhr er fort. »Ich war zehn Jahre alt. Meine Mutter kaufte dann drei verschiedene Sorten Kuchen, aber der berühmte Maler aß kein einziges Stück. Ich saß unten in der Küche, bohrte meine Finger in den Kuchen und hörte zu, wie der berühmte Maler meine Mutter fickte.« Sehr freudianisch, das Ganze.

Wir wollten uns nur mal melden, um zu sagen, wow, in dem Top sehen deine Titten klasse aus.

»Ich finde, du solltest jetzt gehen«, sagte ich. »Irgendetwas fühlt sich nicht richtig an, ich weiß nur noch nicht, was es ist.«

»Danke, dass du deinen Körper mit mir geteilt hast«, sagte er. »Ich hoffe, du verliebst dich nicht in mich. Ich liebe jemand anderen. Ich könnte dich problemlos missbrauchen. Ich bin ein netter Kerl. Du bist schön. Auf Wiedersehen.«

Wir wollten uns nur mal melden und dir sagen, du solltest deine Wut rausfurzen und das goldene Licht deinen Rücken runterpinkeln lassen.

***Chaos** ist Kunst. Chaos ist ein gepresster, zitternder, spasmischer Kontrollverlust. Chaos ist, wenn dir im linken Auge ein Blutgefäß platzt. Chaos ist … Chaos ist …*

Widerstehe der Versuchung, dich zurückzuhalten. Bleib in der Bewegung. Sattle deine Wolfsenergie. Werde Teil der Unordnung. Platze auf. Ficke. Heule.

Chaos ist: schrei. Chaos: ist lache. Chaos ist: reiß dir das Top runter und schwitze, schwitze, schrei. Chaos ist: gib auf. Chaos ist: Leben. Chaos ist …

Ray war die reine Delfinenergie. Ein schöner Mann und ein guter Freund. Er schenkte mir eine CD zur emotionalen Reinigung, und wir aßen zusammen zuckerfreien veganen Joghurt.

Ich wartete, bis meine Mitbewohnerin außer Haus war, und ging die CD systematisch durch, eine CD extra für Frauen, auf der viel vom Berühren meiner Yoni und vom Sich-Ausdrücken durch die Vaginaöffnung die Rede war.

Ganz ehrlich: Ich fühlte mich beknackt. Ich japste, warf die Arme hoch und fragte mich, warum ich so wund war, warum das Rote in meinem Auge sich immer weiter verbreitete.

Die Frau auf der CD sagte, wir würden unsere Wut gemeinsam singen.

Ray sagte, ich sei wütend auf Helmut, weil er die Stimme aller Männer sei, die mich missbraucht hätten.

Die Frau auf der CD sagte, wir würden jetzt Geräusche mit den Zähnen machen.

Ray sagte, es sei Zeit, alles rauszulassen.

Die Frau auf der CD sagte, wenn ich schreien wollte, dürfte ich jetzt schreien.

Ray sagte, ich solle die Wut durch den Bauch rauslassen, damit etwas von dem Glanz in meinem Kopf durchsickern könne.

Die Frau auf der CD sagte, ich solle ausrasten, einfach mal komplett ausrasten.

Im Schrein haben wir heute blutbekleckste Heidelbeeren. Im Schrein haben wir heute Hirschkuhschädel und Pusteblumen. Im Schrein haben wir heute Schwefelwasserstoff und Salpetersäure, bereit für den großen Knall.

»——«

Wir wollten uns nur mal melden, um zu sagen, dass wir heute richtig sinnlich getanzt haben. Viele von uns hatten multidimensionale Orgasmen, und wir haben dich vermisst.

Vor dem nächsten Tanz nahm ich Helmut beiseite. »Du solltest wissen, dass es mich wütend gemacht hat, was du gesagt hast«, sagte ich ihm. »Es ist nicht okay, so über Missbrauch zu reden. Wenn andere mich missbrauchen wollen, liegt die Schuld daran nicht bei mir. Die Verantwortung liegt bei denen, bei dir, und du sollst wissen, dass ich deswegen wütend bin.« Ich zeigte auf mein funkelndes rotes Auge.

Wir wollten uns nur mal melden und sagen: WEITER SO.

»Ich kann das erklären«, sagte Helmut, »ich kann erklären, wie das gemeint war mit der Missbrauchsenergie.«

Ich schüttelte den Kopf. »Das kannst du dir selbst erklären, nicht mir«, sagte ich und ging, denn für manche Dinge braucht es keine Erklärung.

*Die **lyrische** Phase wirkt wie ein Aphrodisiakum. Sehr wahrscheinlich wirst du dich drei-, viermal pro Abend verlieben, be-*

sonders in dieser Phase. Deine Hände verlieben sich vielleicht in die Hände eines Fremden. Lass es zu. Es wird deine eigene Liebe zu deinem Körper stärken. Du musst keinen Sex haben, um ein Liebender zu sein.

Wir wollten uns nur mal melden, um dich dran zu erinnern, dass es jetzt, wo du Teilzeit arbeitest, acht Pfund fünfzig kostet, bitte sehr.

Im Schrein haben wir heute Räucherstäbchen und gefallene Blätter. Im Schrein haben wir heute Nektar. Im Schrein haben wir heute ein Porträt von Nelson Mandela und ein Gesteck aus schwarzweißen Federn.

Meine Freundin Liza ist heute dabei. Ich lasse jetzt mehr Frauen in mein Leben und habe mit dem Trinken aufgehört. Frauen sind wichtig. Feminine Energie ist wichtig. Seit meine feminine Energie zugenommen hat, habe ich mir die Haare raspelkurz geschnitten und mir mehr Tattoos stechen lassen. Große Tattoos. Furchtlose Tattoos. Mein Körper, meine Wahl.

Wir wollten uns nur mal melden, um zu sagen, wie sehr sich deine Art zu tanzen verändert hat.

Beim Tanzen weiß ich jetzt, dass ich stark und auch verletzlich bin. Ich erfinde neue Bewegungen mit den Handgelenken und den Schienbeinen, mit den Fäusten und Ellenbogen. Hier bin ich. Hier bin ich an einem neuen Ort. Hier, wo ich schon mal war.

In der ***Stille*** *kommt vielleicht, was du vorher erlebt hast, noch einmal zu dir zurück. Kämpfe nicht dagegen an. Wenn du dich auf den Boden kauern und einen Tiger spielen willst, dann tu es jetzt. Wenn du die Möbel streicheln, dich in Embryonalhaltung zusammenrollen, dich fluchend auf der Stelle drehen willst, dann tu es.*

Lass deine Seele atmen. Erkunde die Leere um dich herum. Entdecke Muster. Bemerke, dass du keine Bauchschmerzen mehr hast. Dass deine Füße geerdet sind. Die Luft in deinen Händen ist warm.

Wir wollten uns nur mal melden, weil wir in Kontakt bleiben wollen. Manchmal ist das alles, was man braucht, der Kontakt.

Die Frau auf der CD sagte, dass wir am Ende Verlangen empfinden würden. Kein Verlangen nach anderen, kein Verlangen nach Alkohol, Drogen oder Sex, sondern ein Verlangen nach uns selbst. Du bist das, was dir fehlt. Sie sagte, ich solle eine Hand auf meinen Uterus legen und eine auf meinen Busen. Ich solle in die Knie gehen, den Boden unter mir spüren. Mich von der Erde tragen lassen.

Im Schrein haben wir heute ein gelooptes Youtube-Video von Säuglingen beim Baden. Im Schrein haben wir heute nichts.

Liza hält mich fest im Arm. Ihre Wärme strahlt auf mich ab. Tränen laufen mir über die Wangen. Mein linkes Auge ist jetzt rundum rot, tut aber nicht mehr weh. »Vergib dir selbst alles«, flüstert sie.

Wir wollten uns nur mal melden. Einfach so.

Die Frau auf der CD sagte, die Reinigung sei jetzt abgeschlossen, ich könne sie aber wiederholen, so oft ich wollte. Es ist ein laufendes Projekt, sagte sie. Es ist das Projekt deines Lebens.

Liza geht anderswo tanzen, und ich lege mich hin. Dort auf dem Boden des Gemeindesaals, schwitzend und zitternd, bitte ich meinen Körper um Verzeihung. Ich bitte ihn um Verzeihung, weil ich ihn als selbstverständlich betrachtet, ihm gesagt habe, er sei nicht umwerfend, obwohl er es ist.

Ich sage ihm, er sei schön.

Das alles könnte uns passieren

»Was ist das, Mama?« Du streckst mir deinen Finger entgegen. Ein winziges schwarzes Haar liegt auf seiner Kuppe.

»Das ist eine Wimper, Schatz.«

»Mim-per.«

»Puste sie weg und wünsch dir was.«

»*Pffhhhht.*«

»Vergiss nicht, dir was zu wünschen!«

Von dem Moment an, wo du auf die Welt kamst, wusste ich, dass du das Perfekteste warst, das ich je gesehen hatte. Oft sah ich dich Stunde um Stunde nur an.

Ich beobachtete deine Augen, wie sie erst lernten, etwas zu fokussieren, und dann meine Umrisse erkannten, meine Hautfarbe, meine Züge. Manchmal fiel mir auf, dass wir genau synchron blinzelten, aber immer wenn ich es bemerkte, kam ich sofort aus dem Rhythmus, und meine Augen blieben offen, wenn sich deine schlossen. Dann sah ich die dünnen rosa Adern auf deinen Lidern und dachte: Ich habe dich gemacht. Ich kann keinen Kuchen backen, aber dich habe ich gemacht.

»Hallo, Spätzchen«, sagte dein Vater, wenn er von der Arbeit nach Hause kam. Er zog seinen Mantel aus, küsste uns beide aufs Haar, legte sich zu uns – seinen beiden Mädchen – auf den Teppich, und dann sahen wir zu dritt einander in die Augen.

Manchmal streichelte dein Papa mir den Rücken oder ließ seine Hand über meine Beine wandern und schob sich näher an mich ran, und dann fühlte ich, wie er hart wurde, nur für mich, und wir legten dich in dein Bettchen und schliefen miteinander, direkt vor deinen Augen, nur dass wir nicht hinschauten in dem Moment.

»Was ist das, Mama?« Etwas Scharfes glänzt in deiner Hand.

»Das ist ein Messer, Schatz. Leg es wieder hin.«

»Messer.«

»Leg es hin, bitte. Vorsichtig.«

Alle haben uns vor den Tücken des Kleinkindalters gewarnt: unsere Familie, die Freunde und die Ratgeberbücher. *Vorsicht! Jetzt, wo Ihr Kind selbstständig laufen lernt, ist besonders viel Wachsamkeit gefragt.*

Anfangs waren wir ein bisschen überängstlich, haben Steckdosen überklebt, eine Gittertür vor die Treppe gebaut und uns nie um mehr als Armeslänge von dir entfernt. Aber als die Wochen verstrichen, wurden wir mutiger, und das Vertrauen in dich wuchs. Du spieltest im Wohnzimmer, während wir in der Küche waren, und wir ließen die Gittertür ohne Bedenken angelehnt.

Das Schönste an dieser Zeit war für mich, dass du anfingst, mit uns zu reden. Nicht mehr nur Laute, sondern richtige Gespräche. Deine Persönlichkeit kam zum Vorschein, und dein Vater und ich rätselten immer, welche Teile du von wem mitbekommen hattest. Du schienst meinen Witz geerbt zu haben – mein freches Lachen und meine spielerische Begeisterung. Und ganz ohne Zweifel die stille Hartnäckigkeit deines Vaters. Du gabst nie auf bei deinen Bauklötzen, deinen Ausmalbildern, deinem Puzzle, bis alles perfekt war, alles genau, wie du es wolltest. Und du hattest auch seine verschlossene Seite. Beim Schreiben drehte ich mich manchmal nach dir um und erwischte dich bei einem Blick ins Leere, den ich, wärst du nicht erst zwei gewesen, als melancholisch beschrieben hätte.

»Mama, was sind das da?« Du zeigst auf Papas Arm.

»Ähm, das sind Narben, mein Schatz.«

»Was sind Arben?«

»*Narben.* Das sind Stellen, wo Papa sich wehgetan hat.«

»Aua.«

»Keine Sorge, jetzt tut es nicht mehr weh.«

Mit jedem Tag wurdest du uns ähnlicher.

Zuerst war es so schwer, sich daran zu gewöhnen. Ich hatte dich neun Monate in meinem eigenen Körper getragen, und trotzdem warst du nur halb wie ich und zu anderen Hälfte wie dein Vater.

Was für ein unglaubliches Kunststück hatten wir da vollbracht! Unsere Körper miteinander zu vermischen. Wie mit Knete: ein rotes und ein gelbes Stück, die man rollt und knetet, bis sie warm und formbar werden, und dann miteinander zu einem leuchtenden Orange vermengt.

Du bist jetzt ein ganz eigener Mensch, und doch je zur Hälfte wie wir. Meine Augen. Meine Zähne. Meine Zehen. Sein Kinn. Seine Wangen. Seine Hände.

»Schatz, was hast du?«

Du sitzt auf der Toilette. Sechs Jahre alt, und deine Füße berühren noch immer nicht den Boden.

»Wollte ich nicht«, schluchzt du.

»Was wolltest du nicht? Was hast du gemacht?« Dein

Handgelenk blutet. Obwohl ich mich an keinen Erste-Hilfe-Kurs erinnern kann, hebe ich deinen Arm hoch und lege die Hand fest darum, um die Blutung zu stoppen. Dann wische ich die Stelle sauber, desinfiziere sie und klebe ein großes Pflaster drauf.

»Das wollte ich nicht, Mama«, sagst du wieder.

Ich entdecke die Glasscherbe neben der Klopapierrolle. »Was hast du da gemacht?« Meine Stimme klingt wütender, als mir lieb ist.

»Ich wollte so sein wie Papa.«

Mit acht hast du Papa und mich gefragt, wie wir uns kennengelernt haben.

Wir saßen im Bus vom Flughafen nach Hause nach einem Zwei-Tages-Urlaub im Disneyland (mehr konnten wir uns nicht leisten), und deine Frage überraschte uns, weil wir dachten, du seist eingeschlafen.

Ich hatte den Kopf ans Busfenster gelehnt, und dein Vater strich mir übers Haar, aber bei deiner Frage setzten wir uns beide sofort auf und erzählten, als hätten wir ein Leben lang auf diesen Moment gewartet.

»Deine Mama hat bei einem Verlag gearbeitet«, sagte dein Papa.

»Dem Verlag, der Papas erste zwei Romane veröffentlicht hat«, fügte ich hinzu.

»Deine Mama war auch eine Autorin.«

»Dein Papa saß gerade an seinem dritten Buch.«

»Deine Mama hatte diese rebellischen Sommersprossen um die Augen. Habe ich das schon erzählt? Wegen dieser Sommersprossen habe ich mich in sie verliebt.«

Wir erzählten die Geschichte weiter – wie wir einander beim Schreiben beraten hatten, wie wir einander zum Lachen brachten. Und wie wir eines Tages so lange redeten und redeten, dass wir schließlich in einem italienischen Restaurant zusammen essen gingen, und wie Mama kein Trinkgeld geben wollte, und Papa tat es doch, und deshalb wusste Mama, dass Papa ein netter Mensch sein musste.

Wir erzählten nichts davon, wie Papa an dem Abend mit zu Mama nach Hause kam, wie wir uns im Bett zum ersten Mal küssten, wie Papa sich dabei auf Mama legte und sie spürte, wie er sich an ihre Hose presste, und so wie er sich anfühlte, wusste Mama, dass Papa gut im Bett sein musste.

Aber wir ließen nicht aus, dass Papa ein bisschen deprimiert gewesen war (»Warum?« – »Es ging ihm nicht gut.«) und auch Mama ein bisschen traurig (»Warum?« – »Weil Mamas Papa gestorben war.«).

Du saßt auf der Vorderkante deines Sitzes in deinem neuen Minnie-Maus-Hemd und hörtest dir alles an, und dann fragtest du am Ende: »Ging es Papa nicht gut, weil er sich die Arme wehgetan hat?«

Ich sah deinen Vater an und er mich, und wir sagten in einem seltsamen, verdrucksten Ton, vor dem wir beide erschraken: »Na ja, so könnte man sagen.«

»Mama?« Du sitzt auf meinem Bett, während ich mich fertig mache.

Obwohl wir nie darüber geredet haben, weiß ich, dass du mit deinen zwölf Jahren meine Make-up-Rituale auswendig kennst. Nicht lange, und du wirst sie selbst ausprobieren. Ich fühle mich schuldig, weil du meine Augen und Zähne geerbt hast und deshalb jetzt schon Brille und Zahnspange tragen musst. Aber ich finde dich trotzdem umwerfend schön und weiß, dass du einmal Herzen brechen wirst, auch meins und auch das deines Vaters.

»Mama, hast du dich auch mal geschnitten?«, fragst du plötzlich.

Ich lege meinen Rougepinsel weg, obwohl nur eine Wange fertig ist, und sehe in den Spiegel. Du pulst gerade Schorf von deinem Knie.

»Ja, habe ich«, sage ich leise. Ich habe dich nie belogen; das ist mir selbst als Kind zu oft passiert, und ich will nicht, dass du dasselbe durchmachen musst wie ich. Eines Tages wirst du die Geschichten lesen, die ich über meine Jugend geschrieben habe, wobei du dir selbst wirst zusammenreimen müssen, was davon wahr ist und was nicht. »Ich habe es nicht so oft getan wie dein Vater, und die Schnitte waren nie so tief, aber ja, ich habe es getan. Warum fragst du, Süße? Ist alles okay?«

»Ich mache mir Sorgen«, sagst du.

»Um was denn?«

»Du und Papa habt immer so viel gekuschelt. Und jetzt hast du ihn seit Wochen nicht in den Arm genommen. Vielleicht wird er wieder deprimiert. Bist *du* deprimiert?«

Ich setze mich zu dir aufs Bett, und meine ungerougte Wange glüht genauso wie die andere. »Es ist alles in Ordnung mit Papa und mir«, sage ich. »Wir sind in letzter Zeit nur ein bisschen gestresst; wir haben beide Schreibblockaden. Aber kuscheln tun wir immer noch. Wahrscheinlich eher, wenn du schon im Bett bist.« Ich nehme dich fest in den Arm und wiege dich ein wenig vor und zurück, mein verängstigtes kleines Bündel. »Ich hab dich so lieb«, flüstere ich wieder und wieder.

Dass *wir* uns einmal eingebildet haben, aufsässige Teenager zu sein! Du hast dich drei Punkrock-Bands angeschlossen (weil Punk *schon wieder* wieder da ist), bist wochenends bis vier Uhr morgens weggeblieben, und ich habe in einem Jahr dreimal deinetwegen die Polizei gerufen. Zweimal, weil ich nicht wusste, wo du warst, und einmal, weil du eine Hose gestohlen hattest. Ich wollte, dass du die Konsequenzen trägst, aber als auf der Wache jemand dranging, brachte ich kein Wort heraus und legte auf.

Und du hast dich so betrunken. Das war das Schlimmste für deinen Vater und mich, weil es uns selbst damals in Gefahr gebracht hat. Dein Dad war einmal nachts im Schlafanzug auf die Schnellstraße rausgelaufen. Was ich getan habe, raubt mir manchmal heute noch den Schlaf.

Einmal saß ich im Arbeitszimmer und hörte dich aus der Schule nach Hause kommen. Ich wusste, dass etwas nicht stimmte, denn du hast geschnauft und mehr Lärm gemacht als üblich, bist überall angestoßen und hast vor dich hin geschimpft.

»Du bist betrunken, junge Dame«, sagte ich und merkte gleich, wie sehr ich wie meine eigene Mutter klang.

»Na und?«, fragtest du.

»Hast du in der Schule getrunken?«

»Ich will nicht drüber reden.« Damit bist du in dein Zimmer gestapft.

Ich ließ ein paar Minuten verstreichen, dann folgte ich dir.

Du lagst schlafend auf deinem Bett, auf der Seite zusammengerollt, wie du es schon als Kind getan hattest. Ich zog dir die Lederstiefel von den Füßen und deckte dich zu. Dabei bemerkte ich eine Brandblase auf deinem Handgelenk. Erschrocken zog ich deinen Ärmel hoch. Aber da war nichts zu sehen.

»Ich hab deine Geschichte gelesen«, sagst du einmal beim Abendessen zu mir.

»Welche Geschichte?«

»Die du mit Mitte zwanzig geschrieben hast.«

Ich weiß, dass du dir meine jungen Jahre vorstellst wie ich die meiner Mutter: in Sepiatönen, mit gedämpftem Lächeln und verhallenden Gesprächen, wie aus einem halb vergessenen Traum.

»Die, wo du so viel getrunken und mit so vielen Männern gevögelt hast.«

Dein Dad legt sein Besteck beiseite und umfasst meine Hand. Seinen ersten Roman hast du auch schon gelesen und ihm gründlich die Meinung dazu gesagt.

Ich überlege zu fragen, wie du so sicher sein kannst, dass die Geschichte überhaupt von mir handelt, aber in Wirklichkeit stimmt jedes Detail daran, also macht die Frage keinen Sinn.

»Promiskuität kann eine Form der Selbstverletzung sein, weißt du«, sagst du und trinkst einen Schluck von deinem Wasser. »Aber was die dir angetan haben ... Es war idiotisch, die nicht anzuzeigen.«

Meine Augen füllen sich mit Tränen, und ich brenne innerlich vor Schmerz und Stolz.

Zu deinem Achtzehnten haben wir dir eine Party organisiert, mit allen deinen Freunden und Verwandten. Haben dich den ganzen Tag verwöhnt, nach Strich und Faden. Du sahst umwerfend aus in deinem grell orangefarbenen Kleid, und wir staunten beide, wie erwachsen du schon warst.

Ich überwand sogar meine Angst vorm Backen, um dir einen Kuchen zu machen. Es war eine Gemeinschaftsproduktion von deinem Dad und mir. Wir kriegten ganz mehlige Hände und Gesichter und küssten uns zwischen den Zutaten, und dein Dad hinterließ weiße Mehlflecken auf meinem neuen schwarzen Kleid.

Nach einer Runde *Happy Birthday* trug ich den Kuchen rein. »Puste die Kerzen aus und wünsch dir was.«

»*Pffhhhht.*«

»Vergiss nicht, dir was zu wünschen!«

Ich begriff in dem Moment, dass ich nie erfahren würde, was du dir wünschtest. Mein ganzes Leben würde verstreichen, ohne dass ich es erfuhr.

Als alle Gäste gegangen und wir drei wieder unter uns waren, nahmen wir einander in den Arm. Dein Dad streckte sein Handy von sich weg und machte ein Foto. Hinterher schauten wir es uns an, aber es waren nur Münder und Kinne drauf: dreimal Lächeln nebeneinander.

»————«

Heute Morgen habe ich in der U-Bahn auf dem Weg zur Arbeit Chet Baker gehört, den Song »I've Never Been In Love Before«. In diesem Song bittet Chet seine Liebste um Verzeihung. Er sei so bis über beide Ohren verliebt, sagt er, dass er ihr albern vorkommen müsse.

Bei diesem Text musste ich an meinen eigenen Liebsten denken. Daran, wie wir uns kennengelernt haben, vor gerade mal zwei Monaten. Und an die Kinder, die wir eines Tages haben könnten. Die Fragen, die sie stellen würden.

Ich dachte, ich könnte meinen Kindern von Tagen wie diesen erzählen. Wie ich morgenmüde mit der U-Bahn zur Arbeit fuhr, an ihren Vater dachte und lächeln musste. Und meine Kinder würden sich die Szene in Sepiatönen ausmalen, mit gedämpftem Lächeln und verhallenden Gesprächen.

Ich dachte auch daran, wie wir vor zwei Wochen nachts im Park beieinander gesessen hatten und mein Liebster sagte, er wolle im Alter nicht in England leben, was mir recht war, und er wolle keinen Hund anschaffen, was mir lieb war, und er wolle keine Kinder haben. Weil sie so werden könnten wie er.

Seitdem habe ich immer wieder an seine Worte gedacht. Ich denke, er sollte wissen, dass es okay ist, was er gesagt hat, und auch wenn ein kleiner Teil von mir hofft, dass er seine Meinung ändert, nagt es bis jetzt nicht an mir.

Wir wissen sowieso nicht, was auf uns zukommt, oder? Vielleicht sind wir in einer Woche nicht mehr zusammen, oder in einem Jahr, einem Jahrzehnt.

Vielleicht aber auch doch.

Als dann heute Morgen Chet Baker für mich sang, fand ich plötzlich, mein Liebster sollte eines wissen: dass wir vielleicht unser Leben lang zusammen bleiben, und dass wir vielleicht einmal Kinder haben könnten, wenn er wollte, dass *das alles uns passieren könnte.*

Und wenn es passierte, glaube ich, würden unsere Narben uns nur stärker machen.

Danksagungen

Ein großer herzlicher Dank geht an meine Familie: an meine Schwester für ihr Vertrauen und ihre Güte, meine Mutter für ihren Mut und ihre Großzügigkeit, meinen Dad, der schon immer – und für immer, egal, was kommt – mein Held gewesen ist. Auch meinen Großeltern und meiner weiteren Familie danke ich für ihre Unterstützung.

Für ihr Feedback und ihre Freundschaft danke ich Doug Johnstone, Ewan Morrison, Mark Buckland, Andrew Drennan, Helen Fitzgerald, MJ Hyland, Johanna Green, Ruth Hawthorn, Cherry Styles, Zoe Lambert, Rodge Glass, Cliff James, Daniel Carpenter, David Viney, Ian Carrington, Willy Maley, Janice Galloway, Olivia Chell, Trevor Byrne, Rebecca Horn, Abigail Daly, Nicola West, Katie Anderson, Julian Corrie, Peet Earnshaw, Jenna Omeltschenko, Guy Potter, Ben Wallace, Jo Marsh, Sarah Rowland, Carol Weston, Jamie McIntyre, Chris Grimshaw, Rachel McAdams, Charles Rowley. Vielen Dank an Dr. Chen, Pat von der Alkoholberatungsstelle, die Mitarbeiter der Brian-Hore-Klinik und Anna vom Gaskell House. Ich danke der Belegschaft der Blackwell's-Buchhandlung in Manchester. Ebenso den Teams von Freight Books, Atlas Contact und Aufbau Verlag. Dank an Adrian Searle, Fiona Brownlee, Jessica Nash und Tom Müller. Ich danke meiner Lektorin Helen Sedgwick und meiner Übersetzerin Gesine Schröder.

Und dank dir, Socrates Adams. Gute Leute, alle miteinander.

Die Arbeit an diesem Buch wurde vom Arts Council England mit öffentlichen Geldern aus der National Lottery gefördert. Ich danke dem Arts Council sowie den Zeitschriften und Anthologieherausgebern, die im Laufe der Jahre meine Arbeit gefördert haben. Ein dickes Dankeschön geht an die Betreuer meiner Dissertation, Andrew Radford und Robert Maslen, für ihren beständigen Glauben an mich – die Dissertation ist nicht ganz das geworden, was sie sollte, aber viel gelernt habe ich dabei.

Ich danke den Tänzern, den Umarmern, den Haltgebern, den Lächlern, den Fluchenden, Tretenden, Atmenden, den Liebenden, Skandierern, den Künstlern, den Süchtigen, den Hassenden und Abstinenten, den tief aus dem Bauch heraus Lachenden und allen, die authentisch und ehrlich sind.

Und schließlich danke ich denen, die mit mir zusammengesessen haben, auf einen Kaffee, ein Ginger Beer oder eine Runde gutes altes Schulterheulen. Das machen wir irgendwann noch mal.